Stoppelland

LV·Buch Wir lieben das Landleben.

Hans-Peter Boer

Stoppelland

Ein Fall für Kommissar
Klaus Kattenstroht

„Wohl Keime wecken mag der Regen,
der in die Scholle niederbricht;
doch golden Korn und Erntesegen
reift nur heran bei Sonnenlicht."

(Fontane)

Für P. M.

Im goldenen Herbst 2005

Kapitel 1

Es war ein Oktobermorgen, wie Bernd Schwertfeger ihn liebte. Der Regensturm der vergangenen Nacht war in den frühen Morgenstunden nach Osten abgezogen und hatte eine kühle Morgenfrische hinterlassen. Als der Reckhölter Postbote um 6.30 Uhr im früheren Postamt an der Kirche seinen Dienst angetreten und die erste Lieferung mit Sendungen aus dem Brief-Verteilungszentrum in Empfang genommen hatte, war der Himmel klar gewesen und blau wie Tinte. Als Schwertfeger um 8.00 Uhr endlich sein Postauto für die Land-Tour starten konnte, war klar, dass zumindest ein schöner Herbstmorgen vor ihm lag.

Wie im Bilderbuch ging die Sonne über dem Hagenwald auf und vertrieb den dünnen Wolkenschleier und die Feuchtigkeit, die aus den Wäldern und Wiesentälern aufstieg. Nur in den schattigen Niederungen hielten sich die Nebelschwaden noch einige Zeit und boten den auf den Weiden stehenden Rindern eine fast romantische Kulisse. Der Postbote fuhr seine Kunden auf den Höfen und Betrieben ab, verteilte seine Briefe, Pakete und Sendungen und führte hier und da ein Schwätzchen. Dabei erfuhr Schwertfeger das ein oder andere aus Bauerschaften und Gemeinde oder brachte seinerseits Neuigkeiten an den Mann.

Gegen 10.00 Uhr hatte er an diesem ruhigen Dienstag schon einen beträchtlichen Teil seiner Tour erledigt und freute sich auf seine Frühstückspause, die er, wenn der Dienstplan ihm die Landzustellung zuwies, regelmäßig auf der Höhe eines kleinen Hügels in der Bauerschaft Handrup zu halten pflegte. Zügig bog Schwertfeger von der Landstraße ab und folgte der schmalen Straße, die sich in kleinen Windungen den Hügel hoch schlängelte. Von der kleinen Baumgruppe dort oben hatte man einen schönen Ausblick über weite Teile der hügeligen Reckhölter Landschaft. Deshalb hatte der Heimatverein an dieser Stelle auch einen Aussichtspunkt angelegt, eine Schutzhütte mit Bänken gezimmert und einen Grillplatz eingerichtet. Schwertfeger mied jedoch den ausgewiesenen Parkplatz und hielt am rechten Straßenrand. Hier hatte er schon vor 30 Jahren, als er als Jungpostbote noch mit dem Moped durch die Landreviere fuhr, auf einem Postsack sitzend seine Frühstückspause gemacht. Und so sollte es auch bleiben. Zumindest so ähnlich. Die Sonne hatte inzwischen an Kraft gewonnen. Schwertfeger drehte die Seitenscheibe der Fahrertür herunter, holte Frühstücksbrot, Thermoskanne und Zeitung aus seiner Tasche und hielt die verdiente Pause. Die Radionachrichten hatten keine Neuigkeiten zu bieten, so dass er intensiv die Morgenzeitung studierte. Etwa eine Viertelstunde später stieg der Postbote aus seinem Wagen, reckte und streckte sich und dachte dabei an seinen Hausarzt, der ihm wegen des Rückens ständig irgendwelche Übungen aufschwatzen wollte. Im Wäldchen hinter der Grillhütte erleichterte er sich und ging dann zum Auto zurück. Doch bevor er einstieg, ließ er seinen Blick noch einmal über die Landschaft schweifen. Das wäre ein guter Jagdtag heute, dachte er und sah sich schon in Treiberkluft durch Busch und Hag steigen. Die großen Termine mit der Jagdgesellschaft aus der Stadt standen noch bevor. Und da er diesbezüglich seit Jahren seine guten Beziehungen pflegte, wäre er bestimmt wieder dabei: vom Anblasen am Morgen bis zum Schüsseltreiben am Abend. Nur müsste er rechtzeitig die Urlaubstage einreichen.

Das Landschaftsbild in Handrup wurde vom Zippenberg beherrscht, einem großen Hügel mit einem wunderschönen Bestand an alten Eichen, der gewöhnlich bei Wanderern und Naturfreunden und auch bei Holzfachleuten Bewunderung erregte. Am Fuße des Zippenberges lag breit und behäbig Große Drenkmanns Hof, der Haupthof der Bauerschaft, und sein Besitzer war so etwas wie der Bauernkönig von Reckhölter. In Richtung Osten konnte Schwertfeger noch so eben den Hof Ahlmer ausmachen, während zu seinen Füßen, nahe der Brücke über die Reckhölter Aa, Wortmanns Erbe lag. Aus dessen Kamin stieg Rauch und Schwertfeger hatte hier seine nächste Kundschaft. Er stieg wieder in den Wagen, griff zur Briefmappe und sortierte die Sendungen sicherheitshalber noch einmal durch. Dabei senkte sich sein Blick wieder runter auf Wortmann, blieb jedoch für eine kurze Weile an einem anderen Punkt im Gelände – weit vor dem Hof – hängen.

Der Postbote startete seinen Wagen und ließ ihn gemächlich den Hügel hinunterrollen. Dann legte er langsam an Tempo zu und gelangte schon nach kurzer Zeit zum Grund seiner näheren Aufmerksamkeit. Von der Straße, die hier von einem hohen, von der Flurbereinigung als Wallheckenersatz gepflanzten Gehölzstreifen gesäumt wurde, führte eine befestigte Auffahrt hinunter auf ein großes Maisfeld, das offenbar erst am Vortag abgeerntet worden war. Schwertfeger drosselte das Tempo deutlich, ließ den Wagen sachte rollen und versuchte, durch das spärliche Laub des Heckenstreifens hindurchzuspähen. Offensichtlich gewann er dabei keine neuen Erkenntnisse, denn er hielt an, setzte langsam zurück und spähte wieder durch die Beifahrertür, deren Scheibe er inzwischen zwecks besserer Sicht heruntergedreht hatte, fast so als suche er einen Grund, nicht aus seinem Wagen aussteigen zu müssen. Schließlich schien er doch ansatzweise Klarheit gewonnen zu haben, parkte und ging die wenigen Meter zur Feldauffahrt zurück. Ihr folgte er bis hinter den Gehölzstreifen.

Er hatte sich nicht getäuscht. Hinter dem Grünstreifen verlief ein Entwässerungsgraben für das Feld, und in diesem Graben lag schräg ein Kleinwagen, ein auffälliger Mini, rot mit weißem Dach. Das Kennzeichen aus Recklinghausen. Schwertfeger ging auf den Wagen zu, versuchte hineinzusehen, aber die Scheibe an der Beifahrerseite war zersprungen. Unsicher fasste er schließlich an den Türgriff. Die Beifahrertür war unverschlossen. Vorsichtig zog er sie auf und blickte in den Wagen. Sofort schlug er die Tür wieder zu.

Jenseits von Post und Beruf hatte Bernd Schwertfeger ein zweites Leben als aktives Mitglied der Freiwilligen Feuerwehr von Reckhölter. In dieser Eigenschaft wurden er und seine Kameraden auch gerufen, um bei Unfällen im Gemeindegebiet und auf einem bestimmten Abschnitt der Autobahn Hilfe zu leisten. Er kannte Schreckensbilder.

Dennoch musste er jetzt für einen Moment tief durchatmen; schließlich fasste er sich wieder, ging die Feldauffahrt zu seinem Wagen zurück, drehte dann abrupt wieder um, um zu dem Auto im Graben zurückzulaufen, verharrte unschlüssig auf halbem Wege, um sich dann doch für den Dienstwagen zu entscheiden. Auf der Konsole lag sein privates Handy, mit dem er die Notrufzentrale in der Kreisstadt kontaktierte. Hier kannte er die meisten Mitarbeiter durch seine Arbeit bei der Feuerwehr. Prompt hatte an diesem schönen Oktobermorgen ein alter Bekannter Dienst am Telefon.

Schwertfegers Mitteilung an ihn lautete wie folgt: An dem Verkoppelungsweg zwischen der Landstraße und der Brücke über die Reckhölter Aa bei Wortmann habe er etwas versteckt ein Fahrzeug gefunden, in dem eine Person, wohl eine Frau, tot liege. Auf die eher scherzhaft gemeinte Gegenfrage des Kollegen, ob er denn Männlein und Weiblein nicht mehr unterscheiden könne, blieb Schwertfeger sachlich. Der Person sei offensichtlich das Gesicht weggeschossen worden, fuhr er fort, und es sei in jeder Beziehung eine ungeheure Schweinerei. Übrigens könne man den Notarzt gleich dalassen und stattdessen direkt den Gerichtsmediziner schicken. Zu retten sei da eh nichts mehr.

Der Diensthabende hatte inzwischen einen Vorgesetzten dazugeholt. Man verständigte sich, dass Schwertfeger unbedingt vor Ort bleiben müsse, alarmierte umgehend die Kreispolizei im selben Gebäude und schickte drei Streifenwagen los, die den Tatort sichern und den Verkoppelungsweg mindestens zwischen Wortmanns Brücke und der Landstraße sperren sollten. Von den Kriminalen rückte sofort der Dienst habende Oberkommissar Schücking aus, nicht ohne zuvor die Meldung nach Münster weitergegeben zu haben; denn dort lag die Zuständigkeit, wenn es um Gewaltverbrechen ging.

So wurde nach wenigen Minuten Hauptkommissar Klaus Kattenstroht über den Fund in der Bauerschaft Handrup der Gemeinde Reckhölter informiert. Er stimmte sich kurz mit seinem Chef ab, regelte einige Dinge für den Tag und setzte die Spurensicherung schon mal in Gang. Schließlich ärgerte er seine junge Assistentin Kathrin Eilers, dass sie ihren Termin in der „Höppelbude" wohl absagen müsse, und fuhr gemeinsam mit ihr los. Aufs Land, wie er sagte.

Kapitel 2

Nach einer knappen Stunde und einem Stau auf der Autobahn hatten sie Reckhölter passiert und fuhren nun in die Bauerschaft Handrup. Natürlich hatte die Eilers die Koordinaten des Tatortes, soweit sie ihr inzwischen bekannt waren, in das Navigationssystem eingegeben, wunderte sich aber, dass sich Kattenstroht nicht die Bohne um die Angaben und Aufforderungen des Computers scherte. Er schien den Weg und vor allem die eine oder andere Abkürzung bestens zu kennen.

An der Landstraße registrierten sie schon von weitem die Maßnahmen der Kreispolizei. Die Abzweigung nach Handrup war mit einem Streifenwagen blockiert, und auch das Team aus Münster musste die Dienstausweise zücken, um durchgelassen zu werden. Auf der Höhe, wo knapp anderthalb Stunden zuvor der Reckhölter Postbote noch gemütlich gefrühstückt hatte, hielt Kattenstroht kurz an, um sich in der Landschaft zu orientieren. Beide konnten sie den Tatort sofort eingrenzen: er war weiträumig mit Flatterband abgesperrt. Mehrere Autos, Bullis, Kombis und Limousinen, dienstlich oder zivil, parkten die schmale Straße fast zu. Unten im Tal konnte man einen weiteren Streifenwagen der Schutzpolizei ausmachen. Er stand quer auf der Brücke vor einem Bauernhof und versperrte so die Zufahrt aus nördlicher Richtung.

An den Flatterbändern, die fast hundert Meter vom Fundort entfernt zwischen der Wallhecke auf der einen und Zäunen auf der anderen Seite aufgespannt waren, standen viele Menschen, die – auf welchem Wege auch immer – die beiden Sperren an der Landstraße und der Brücke überwunden hatten.

„Ich habe mich immer gefragt, wie sich in den Bauerschaften Nachrichten so schnell herumsprechen können", kommentierte Kattenstroht. „Und das funktionierte auch schon zu Zeiten, als es noch kein Telefon und erst recht kein Handy gab!" Fast amüsiert ließ er den Wagen den Hang hinunterrollen: „Die Schneemänner waren ja wirklich fix, schneller als ich auf meinen Abkürzungen. Seien Sie mal ehrlich, Frau Eilers, sieht das nicht albern aus mit diesen weißen Overalls? Und alles wegen der Faserspuren." Kathrin Eilers wandte ein, die Herren der Spurensicherung könnten sich ja sonst ihre normale Kleidung verschmutzen, und dann hätten wieder nur die Frauen den Ärger mit der

Wascherei: „Ich habe in unserer Behörde noch keinen Mann kennen gelernt, der Feinwäsche von normaler und 30-Grad-Wäsche von Kochwäsche unterscheiden kann!“, meinte sie.

Kattenstroht entgegnete etwas knapp: „Sie sind ja auch noch nicht so lange dabei!“, und wäre gerne in eine Diskussion eingestiegen, schon allein um seine Kompetenz auch auf diesem Gebiet unter Beweis zu stellen. Er beschloss aber, diesen Part aufzuschieben, und parkte stattdessen das Auto in der Reihe der Dienstwagen ein.

Sie stiegen aus. Kattenstroht stellte seine junge Assistentin dem Kollegen Schücking von der Kreispolizei vor und ließ sich dann über die ersten Erkenntnisse informieren. Schücking führte die beiden Münsteraner Beamten bis auf einige Meter an den Mini heran, um den sich die „Schneemänner“ gerade intensiv kümmerten.

„Das Opfer ist eine junge Frau“, berichtete Schücking. „Barbarischer Zustand, sollten Sie sich vielleicht besser ersparen, Frau Eilers. An der rechten Seite des Wagens ist die Seitenscheibe heruntergedreht. Der Täter hat ihr offensichtlich eine Schrotladung direkt ins Gesicht geschossen; ein oder zwei Schüsse, mindestens. Das muss die Gerichtsmedizin noch klären. Vielleicht noch eine Kugel hinterher. Sieht ganz nach einem Jagdgewehr aus. Dann hat der Täter die Leiche über den Beifahrersitz zu schieben versucht, hat die Gangschaltung auf Leerlauf gestellt und den Wagen hier die Feldauffahrt herunter – in den Graben rollen lassen. Sollte wohl nicht so früh entdeckt werden.“

Kattenstroht guckte kritisch, während Kathrin Eilers sich doch dem Wagen näherte. „Herangehen können Sie ja!“, rief Schücking ihr nach. „Die Bodenspuren sind eh schon gesichert!“ Und zu Kattenstroht, der gerade einen nachdenklichen Blick auf das Stoppelland mit seinen Maisstrünken, dann auf seine verschmierten Schuhe und seine zumindest gefährdete Hose warf, sagte er: „Da hat der Täter anscheinend Glück gehabt. Heute Nacht war hier ein toller Regensturm. Der hat alle Spuren verwischt. Die einzigen Fußspuren, die wir feststellen konnten, stammen von dem Postboten da hinten. Er hat den Wagen gefunden und die erste Meldung gemacht.“

„Und was sagt der Doktor?“, fragte Hauptkommissar Kattenstroht.

„Der ist drüben an seinem Wagen schon beim Protokoll. Nach Temperatur und Zustand der Leiche tippt er auf etwa ein Uhr heute Morgen. Mehr kann er aber nicht sagen. Wir haben die Position der Leiche unverändert gelassen. Den Rest muss Münster machen. Der Transport ist schon organisiert."

„Und die Spurensicherung?" Kattenstroht versuchte, mit seiner linken Schuhspitze Lehm von der Innenseite seines rechten Schuhs zu kratzen.

„Die haben erst mal Fotos gemacht und sichern jetzt die weiteren Spuren. Sobald wir die Frau draußen und wegtransportiert haben, geht der Wagen auch zu euch nach Münster auf den Hof. Wir haben im Übrigen noch gar nicht feststellen können, was sich sonst noch im Wagen befindet. Ist ja nur ein Zweitürer."

„So ein schöner Morgen", seufzte der Hauptkommissar und betrachtete die nähere Umgebung. Plötzlich stutzte er. Auf der Höhe des abgeernteten Maisfeldes näherte sich ein Mann mit schnellen Schritten auf den Tatort zu. Im Gegenlicht der Sonne war er fast nur als Silhouette zu erkennen. „Sehen Sie, Frau Eilers", sagte Kattenstroht, „ was ich Ihnen sagte: Nachrichten sprechen sich auf dem Lande schnell herum und finden immer ihren Weg." Und zu Schücking: „Schicken Sie mal einen Schupo hoch, dass der den Mann vom Tatort fern hält."

Kattenstroht und Schücking kümmerten sich anschließend gemeinsam um den Landzusteller, wie der Hauptkommissar Bernd Schwertfeger richtig titulierte. Der berichtete ziemlich ausführlich und hastig von seinem schrecklichen Fund und hörte gerne, dass ihm die beiden Kriminalbeamten bescheinigten, er habe sich völlig richtig verhalten.

Während Schücking sich noch einige Notizen machte, bemerkte Kattenstroht aus den Augenwinkeln, dass auf der Höhe des Feldraines der zuletzt eingetroffene Mann in eine heftige Diskussion mit einem Polizisten verwickelt war, der ihm entschieden den Weg versperrte. Etwas schien dem Hauptkommissar aus Münster auffällig zu sein. Er beobachtete die Szene, die Diskussion, die heftiger werdenden Gesten und registrierte schließlich, dass der Mann sich abrupt umdrehte und langsam auf dem Weg, den er gekommen war, wieder über die Hügelkuppe verschwand.

„Noch so ein Sensationslustiger!“, meinte Kathrin Eilers, die sich inzwischen bleich, aber gefasst wieder der Gruppe angeschlossen hatte.

„Lassen Sie den jungen Kollegen gleich mal zu mir kommen“, bat Kattenstroht und wandte sich seiner Assistentin zu: „Na, war's schlimm?“

Kathrin Eilers nickte. „Ja, sicher. Die Frau scheint nur unwesentlich älter gewesen zu sein als ich. Da kommt man schon ins Grübeln!“

Sie kam aber nicht dazu, laut über das Leben und den Tod nachzudenken, denn mit getragener Stimme deklamierte Kattenstroht mit ironischem Unterton: „Und es erscheinen Ihro Gnaden, der Herr Staatsanwalt aus der Provinzialhauptstadt! Da haben wir aber Glück, dass du das Kapitaldezernat verwalten darfst!“

Der so Angesprochene kam in eleganten, feinen Schuhen vorsichtig über den feuchten, aufgewühlten Acker. Eine mittelgroße, etwas untersetzte Erscheinung im dunklen Anzug, mit Rollkragenpullover und beigem Trenchcoat darüber. Aus einem rundlichen, aber dennoch markanten Gesicht mit gepflegtem Dreitagebart unter kurzem Stoppelhaarschnitt blitzten zwei ungemein wache Augen durch eine moderne Designerbrille in edlem italienischen Schwarz: „Na, Klaus, was hast du denn hier wieder angerichtet? Typisch, Theater auf dem Lande!“ Dann ein kurzer, prüfender Blick mit einem durchaus herzlichen Lächeln auf Kathrin Eilers. „Dann mach mich mal bitte bekannt!“, forderte der Staatsanwalt Kattenstroht auf.

„Nun, Herr Staatsanwalt Jochen Stellmacher, ich darf dir meine neue Assistentin vorstellen, Frau Kathrin Eilers, seit kurzem in unserer Behörde!“

Kathrin Eilers wunderte sich ein wenig über den ersten Beamten in diesen drei Wochen, mit dem sich Kattenstroht offensichtlich duzte, tauschte aber gerne einen kräftigen Händedruck mit dem Staatsanwalt, der sich dann an Schücking wandte, ihn ebenso freundlich begrüßte und erst einmal einen Blick auf das Auto werfen wollte. Die beiden zogen ab.

„Wir haben wirklich Glück, dass Stellmacher den Kap-Dezernenten macht!“ Und auf Kathrin Eilers' kritische Frage, was das denn für eine Figur sei, ergänzte Kattenstroht: „Einer der fähigsten Juristen, die ich kenne, und darüber hinaus sehr kooperativ. Das werden Sie in der nächsten Zeit schon sehen. Außerdem ist er ein alter Freund von mir. Wir spielen manchmal zusammen Boule, wenn uns die Arbeit dazu noch Zeit lässt!“

„Aber“, beendete ihr Chef das Intermezzo, „Arbeit lenkt auch ab. Konzentrieren wir uns auf den Fall und kümmern wir uns dabei zuerst um die Identifizierung des Opfers!“

Schon reichte Schücking einen Notizzettel herüber und sagte etwas von Halterfeststellung. Aber man wisse noch nicht, ob die dabei genannte Sandra Keiten aus Recklinghausen auch das Opfer sei. Vielleicht finde man ja im Wagen noch die Papiere des Opfers.

Da mischte sich der Postbote wieder ein, der in den letzten Minuten etwas abseits gestanden und sich wohl auch so gefühlt hatte: „Ich glaube, ich kenne den Wagen! Der hat noch im letzten Winter immer mal wieder bei unserem Puff in Reckhölter geparkt.“

„Da kommt aber auch alles zusammen“, seufzte Kattenstroht zu seiner Assistentin gewandt. „Erst eine derartige Blutorgie und jetzt auch noch das Rotlichtmilieu. Fehlen nur noch die Drogen, dann haben Sie für Ihren ersten dicken Fall alles im Pott.“ Umgehend befragte er den Landzusteller und ließ sich den Namen des Bordells geben und seine genaue Lage beschreiben. Stirnrunzelnd nahm er zur Kenntnis, dass das fragliche Etablissement vor einigen Jahren in einer alten Landkneipe zwischen Reckhölter und der Autobahn eingerichtet worden war und den Namen „The Red Farmhouse“ trug. „Nicht mal was auf Plattdeutsch! ‚De Raude Timmerie‘ hätte ja gepasst“, ulkte Kattenstroht und meinte dann, Schücking könne das Schlachtfeld erst einmal allein weiterbestellen. Er werde sich kurz um das Bordell kümmern und nehme Kathrin Eilers mit; die müsse so etwas ja auch mal dienstlich sehen. Aber man müsse online bleiben. Falls nötig werde er nach der Recherche dort wieder zum Tatort zurückkehren.

Schnell verglichen die beiden Kommissare ihre aktuellen Handynummern. Auf dem Weg zum Wagen kam der junge Beamte auf sie zu, der den Beobachter auf dem Stoppelland abgewiesen hatte. „Der Mann wollte unbedingt zu dem Wagen im Graben. Der wirkte irgendwie verstört. Ich habe ihm klar gemacht, dass er keinen Meter weiter gehen soll. Und hatte dabei schon die Funke in der Hand. Der war nämlich kaum zu bremsen: Das wäre schließlich sein Land und er hätte es hier zu sagen, hat er gemeint."

Bernd Schwertfeger war diensteifrig mitgegangen, hatte dem Beamten interessiert zugehört und ergänzte ungefragt dessen Bericht: „Das war der Ferdi Große Drenkmann. Und das ist wirklich sein Land hier. Fast so weit, wie man gucken kann."

„Na dann müssen wir uns um den später auch noch mal kümmern", entschied Kattenstroht und machte sich mit Kathrin Eilers auf den Weg ins Bordell. So sagte er.

Kapitel 3

Keine Viertelstunde später stand das Duo aus Münster auf dem diskret verborgenen Parkplatz des „Red Farmhouse“, der ehemaligen alten Landgaststätte, die früher der Bevölkerung der Bauerschaft wie auch den Fuhrleuten und ihren Gespannen zur Rast gedient hatte. Für die Wanderer hatte es in früheren Zeiten unter den beiden Kastanien, die vor der malerischen Front farbenprächtiges Herbstlaub trugen, Ruheplätze gegeben. Jetzt aber war der Blick zur Straße durch die hoch ausgeschlagenen Weißdornhecken begrenzt und das dramatisch rote Leuchtschild mit der genauso dramatisch wirkenden Frauen-Silhouette an der Straße wies die Besucher hinter das Haus; von vorne war keine Einsicht mehr möglich.

Kattenstroht parkte neben einem Wagen mit Essener Kennzeichen und hoher PS-Zahl und begab sich mit seiner Assistentin zur Vordertür. Rote Klinker, weiße Fensterrahmen, grüne Fensterläden und rote Dachpfannen zeugten von der typischen Architektur der Region. Selbst Gardinen gab es noch, und hätte nicht in einem der Fenster eine Neonlampe in Gestalt einer spärlich bekleideten Frauen-Silhouette gestanden, wäre kaum ein Unterschied zu den Anwesen der näheren Umgebung festzustellen gewesen. Kattenstroht schien sich wohl zu fühlen.

„Sehen Sie mal, Frau Eilers, nicht mal die Ringe zum Anbinden der Pferde hat man hier aus den Mauern genommen! Eine Kneipe wie in meiner Kindheit! Radtouren mit Papa und Mama und dann Pause machen und ein Glas kalten Regina-Sprudel trinken!“

Die Klingel neben der Eichentür hatten sie schnell gefunden. Im Haus ertönte ein Gong und bald darauf waren Geräusche zu hören. Der Schlüssel drehte sich im Schloss und durch den Türspalt lugte das Gesicht eines Mannes von etwa 45 Jahren: „Ja bitte? Was kann ich für Sie tun? Wir öffnen erst um 14.00 Uhr.“

Kathrin Eilers zeigte ihren Dienstausweis: „Kriminalpolizei Münster! Mein Name ist Eilers und das ist mein Kollege Hauptkommissar Kattenstroht. Wir müssten den Besitzer oder Betreiber einmal sprechen.“

Der Mann schob mit einem Fuß die Tür weiter auf und besah sich beide Dienstausweise sehr genau, bevor er sich selbst als Christian Barwick, Besitzer und Betreiber dieser Gaststätte, vorstellte und den Besuch formvollendet ins Haus bat. Schon standen sie im Gastraum mit mächtiger

Theke und Zapfanlage. „Ich hol mal eben die Akten!“, bemerkte Barwick und machte dabei einen ziemlich gelangweilten Eindruck.

„Die brauchen wir nicht; jedenfalls jetzt noch nicht“, erwiderte Kattenstroht und ergänzte, es handele sich nicht um eine Routinekontrolle des Hauses, sondern um eine Befragung in einer ganz anderen Angelegenheit. Es müsse auch gar nicht lange dauern.

Der Wirt komplimentierte seine beiden Gäste erst einmal an einen der Tische, die in Nischen angeordnet waren, und bot ihnen eine Tasse Kaffee an. Er habe gerade eine Kanne frisch aufgebrüht, meinte er. Kattenstroht nahm Milch und Zucker und überließ die erste Befragung seiner Assistentin.

„Sie kennen Sandra Keiten?“

Barwick schien über den Gegenstand der Befragung erstaunt zu sein, reagierte aber selbstsicher: „Ja, seit etwa fünf oder sechs Jahren. Sie arbeitet gelegentlich bei mir. Erst gestern Abend war sie noch bis gegen ein Uhr hier. Was ist denn mit ihr?“

„Wir können nicht ausschließen, dass sie Opfer einer Gewalttat wurde. Jedenfalls haben wir eine Tote in einem kleinen rot-weißen Mini aufgefunden, der auf ihren Namen zugelassen ist.“ Kathrin Eilers bemühte sich um eine sorgfältige Formulierung. Umso überraschter war sie von der Reaktion des Bordell-Wirtes. Der wirkte wie vom Schlag getroffen, seine Gesichtszüge erstarrten und es dauerte schier endlos, bis er sagte: „Das gibt's doch nicht. Sie hat doch noch vor ein paar Stunden hier bei mir im Saal getanzt.“ Er deutete in Richtung zweier großer Schiebetüren, die in einen Seitenraum führten. „Doch nicht Sandra!“ Er klang irgendwie verzweifelt.

Kattenstroht mischte sich jetzt doch ein: „Herr Barwick! Wir wissen nicht, ob Ihre Mitarbeiterin Sandra Keiten das Opfer ist. Wir haben jedenfalls eine junge Frau erschossen in dem Wagen aufgefunden, der auf den Namen Sandra Keiten angemeldet ist. Näheres wissen wir auch noch nicht und wir haben Probleme mit der Identifizierung. Trotzdem ...“

„Die hätte ihren Wagen nie und nimmer verliehen, die Sandra. Da war sie viel zu eigen. Wenn Sie eine junge Frau in Sandras Wagen gefunden haben, ist es sehr wahrscheinlich Sandra selbst.“ Er zögerte. „Es ist unvorstellbar.“

„Sie kannten sie seit fünf oder sechs Jahren, sagten Sie?", nahm Kathrin Eilers den Faden wieder auf, während Kattenstroht umständlich ein Stück Würfelzucker aus dem Papier wickelte und scheinbar desinteressiert abwartete.

„Ich habe mit einem Kollegen noch einen Laden in Essen. Animierbar und Filme. Damals kam Sandra zu uns und bot sich als Tänzerin an. Strippen und so. Sie hatte eine tolle Figur und – was ganz selten ist in unserer Branche – eine tänzerische Ausbildung. Die hat als Kind und als Schülerin lange Ballett gemacht, wissen Sie, und kann sich bewegen, das glauben Sie gar nicht."

„Hat sie sich denn hier auch prostituiert?", fragte Kathrin Eilers – etwas unsicher geworden – weiter. Kattenstroht, der ihr diese gezielte Frage gar nicht zugetraut hätte, signalisierte mit einem Brummen über seine Kaffeetasse hinweg Zustimmung und Interesse.

„Komischerweise nicht. Ich weiß gar nicht, ob man Sandra Keiten so richtig als Nutte sehen kann, so wie unsere anderen Mädchen. Sie tanzt in erster Linie und animiert. Übrigens meistens in Essen. Und damit hat sie schon eine ganze Menge Kohle gemacht. Sie geht nicht hier und auch nicht dort mit aufs Zimmer, wenn Sie das meinen. Und wenn doch, dann sind das mehr so Gespräche und ein bisschen Schöntun. Allerdings ..."

Barwick unterbrach sich selbst und blickte in seine Kaffeetasse.

„Was – allerdings?", fragte Kattenstroht leise, aber nachdrücklich und imitierte dabei den Tonfall des Wirtes.

„Ich weiß allerdings, dass sie als Domina geht, in die großen Hotels in Köln und in Düsseldorf. Ganz selten, wenn sie mal einen Kunden hierher bestellt, mietet sie sich auch ein Zimmer bei mir. Kommt aber kaum vor, alle halbe Jahre mal. Sonst hat sie ihren Schwerpunkt eben woanders."

„Also noch mal von vorn", fasste Kathrin Eilers zusammen: „Hier bei Ihnen Strippen und Animieren, woanders als Domina? Und sie ist keine richtige Nutte?"

Barwick wand sich ein wenig bei seiner Antwort: „Nein, sie ist anders. Die hat eine Art, mit den Freiern und anderen Leuten umzugehen, die ist ganz anders. Würde man eigentlich bei einer Frau in diesem Gewerbe nicht erwarten."

„Na gut!“, brummte der Hauptkommissar und stand auf. „Wir müssen auf jeden Fall die Identifizierung abwarten und dann sehen wir weiter. Haben Sie denn die Arbeitspapiere Ihrer Damen da? Die müssen wir im Zweifelsfall später auch noch mal befragen. Jedenfalls alle die, die letzte Nacht hier gearbeitet haben.“

Barwick wies auf sein kleines Büro, einen Verschlag hinter der Theke, wo man in einem Regal ordentlich aufgestellte und beschriftete Ordner erkennen konnte. „Sie können ja bei der Kreispolizei nachfragen. Wir führen den Laden hier nach klaren Prinzipien und sind sauber: keine Illegalen, keine Ausländerinnen, immer ordentliche Papiere, auch für die Versicherung und Steuer!“

„Und die Bockscheine?“, wurde Kathrin Eilers vorwitzig, erntete jedoch unerwartet ironische Kritik ihres Chefs: „Frau Kollegin Eilers! Was für eine Frage! Die Gesundheitszeugnisse sind doch seit 2001 abgeschafft! Das neue Infektionsschutzgesetz! Hat Ihr Professor an der Fachhochschule wohl die letzten Gesetzblätter nicht richtig gelesen!“ Er schüttelte übertrieben erstaunt den Kopf. „Können wir uns hier noch einmal umsehen?“

Barwick stimmte zu und sie begannen einen kurzen Rundgang durch das Haus. Im ersten Stock bewunderte Kathrin Eilers die einzelnen Zimmer, nach Kattenstrohts Empfinden etwas zu lange. Er jedenfalls fand die „Buden“, wie er sich ausdrückte, in ihren knalligen Farben, mit den breiten Betten und den vielen Kissen und Lampen in Herzform reichlich daneben. Auf die Frage, ob denn Sandra Keiten einen eigenen Bereich im Hause habe, führte der Wirt die beiden Beamten in den Keller. Dort befand sich ein großer Umkleideraum mit mehreren spindartigen Schränken sowie Duschen und Sanitärräume: alle bestens ausgestattet und blitzblank. Auch Sandra Keiten hatte hier einen solchen Schrank, an dem von außen ein glänzendes Hängeschloss angebracht war. Die Schlüssel zu den Schränken hätten nur die Mädchen, betonte Barwick. Kattenstroht entschloss sich, den Spind der Sandra Keiten zu versiegeln, und bat seine Assistentin, die dafür notwendigen Siegelmarken aus dem Wagen zu holen.

Die junge Frau machte sich auf den Weg. In der Zwischenzeit versuchte der Hauptkommissar, noch etwas über die Kundschaft des „Red Farmhouse“ zu erfahren; da aber wurde Barwick, der vorher so mitteilsam gewesen war, entschieden einsilbiger. Er druckste ein bisschen herum, sprach von den Autobahn-Kunden und den Leuten aus dem Ruhrgebiet, die gerne aufs Land kämen. Es sei schließlich, wie man bei der Polizei bestimmt wisse, ein Geschäft mit Diskretions-Charakter.

Der Wirt schien erleichtert zu sein, als Kathrin Eilers zurückkam und nicht nur die Siegelmarken mitbrachte, sondern auch einen jungen Beamten der Schutzpolizei. Den hatte Schücking geschickt. Bei der Bergung der Leiche habe man zwischen den beiden Vordersitzen eine Handtasche gefunden, anscheinend die des Opfers. Eine erste Durchsuchung hätte bereits alle wichtigen Papiere, Schlüssel und Utensilien der Sandra Keiten zum Vorschein gebracht. Es sähe ganz so aus, als sei sie das Opfer. Die Tasche, nach erster Durchsicht sicher verpackt, befände sich oben im Wagen. Kattenstroht möge sie gleich mitnehmen.

Der tastete sich vorsichtig an ein neues Problem heran: „Sie sehen, Herr Barwick, es läuft alles auf Ihre Sandra Keiten hinaus. Würden Sie uns, Sie haben sie ja gut gekannt, eventuell für die Identifizierung zur Verfügung stehen?“ Kattenstroht verschwieg auch nicht, dass es sich um keinen schönen Anblick handeln würde. Der Wirt zögerte, erklärte dann aber doch seine Bereitschaft, sich für den kommenden Vormittag in der Gerichtsmedizin einzufinden. Soweit er wusste hätte die Sandra keinen einsatzfähigen Verwandten mehr, wie er sich ausdrückte. So wurden Visitenkarten übergeben und Telefonnummern ausgetauscht.

Kattenstroht versiegelte anschließend den Spind. Um den würde man sich am nächsten Tag kümmern. Oben im Gastraum angekommen, bat er Barwick, doch noch einmal einen Blick auf den Saal werfen zu dürfen, der sich hinter den beiden Schiebetüren im Thekenraum verbarg. Der Wirt schaltete die Beleuchtung ein, denn hier waren die Fensterläden verschlossen. Der große Raum wurde von zwei Bühnen dominiert; die eine in der Ecke war fest installiert. Die in der Mitte war offensichtlich eine Drehbühne. Jede Menge Strahler und Spots für Lichteffekte hingen an der Decke. Der Wirt schien an der Technik seinen Spaß zu haben, denn er fuhr die Beleuchtung einmal hoch und ließ ein kleines automatisches Lichtprogramm abfahren. Aber wegen der blauen und roten Tapeten, der dramatischen Bilder und Farbfelder blieben die in

Nischen stehenden Sitzgruppen in einem gewissen Halbdunkel. „Und da hat Sandra noch gestern Abend getanzt!“, bemerkte der Wirt mit leiserer Stimme.

„Ist ja ein richtiger Hingucker!“, kommentierte der Hauptkommissar trocken, aber anerkennend die Ausstattung. Barwick entgegnete: „Aber Sie wissen doch, Herr Kommissar, wir verkaufen Illusionen.“

Augenblicklich setzte Kattenstroht nach: „Wie sind Sie eigentlich zu diesem Gewerbe gekommen?“, wollte er wissen.

Barwick schien im Halbdunkel ein wenig irritiert: „Also von Beruf bin ich eigentlich Automechaniker. In meiner Freizeit habe ich Taxi gefahren und da habe ich mitgekriegt, wie viele Männer in solche Lokale gehen – und was da für ein Geld ausgegeben wird. Sollte ich mein Leben lang Taxi fahren? Oder Motoren schrauben? Da kann ich doch besser ein paar Leuten helfen und ihnen ein paar kleine Träume verschaffen.“

Kattenstroht wandte sich seiner Assistentin zu: „Früher wurden in solchen Räumen die Familienfeiern abgehalten: Westfälische Hochzeitssuppe und anschließend auf demselben Teller Rindfleisch mit Zwiebelsoße. Später wurde man moderner: Da gab's Schinken in Champagnerkraut.“ Er betonte die letzte Silbe. „Und heute ... ?“

Vom Auto aus führte der Hauptkommissar ein Gespräch mit Münster und gab dem Polizeipräsidenten einen ersten Überblick. Kathrin Eilers, die noch kurz um das Haus und durch den verwilderten Garten gestrichen war, registrierte, als sie in den Wagen stieg, dass Kattenstroht schlechte Nachrichten hatte. Zwar werde es eine offizielle Mordkommission geben, aber der Präsident habe mal wieder seinen eigenen Kopf: „Nur weil er selbst auch zur Jagd geht, glaubt er, dass er die Leute auf dem Lande kennt! Schrotschuss heißt für ihn, dass es eine Beziehungstat sein muss. Ergebnis: Nur zwei Mann für ein paar Tage, überwiegend zur Innenrecherche und die Sekretärin nur bei Bedarf! Wie wir das schaffen sollen, weiß wohl nur er!“ Kattenstrohts Laune war an einem Tiefpunkt angelangt. –

Schweigend fuhren die beiden Kriminalbeamten zum Tatort zurück. An der Kreuzung zur Kreisstraße kam ihnen schon der Leichenwagen entgegen und am Tatort wurde gerade der Mini verladen. Die Spurensicherung war schon abgerückt. Kattenstroht stieg noch einmal aus, um sich von Schücking zu verabschieden. Nachdenklich schaute er über das abgedroschene Maisfeld, das in der nun schon tiefer stehenden Sonne vor ihm lag: Hart und kahl ragten die abgeschnittenen Strünke der Maisstauden aus dem Boden, der von vielen Traktor- und Drescherspuren zerwühlt und teilweise mit Dreschresten wieder bedeckt war.

„Schönes Durcheinander, so eine Ernte!"

Kapitel 4

Am nächsten Morgen war Kattenstroht schon früh im Büro. Wie es einer seiner alten Mittwochsgewohnheiten entsprach, war er kurz nach sieben Uhr über den Wochenmarkt geschlendert und hatte bereits einige Einkäufe erledigt, als er im Polizeipräsidium auftauchte. Er erstattete dem Chef noch einmal mündlich Bericht, nahm die Anordnungen über die kleine Kommission ein zweites Mal entgegen, protestierte ebenso pflichtgemäß wie vergeblich und sah sich seitens seiner Behördenspitze auf die Chance verwiesen, dem öffentlichen Arbeitgeber auf politischem Wege mehr Personal zu entlocken. Kurz darauf saß er mit Kathrin Eilers und den drei ihm zugewiesenen Kräften in einem Besprechungsraum zusammen. Da er mit Austrup und Pötter schon oft zusammengearbeitet hatte und auch die Kunsleben als Orga-Kraft schätzte, konnte die Recherche zügig organisiert werden. Eifrig diskutierten sie zu fünft die Ausgangslage des Falles und verteilten die Aufgaben.

Austrup, der sich mehr auf Außenrecherche verstand, würde in den beiden kommenden Tagen den Bordellbesitzer und die Damen des Nachtclubs der Reihe nach vernehmen und die Kontakte der Keiten aus der letzten Zeit zu rekonstruieren versuchen, die Kundenkontakte inklusive. Pötter bekam den Auftrag, das Umfeld des Opfers in Recklinghausen zunächst einmal per Telefon zu erschließen. Die Kollegen dort würde Kattenstroht zuvor noch grob instruieren und dabei Pötters Auftrag ankündigen. Die Untersuchung der Keiten-Wohnung behielt sich Kattenstroht allerdings selbst vor. Auch Recklinghausen sei schließlich eine schöne Stadt, von den Ruhrfestspielen erst gar nicht zu reden. Die Kunsleben, die am Telefon eine wahre Hyäne sein konnte, sollte die Kontakte koordinieren, die Termine überwachen und insbesondere die Dokumentation des Falles in der Hand wie im Auge behalten. Feste Zeiten wurden vereinbart, zu denen man sich entweder treffen oder zumindest Informationen austauschen wollte. Die Besprechung wurde nur kurz durch einen Anruf aus der Gerichtsmedizin unterbrochen. Man könne sich gegen 11.30 Uhr nach der Sektion zu einer ersten Information treffen und auch eine Identifizierung durch Zeugen versuchen.

„... versuchen!“, betonte Mia Kunsleben manieriert; sie stand schon mehr als 30 Jahre in den Diensten der Polizei und behauptete stets, ihre

Pappenheimer – so nannte sie selbst honorigste Professoren – viel zu gut zu kennen. „Da wünsche ich allen Beteiligten viel Vergnügen. Und ich werd' mal den Loddel einladen!“, schloss sie markig.

Während Kathrin Eilers, jüngeren Erkenntnissen der Kommunikationsforschung folgend, eine große Pinnwand im Büro aufstellte, auf der sie eine Mind-Map des Falles erstellen wollte, ging Kattenstroht über den Hof des Polizeipräsidiums zum großen Garagenbereich. Dort war am Vortag der Mini zur Untersuchung abgeliefert worden. Das kleine Auto stand gerade auf der Hebebühne und wurde von allen Seiten begutachtet. Hermann Engbers, der Werkstattmeister, ein echter Junge vom Lande, der alle Besucher bis hinauf zum Präsidenten – auch gegen ihren Willen – zu duzen pflegte und gerne Plattdeutsch sprach, beleuchtete gerade die Unterseite des Wagens und kontrollierte Räder, Zuleitungen und Bremsen.

„Alles prick und propper bi düssen Wagen!“, gab er sein Urteil ab. „Nur schade, dass da einer obendrin so eine Schweinerei veranstalten musste. Die Inneneinrichtung, die Verkleidungen, die Sitze, kannste alles rausreißen. Aber danach: Wär das nicht was für deine Frau, so 'n Autoken?“

„Mach mal halblang mit deinen Geschäften, Hermann, da gibt's vielleicht noch andere Erben. Was ist denn zum Auto zu sagen?“

„Nicht viel: Knapp ein Jahr alt. 40.000 gelaufen. Scheckheftgepflegt. Der Wagen ist unten top, aber innen drin, wie gesagt, da muss Großreinemachen starten!“

„Und Spuren? Hast du schon was mitgekriegt?“

„Die Jungs mit den Mikroskopen sind schon wieder abgerückt und wahrscheinlich oben im Labor. Der vorläufige Bericht kommt aber wohl erst am Nachmittag, alles andere in den nächsten Tagen.“

Kattenstroht bedankte sich, ging zum Labor und informierte sich dort über die ersten Ergebnisse. Die Sache sei an sich ganz klar. Der Täter habe aus großer Nähe durch das bereits geöffnete linke Seitenfenster geschossen. Dann habe er die Tür geöffnet, die Leiche, jedenfalls den Oberkörper, zum Beifahrersitz herübergeschoben, die Kupplung bedient, den Leerlauf eingelegt und den Wagen die Feldzufahrt herunterrollen lassen. Wahrscheinlich sei er dabei neben dem rollenden Auto hergelaufen und hätte in gebeugter Haltung zu lenken versucht. Ab einer gewissen Geschwindigkeit hätte er aber dann den Wagen laufen lassen müssen, weil er sonst selbst in den Graben und möglicherweise unter das Auto geraten wäre.

„Also haben wir im Rahmen, an der Tür und am Fußboden eine Menge Spuren. Fasern und Erdklümpchen. Wohl auch Fingerabdrücke. Aber das werden wir sehen.“ Der Labormitarbeiter sortierte eine Reihe von durchsichtigen Plastiktütchen mit Beschriftungen und kündigte spätestens für den folgenden Tag einen ausführlichen schriftlichen Bericht an. Zudem hätte man Dutzende von Fingerabdrücken. Die des Opfers habe man gestern noch genommen; mehr dann dazu spätestens morgen.

Kattenstroht machte auf dem Rückweg in der Kantine noch eine kurze Kaffeepause und ließ sich von Kollegen zu seinem neuen Fall gratulieren: Er käme doch mal wieder richtig aufs Land. Und das „in der goldenen Herbsteszeit“. Zwar konnte er die Begeisterung der Kolleginnen und Kollegen nur bedingt teilen, aber irgendwie hatten sie wohl Recht.

Sein Büro fand er schließlich mit einer doppelten Pinnwand zugestellt vor, in deren Mitte Kathrin Eilers ein erstes Foto des Tatortes mit dem Mini im Graben festgepinnt hatte. „Da kann ich ja auf das Büro auch gleich verzichten!“, knurrte der Hauptkommissar etwas gereizt. Der Blick auf die Uhr zeigte, dass sie ohnehin bald zur Gerichtsmedizin aufbrechen mussten. So blieb nur noch Zeit, gemeinsam die Tatort-Fotos am Bildschirm durchzusehen. Sie bemerkten dabei nichts Auffälliges und fuhren bald ab in Richtung Universitätsklinikum.

Kattenstroht parkte den Wagen vor der großen Klinik und erntete prompt barsche Kritik: „Die Gerichtsmedizin ist doch hinter dem Gebäudekomplex. Und hat die nicht auch eine eigene Zufahrt? Parken wir doch da!“, meckerte Kathrin Eilers herum.

„Erstens haben wir noch etwas Zeit und zweitens ist der Weg hier viel schöner!“, widersprach ihr Vorgesetzter. „Schauen Sie sich doch mal die Front an, fast wie ein Schloss und doch erst 70 Jahre alt. Mit einem Spiegelteich davor!“ Und dann, nach einer Pause: “Ich gehe gerne hier durch diesen Park. In der Mitte das Gesundheitsschloss, links die alte Gerichtsmedizin, rechts ein moderner Knochenbrecher. Das hat doch was!“

Flott bog Kattenstroht mit seiner Begleitung in einen etwas versunken wirkenden Laubengang ein, der auf Sandsteinstelen ein Gerüst mit wildem Wein und Efeu trug. „Als Student war ich mal auf einer Party im Gemeinschaftsraum der Gerichtsmedizin eingeladen. Seit jener Party spielt dieser Laubengang in meinem Leben eine gewisse Rolle!" Kathrin Eilers verschlug es wieder mal die Sprache. Hinter Kattenstroht und seinen Lebenswandel sollte einer kommen!

Schon bald erreichten sie die neue Gerichtsmedizin und die junge Assistentin orientierte sich direkt auf die abseits liegende, durch einen halbseitig verglasten Windfang mit dem Institut verbundene Sektionsabteilung zu. Der Hauptkommissar aber zeigte auf das Hauptgebäude und belehrte die Kollegin: „Immer daran denken: Nie die Anmeldung vergessen! Nie mit der Tür ins Haus fallen. In die Sektionsbaracke kommen wir ohne Begleitung sowieso nicht herein."

Im Foyer des Instituts stellten sich die beiden höflich vor und wurden telefonisch angekündigt. Der Herr Professor werde gleich einen Sektionsassistenten schicken, um sie abzuholen. Sie warteten ein paar Minuten, in denen Kattenstroht die Wandbilder studierte und Eilers etwas gelangweilt in den ausliegenden Medizinzeitschriften blätterte. Dann erschien ein Herr im weißen Kittel. Der Kommissar wurde geradezu herzlich begrüßt; er stellte Kathrin Eilers vor und bald standen beide in einem provisorischen Einmal-Kittel an den „kalten Tischen der Toten", wie sich Kattenstroht auf dem Wege in die Sektionsabteilung ausgedrückt hatte.

Der Professor entpuppte sich als ein kleiner, drahtiger Mann mit scharf geschnittenem Gesicht und aufmerksamem Blick. „Mein Bericht ist weitgehend abdiktiert, wird noch heute fertig. Es fehlt noch was vom Labor. Deswegen zunächst mal kursorisch das, was wir jetzt schon wissen." Er trat an einen der Sektionstische heran und wies die Besucher ein. Dann schaltete er die grelle OP-Beleuchtung ein und deckte das grüne Tuch über dem Kopf der Leiche auf. Selbst Kattenstroht, der an vieles gewöhnt war, erschrak aufs Neue. Kathrin Eilers schien etwas zu schwanken.

„Die Sachlage ist ja weitgehend klar. Der Täter hat der jungen Frau hier zwei Schrotschüsse unmittelbar nacheinander in den Kopf gejagt.

Aus nächster Nähe. Das zeigen die Schmauchspuren. Die Schüsse sind leicht versetzt, die Streuung ist noch ganz gering. Daraus ist zu schließen, dass nicht beide Hähne, so sie bei dem Gewehrmodell überhaupt nebeneinander liegen, gleichzeitig abgezogen wurden. Natürlich haben die Schüsse die linke Gesichtshälfte fast bis zur Nasenlinie weitgehend zerstört. Wir haben die Schussbahnen gemessen. Das Gewehr muss anfangs fast waagerecht in der Hand des Schützen gelegen haben. Die Wirkung war natürlich schon beim ersten Schuss – etwa auf Augenhöhe – letal. Die arme Frau hat wohl nicht viel davon gemerkt. Der zweite Schuss scheint mehr auf den oberen Gehirnbereich gezielt zu haben. Die Waffe wurde fast auf die Schläfe aufgesetzt. Vermutlich weil sie schon zur Seite hin umkippte. Das heißt, der Täter hat durch das Fenster noch mal nachgesetzt. Dieser zweite Schuss hat im Gehirn ein Desaster angerichtet."

„Sonst noch was?" Es schien, als wolle sich Kattenstroht mit einer Frage Erleichterung verschaffen.

„Na, die Verletzungen reichen doch!" Der Professor schlug seine Notizen auf, die auf den grünen Laken lagen, die die Leiche bedeckten. „Sonst keine weiteren Befunde. Der Allgemeinzustand der Frau ist völlig normal. Die Werte, soweit wir sie jetzt schon haben, sind unauffällig. Sie war gut ernährt, gesund, gut durchblutet. Offensichtlich sehr sportlich. Übrigens, wenn ich mir die Bemerkung in Anwesenheit einer Dame erlauben darf: Das Opfer war eine sehr schöne, attraktive Frau. Den Todeszeitpunkt haben wir nach Zustand der Leiche, den gemessenen Körpertemperaturen auch am Tatort und der Tatsache, dass das Autofenster in der Nacht geöffnet blieb, auf etwa 1.30 – 2.30 Uhr ziemlich eng eingrenzen können. Zusätzliche Spannbreite vielleicht eine Viertelstunde. Aber da müssten Sie mit Zeugenaussagen ran!"

Der Sektionsassistent erschien in der Tür: „Da ist jemand zur Identifizierung an der Pforte! Er hat nach Ihnen gefragt, Herr Kattenstroht! Ein Herr Barwick." Der Bordellwirt wurde umgehend mit einem Kittel versehen und in den Sektionsbereich geführt: Er fühlte sich sichtlich unwohl.

Der Gerichtsmediziner begrüßte Barwick freundlich und wollte offensichtlich beruhigend auf ihn einwirken. Er berichtete kurz von schweren Verletzungen und kündigte einen Identifizierungsversuch nur über die rechte Gesichtshälfte und das Gesichtsprofil der Leiche an. Körperfärbung, Blutungen unter der Haut und erste Leichenflecken sollten den Zeugen bitte schön nicht verwirren. Dann deckte er den Kopf teilweise auf.

Wieder bemerkte Kathrin Eilers das Entsetzen, das den Bordellwirt schon am Vortage bei der Nachricht über eine mögliche Gewalttat an Sandra Keiten überfallen hatte. Christian Barwick war sichtlich getroffen und für einen Loddel nicht sehr cool.

Ja, soweit er das beurteilen könne, müsse das Sandra Keiten sein. Aber angesichts ihres Zustandes sei er sich doch nicht hundertprozentig sicher: „Jedenfalls erkenne ich das“, dabei zeigte er auf die verhüllte Leiche, „nicht unbedingt als Sandra wieder. Von der habe ich ein anderes Bild.“

„Wissen Sie denn etwas über gewisse unveränderliche Merkmale, Operationsnarben oder Ähnliches? Alles kann uns bei der Identifizierung helfen. Denken Sie nach!“, forderte der Pathologe Barwick nachdrücklich auf. Der antwortete schnell: „Sie hat an der Leiste ein kleines Tattoo. Warten Sie mal!“ Er fasste sich selbst in den Leistenbereich: „Links, ja links, hier unten hat sie eine kleine Rose tätowiert.“

Der Professor hob das Laken etwas an und deckte den Unterleib des Opfers teilweise auf. „So wie die hier!“, bemerkte er fast beiläufig. Interessiert beugten sich die Kriminalbeamten über das kleine Tattoo, das sich in einer Länge von etwa viereinhalb Zentimetern mit einer erblühten roten Rose, einem grünen Stiel und schwarzen Dornen leuchtend von der leichenblassen, wächsernen Haut abhob.

„Und am linken Fuß trug sie eigentlich immer ein Silberkettchen.“, murmelte Barwick, dem es überhaupt nicht gut zu gehen schien. Der Professor griff in eine Stapeldose aus rotem Kunststoff, die hinter ihm auf der parallel zum Sektionstisch verlaufenden Ablage stand: „Etwa diese hier?“, fragte er Barwick und hielt ihm ein Plastiktütchen mit dem Schmuckstück vors Gesicht. Der Bordellwirt nickte nur stumm.

„Wenn wir das Ergebnis eines Gen-Tests erst einmal außer Acht lassen, da brauchen die Kollegen noch gesichertes Vergleichsmaterial, müssen wir also feststellen, dass zurzeit kein vernünftiger Grund dagegenspricht, diese Tote hier als die 27 Jahre alte Sandra Keiten, wohnhaft in Recklinghausen, zu identifizieren!" Mit diesen Worten beendete der Professor den Termin in der Gerichtsmedizin.

Kathrin Eilers und Barwick waren bereits auf dem Weg zum Ausgang. Der Professor und Kattenstroht aber standen noch am Kopf des Sektionstisches. „Soll ich Ihnen mal was sagen, Herr Kattenstroht? Dieser Fall gefällt mir nicht. Schauen Sie sich den Hergang an. Warum der zweite Schuss, warum dieses Nachsetzen?" Der Kommissar hörte dem Pathologen aufmerksam zu. „Dieser Täter hat mit Eifer gemordet, mit Leidenschaft, mit Hass. – Ein Jäger? Bei dem Ausdruck von Hass?" Er wiegte seinen Kopf leicht hin und her. Dann folgerte er entschieden: „Eine Jägerin, eine Frau – sollte mich jedenfalls nicht wundern!"

Auf dem Institutsparkplatz bedankte sich Kattenstroht beim Bordellwirt, verabschiedete sich und ging mit Kathrin Eilers langsam zurück zum Auto. Diesmal wählte er aber nicht den Weg durch den herbstlich sonnigen Park, sondern sie nahmen die kleine Straße an der alten Gerichtsmedizin vorbei, die mit ihrem markanten Giebelvorbau an einen kleinen Tempel erinnerte. Auf vier Pfeilern lag ein Architrav, der von einem Dreiecksgiebel bekrönt wurde.

„Haben Sie eigentlich die Bildhauerarbeiten da oben schon mal genauer beguckt?" Kattenstroht wirkte, während er fragte, irgendwie eifrig. Eilers verneinte, so nahe war sie dem alten Bau noch nie gekommen. Der Hauptkommissar holte aus: „In der Mitte der Phönix, der aus Feuer und Asche aufsteigt; wie das Wissen, das man aus der Erforschung des Todes gewinnt. Rechts und links je eine Fackel zur Erhellung des Verstandes. Die Toten mögen die Lebenden lehren. So steht's in der alten Anatomie!"

Auf die nächste Frage war Kathrin Eilers nicht gefasst: „Was denken Sie über das Tattoo unserer Sandra Keiten?" Und als Kathrin Eilers von einer Mode oder einer zufälligen Geschmacksverirrung oder gar einem Zufall sprach, wurde Kattenstroht energisch. Ohne die Emblematik ginge da gar nichts, befand er, und ob denn der Eilers mit ihrem sonst so klüftigen Kopf an der Rose gar nichts aufgefallen sei.

Die junge Frau dachte angestrengt nach: „Stimmt, der Stiel war geknickt und ein Rosenblatt fiel von der Blüte herunter! Ja und ...?"

„Die gebrochene Rose, meine Liebe, ist in der Emblematik etwas ganz Besonderes: Die zerstörte Schönheit, die geraubte Unschuld, das vernichtete Leben." Und nach einer Pause, während er den Wagen aufschloss: „Ich fange an, in diesem Fall nicht an Zufälle zu glauben!"

Sie fuhren zum Präsidium zurück, aßen in der Kantine schnell zu Mittag, stimmten sich kurz mit Austrup und Kunsleben ab und brachen dann zu weiteren Untersuchungen nach Reckhölter auf.

Nach zwei Terminen, die deutlich mehr als eine Stunde Arbeitszeit in Anspruch genommen hatten, war Kattenstroht reichlich frustriert. Geärgert hatte er sich vor allem über Mia Kunsleben, die ihm diese beiden aus kriminalistischer Sicht unerheblichen Besuche, wie er fand, eingehandelt hatte: „Da hat sie sich wohl an einer Checkliste aus Kaisers Zeiten abgearbeitet!“, schimpfte er, als er vor dem Reckhölter Rathaus gerade mit Kathrin Eilers wieder in den Wagen stieg. „Total sinnlos so was! Hätte Schücking machen können. Das Telefon hätte es auch getan!“

Tatsächlich hatten er und Kathrin Eilers beim Ordnungsamt über das „Red Farmhouse“ wenig Neues erfahren können. Der Laden, bis vor acht Jahren im Besitz einer Reckhölter Familie, war von zwei alten Damen betrieben worden und vor allem bei Wanderern und Familien ein beliebtes, weil preiswertes Lokal („Bratkartoffeln – satt und lecker!“). Nachdem die eine der alten Damen verstorben und die andere ins Altenheim gegangen war, hatte die Erbengemeinschaft aus Neffen und Nichten das Lokal eine Zeit lang vergeblich angeboten; also stand es leer und drohte zu verfallen. Schließlich war Barwick auf der Bildfläche erschienen und hatte zugeschlagen. Zuerst hatte sich die Familie wegen seiner offen dargelegten Pläne geziert und gesträubt, um dann doch zuzustimmen, als der angebotene Kaufpreis eine unerwartete Höhe erreicht hatte. „Übrigens kurz vor der endgültigen Streichung der Konzession!“, hatte der Reckhölter Gemeindebeamte mit einem geradezu verständnisvollen Lächeln erläutert. Sämtliche Kontrollen und Besuche durch die Gemeinde oder die Kreisbehörden seien während der letzten Jahre ohne jede Beanstandung verlaufen. „Keine Mauer ist so hoch, als dass mit Gold beladene Esel nicht drüber steigen können!“, hatte Kattenstroht trocken kommentiert und hinzugefügt: „Philipp von Makedonien, 4. Jahrhundert vor Christus!“

Auch im Polizeiquartier, das in Reckhölter nur wenige Stunden am Tag besetzt war, kriegten sie ähnlich lautende Auskünfte. Nichts Auffälliges war in den Akten vermerkt und im Gedächtnis der beiden für die Gemeinde zuständigen Beamten haften geblieben.

Kattenstroht war ziemlich angesäuert. „Sollte mich gar nicht wundern, wenn die Herren ihr gemeinsames jährliches Betriebsfest beim

Barwick steigen lassen! ... zumindest als Höhepunkt dort beenden“, moserte er in sarkastischem Tonfall. Kathrin Eilers zog die Augenbrauen hoch. Derart „gräsig“ hatte sie ihren Chef noch nicht erlebt.

Ebenso missmutig wie unentschlossen saß Kattenstroht im Auto, tippelte mit seinen Fingern auf dem Lenkrad herum und schien zu überlegen. „Was hat sie uns denn noch auf die Liste geschrieben?“, fragte er endlich.

„Gertrud Wortmann. Gärtnerei. Das ist der Hof nördlich des Tatortes. Der an der Brücke, die über die Reckhölter Aa führt. Wenn überhaupt jemand etwas hören oder sehen konnte, dann von dem Haus aus. Kunsleben hat uns übrigens gebeten, dort nicht vor vier Uhr nachmittags aufzutauchen!“ Und auf Kattenstrohts irritiertes, fragendes Grunzen ergänzte Kathrin Eilers: „Die Familie steht mittwochs auf dem Markt in Münster. Die fangen um drei Uhr morgens an und sind erst am frühen Nachmittag wieder zu Hause. Darauf sollten wir Rücksicht nehmen.“

„In Gottes Namen, dann zu Gertrud, der Patronin der Gärtnerinnen!“, seufzte der Hauptkommissar; kaum war der Wagen von dem kleinen Dorfplatz heruntergerollt, ging er auch schon wieder in die Bremsen. Denn beim Briefkasten, der das Eckhaus zur Hauptstraße zierte, hatte er den Postboten Schwertfeger mit seinem braunen Postsack entdeckt. „Briefträger, Pastöre und Weißnäherinnen wissen auf den Dörfern immer am besten Bescheid!“, dozierte er, jetzt schon deutlich besser gelaunt.

Der Postbote ließ sich gerne auf ein Gespräch ein, hatte er doch durch seinen Fund vom Vortag kurzfristig lokale Berühmtheit erlangt. Schnell stellt Kattenstroht gezielte Fragen zur alten Landkneipe mit ihrem modernen Bordellbetrieb, der, wie er erfahren hatte, in Reckhölter einen ganz schlechten Ruf habe und von Einheimischen überhaupt nicht aufgesucht würde. Ganz bestimmt müsse dieser Ort für die Bewohner der Gemeinde so eine Art Niemandsland sein. Jedenfalls sei das die Meinung der Ordnungsbehörde und der Polizei.

Schwertfeger war über seine bedeutende Rolle in diesem Fall sichtlich stolz. Er hörte sich an, wie Kattenstroht die Reckhölter Rechtschaffenheit lobte, grinste und meinte dann, wohl jeder gestandene Mann aus Dorf und Bauerschaften ab 35 aufwärts habe sich im Zustand ab 1,2 Promille aufwärts mal ab und zu in den „Schuppen" getraut. „Wär doch komisch, wenn nicht, oder? Also wenn da die Puppen tanzen, da können Se wat sehen, Herr Kommissar!", erklärte er jovial-vertraulich – und bat im selben Atemzug die anwesende Dame um Entschuldigung. Außerdem wusste Schwertfeger zu berichten, dass auch der Vorstand des honorigen Schützenvereins, je zur Hälfte im Gemeinderat und im Kirchenvorstand engagiert, nach seiner Osterversammlung im letzten Jahr im „Red Farmhouse" „abgestürzt" sei. Und selbst der ehrenwerte Aldermann der Bruderschaft, der so hoch angesehen sei, habe sich am nächstfolgenden Sonntags-Stammtisch sehr anerkennend über die Ansehnlichkeit der dortigen Damenwelt geäußert. „Das tat er übrigens auf Platt, aber ich befürchte", wandte sich Schwertfeger an Kathrin Eilers, „dass Sie unser Reckhölter Platt nicht verstehen."

Interessiert, ja fast belustigt hörte Kattenstroht den Ausführungen des Briefträgers zu: Eilers gab sich den Anstrich dienstlicher Gelassenheit, obwohl sie sich über irgendetwas zu ärgern schien. Schwertfeger hatte es plötzlich eilig und verwies auf seinen Dienstplan. Doch bevor er die beiden Kriminalbeamten verließ, hatte er noch einen Tipp parat. „Sie müssen mal mehr unter die Leute gehen", riet er. „Es gibt in Reckhölter um diesen Laden da draußen mehr Geschichten, als Sie sich beide träumen lassen! Sie müssen nur richtig hinhören!"

Wenige Minuten später waren Kattenstroht und Eilers auf der hügeligen Straße durch die Bauerschaft Handrup unterwegs zur Gärtnerei Wortmann. Sie kamen auch am Tatort vorbei, hielten aber nur kurz ohne auszusteigen an und fuhren auf den Hof der Gärtnerei. Ein lebhafter Münsterländer sprang ihnen entgegen und meldete die Besucher laut bellend an. „Gertrud Wortmanns Landgärtnerei" präsentierte sich auf einem großen Schild als der biologischen Landwirtschaft verpflichtet und hatte außerdem ein blitzblankes Hoflädchen vorzuweisen. Kathrin Eilers schellte am Wohnhaus an und die beiden Ermittler wurden von der Besitzerin freundlich begrüßt: „Man hat Sie schon angemeldet. Nett, dass Sie auf unsere kleine Unnerst Rücksicht genommen haben. Also ohne das Schläfchen würde ich es auch nicht mehr schaffen!" Gertrud Wortmann machte einen in der Tat ausgeschlafenen, patenten Eindruck. Die leicht fuchsigen Haare über dem rotwangigen, mit Sommersprossen übersäten Gesicht der Gärtnerin zeigten erste graue Strähnen. Sie mochte Mitte vierzig sein und wirkte agil und drahtig.

Über die Ereignisse der Mordnacht befragt, konnte sie nur wenige Angaben machen. Am Montag habe sie mit ihren Helferinnen bis zum späten Nachmittag in der Gärtnerei gearbeitet, dann sei sie früh zu Bett gegangen. „Und in der Nacht habe ich wirklich nichts gehört. Da war ja auch noch der Regensturm. Und wenn ich einmal schlafe, können Sie neben meinem Bett einen Böller abschießen. Ich hör das nicht. Außerdem geht mein Fenster nicht nach Süden raus."

Ob sie denn allein im Haus wohne, fragte Kathrin Eilers. „Ja, wenn man von unserer Paula absieht. Aber die ist an die 80 und trotz Hörgerät schwerhörig. Und Arco ist nachts auf der Tenne!"

„Darf ich fragen, wer diese Paula ist?", hakte Kattenstroht nach.

„Tja, unsere Paula eben", meinte Gertrud Wortmann. „Sie ist seit mehr als 60 Jahren bei uns auf dem Hof. Da war ich noch nicht mal da. Erst war sie nur unser Küchenpüngel. Aber sie gehört dazu. Und heute ist sie meine Familie. Wollen Sie vielleicht mal mit ihr sprechen? Sie müsste eigentlich im Garten sein!"

Die agile Gärtnerin führte ihre interessierten Besucher aus dem Flur in das Wohnzimmer des Hauses: ein schöner Raum, eingerichtet mit bequemen Möbeln der 1950er Jahre. Zwei Fensterpaare und eine Tür in der Mitte führten nach Süden hinaus und gaben den Blick auf einen herbstlich gefärbten Bauerngarten frei, der klassisch in symmetrisch angeordneten Rabatten gestaltet war. Eine alte Frau, ganz in Schwarz gekleidet, war hier mit einer Harke auf den Gartenwegen beschäftigt.

Die Schwerhörigkeit war offensichtlich, denn zunächst hatte Paula gemeint, der seltene Herrenbesuch sei gekommen, um beim Ausnehmen der Dahlien-Knollen zu helfen. Auf Befragen erklärte die alte Dame umständlich, dass sie keinerlei Erinnerungen an die Nacht zum Dienstag hätte: „In meinem Alter schläft man ruhig oder man ist schon tot."

Kathrin Eilers war in der Zwischenzeit dem mittleren Gartenpatt bis zum Ende gefolgt, wo ein kleines Törchen durch die Hecke auf einen Grünstreifen führte; nach wenigen Metern floss hier die Reckhölter Aa, die das Land der Gärtnerei Wortmann von dem riesigen Maisfeld trennte. Über den Bach führte ein kleiner Steg. An der westlichen Seite konnte Kathrin Eilers im milder werdenden Licht des späten Nachmittags die Wallhecke, die Straße und den Tatort genau erkennen.

Gemeinsam gingen sie ins Haus zurück. Ob man in der Familie Wortmann zur Jagd gehe, wollte Kattenstroht abschließend wissen. Die Gärtnerin lachte: „Ich als Frau geh hier in Reckhölter nicht auf die Jagd. Und unser kleiner Kotten hat eh kein Jagdrecht. Aber mein seliger Vater war ein großer Jäger vor dem Herrn." Mit Stolz öffnete sie eine Schrankschublade im Wohnzimmer, kramte einen Schlüssel hervor und führte den Besuch in den Flur zurück. Dort öffnete sie einen Gewehrschrank: „Mein Vater hatte einen Jagdschein; er machte auch für Große Drenkmanns und für einige Reviere in der Umgebung die Jagdaufsicht und half bei den großen Jagden im Herbst und im Winter. Seine Waffen habe ich noch!" Ihr Blick ruhte fast wehmütig auf den matt schimmernden Gewehren. „Aus der Zeit sind auch die Geweihe, die hier hängen!" Sie verschloss den Gewehrschrank wieder. „Ist lange her. Aus und vorbei!"

Nachdem sie die Brücke über die Reckhölter Aa passiert hatten, bat Kathrin Eilers den Kommissar, am Tatort anzuhalten. Sie stiegen aus und gingen auf das Maisfeld herunter. Deutlich konnte man am nördlichen Feldrand den kleinen Fluss, den Garten und die Gärtnerei Wortmann ausmachen; in den Räumen des Wohnhauses gingen gerade die ersten Lichter an.

„Als ich hinten im Garten stand", sagte Kathrin Eilers, „ist mir was aufgefallen. Von dort aus hat man, sogar wenn der Mais hoch steht, einen direkten Blick auf den Tatort. Das Land steigt ja an. Wer da unten im Garten oder am Bach steht, kann das Gelände hier auf dem Hügel tatsächlich einsehen, sogar den Weg kontrollieren, auch den in Richtung Osten. Und über den Bach gibt es – ganz bequem – eine kleine Brücke. Und Gewehre und Schrotpatronen hat die Dame auch. Haben Sie den Drilling gesehen?"

„Na, na, na! Fräulein Eilers, mal nicht so hastig. Wo hätte diese patente Frau denn wohl ein Motiv her? Die hat's doch nur mit Gemüse im Treibhaus oder im Freiland und ein paar Blumen im Garten. Die Waffen schienen mir nicht sehr gepflegt zu sein. Nach einem frischen

Schuss roch da auch nichts. Und die Jagd? Ist für die doch wohl kein Thema!“

„Ist Ihnen eigentlich im Wohnzimmer nichts aufgefallen?“ Kathrin Eilers blieb hartnäckig. Und als Kattenstroht auch nach einigem Überlegen Fehlanzeige melden musste, erinnerte ihn seine Assistentin an einen gemütlichen Lehnstuhl, der unmittelbar vor dem ersten Fenster links stand. „Und zwischen den Blumenpötten steht ein großes Fernglas. Von dort aus kann man den ganzen Schlag, den Hügel und die Straße kontrollieren. Auf welches Wild ist da wohl wer aus?“

Die Frage sei berechtigt, räumte der Hauptkommissar ein: „Aus Ihnen kann doch noch mal was werden, Fräulein Eilers!“ – und lud sie zum Abschluss des Nachmittags auf einen Tee im Dorf ein.

Die kleine Kneipe an der Kirche hatte auch um die Nachmittagsstunde bereits Gäste. Kattenstroht bestellte Tee für sie beide und betrachtete die Gäste, die an der Theke ordentlich dem Bier zusprachen. Aus dem Gang, der zum WC führte, kam ein Mann schwankend in den Thekenraum und spendierte eine Lokalrunde. „Aber das ist doch ...!“, wollte Kathrin Eilers etwas zu laut feststellen, als Kattenstroht sie unterbrach und fast flüsternd ergänzte: „... na klar, unser Freund vom Tatort. Unser Ferdi. Woll’n wir mal erst ignorieren!“

Mittlerweile stieg die Stimmung. An und hinter der Theke wurde es unruhig; Kattenstroht und Eilers hörten die energische Stimme der jungen Bedienung, die sich lautstark beschwerte. Aus der Küche kam ein entschlossen wirkender, rundlicher Mann, offensichtlich der Wirt selbst, und stellte sich hinter die Theke.

Kathrin Eilers hatte es auf einmal eilig, nach den Pferden zu gucken, wie sie sich ausdrückte. Sie entschuldigte sich und kam erst wieder, als ihr Tee schon kalt geworden war: „Ich habe auf dem Weg zum Lokus mal die Bedienung angesprochen. Mit Dienstausweis! Die war total sauer, weil unser Ferdi sie, wie sie sagte, angemacht hat.“

„Ja und?“, brummte Kattenstroht, der solche Extratouren in der Befragung nicht besonders schätzte. „Sie hat mir nur gesagt, unser Ferdi solle sich mal am Riemen reißen. Der hätte heute eh ’nen Moralischen. Säuft schon seit dem Mittag, dabei sind sie zu Hause am Mais-Häckseln. Aber da hätte er eh nichts zu sagen. Er täte ja immer den falschen Griff. Und seine Weiber-Probleme löse auch er im ‚Farmhouse'!"

„Da schau mal einer an!", sagte Kattenstroht stirnrunzelnd. „Den setzen wir für morgen auf unsere Liste. Wir müssen ihn ja sowieso zu seinem Erscheinen am Tatort befragen. Lassen Sie uns gleich mal den Kapitaldezernenten anrufen, wann das mit der Wohnungsöffnung in Recklinghausen morgen klappt. Dann statten wir auf der Hin- oder der Rückfahrt den Große Drenkmanns einen Besuch ab."

Kapitel 6

In der Dienstbesprechung am Donnerstagmorgen berichtete zunächst Austrup über seine Aktivitäten vom Vortag. Er war schon am Mittag gemeinsam mit Pötter in das „Farmhouse" gefahren und hatte der Reihe nach Barwick und die später eintrudelnden Mitarbeiterinnen über den Verlauf des Montagabends, über Sandra Keiten und deren jeweiliges Verhältnis zu ihr befragt. „Das Ergebnis ist an sich unauffällig", meinte Austrup. „Die Keiten ist am Montag erst gegen 21.00 Uhr gekommen, hat einige Male gestrippt, etwa alle 35 bis 45 Minuten, und ist gegen 1.00 Uhr am frühen Dienstagmorgen wieder verschwunden."

„Gab es irgendeinen Einsatz auf dem Zimmer?", wollte Kattenstroht wissen. Das aber musste Austrup verneinen. „Barwick stellt das so dar, dass seine Sandra seit etwa einem halben Jahr überhaupt keine Kunden mehr aus dem ‚Farmhouse' hautnah betreut. Klingt fast so, als hätte sie sich ein wenig zurückziehen wollen aus dem Kerngeschäft."

„Und das übrige Umfeld, wie reagierte man da auf die Keiten?", bohrte Kathrin Eilers nach.

„Sie war als Tänzerin der Star des Clubs, ein wohl vor allem optischer Anziehungspunkt für die Männerwelt, die diesen Laden besucht hat. Uns ist aufgefallen, dass alle Mädchen, mit denen wir gestern sprachen, und wir haben – glaube ich – alle erwischt; nur eine war krank und auch am Montagabend nicht da. Also: Alle hatten eine hohe Meinung von unserem Opfer. Sie war auf eine bestimmte Art respektiert bei den Frauen. Fast so wie eine Ratgeberin, eine Freundin. Da war echte Trauer zu spüren."

„Das wäre aber selten in diesen Kreisen; da geht's doch nur ums Geld!", bemerkte Kattenstroht. „Und was war in ihrem Spind drin?" Pötter lächelte etwas verlegen: „Lingerie, Parfum! Eine ganze Kollektion Lotterleben! Wir haben alles registriert und eingepackt. Ist noch im Labor. Die Mädchen da haben bestimmt großen Spaß! Es reicht wirklich für eine ganze Dessous-Party!"

Austrup ergänzte noch, er habe sich den Sitzungssaal Nr. 3 als Zentrale für die Dokumentation zunächst für eine Woche reservieren lassen: „Wir tragen dort alle Berichte und Asservate zusammen. Wenn Sie was suchen, ist es dort zu finden. Der Gruppenschlüssel passt ja. Übrigens habe ich", er warf einen vorsichtigen Blick auf Kathrin Eilers, „auch die Pinnwand mit der Mind-Map rübertragen lassen. Da ist mehr Vergang in dem großen Raum!"

Kattenstroht nahm es dankend zur Kenntnis, während Kathrin Eilers ein Gesicht zog, das ihr Chef im sonstigen Geschäftsalltag als „gebührenpflichtig" zu bezeichnen pflegte. Er berichtete nun seinerseits, was man am Vortag in Reckhölter herausgekriegt hatte. Das war schnell erledigt.

Aus den einzelnen Abteilungen lagen weitere Unterlagen vor. Die Spurensicherung hatte im Auto des Opfers die Fingerabdrücke mindestens einer weiteren Person im Bereich des Beifahrersitzes eindeutig nachgewiesen und gesichert. Das Obduktionsergebnis war gekommen, ergänzt durch zahlreiche Fotos. Keiner in der Runde verspürte zunächst den Wunsch, die umfangreiche Akte zu studieren. Das Ergebnis der waffentechnischen Untersuchung bot auch nicht viel Neues. Wie vermutet, waren für die tödlichen Schüsse Patronen des Kalibers_12 / 67½ benutzt worden. „Das sind immerhin 30 Gramm Bleischrot mit 2,6 mm Durchmesser!", erläuterte Austrup. „Und da ist keine Kugel daneben gegangen." Zum eigentlichen Fabrikat könne man noch nichts sagen.

„Ich werde jetzt mal den Kapitaldezernenten anrufen und dann fahren wir beide auf Visite!", schloss Kattenstroht mit Blick auf Kathrin Eilers die morgendliche Runde.

Eine Viertelstunde später saßen sie im Wagen. „Ich kann mich kaum an eine ähnlich schöne Herbstwoche erinnern. Schon wieder ein Sonnentag mit einem Stich Morgennebel und dieser schönen Luft!" So drückte der Hauptkommissar seine Freude aus, als sie sich durch die bunt gefärbten Wälder dem anscheinend so friedlichen Reckhölter näherten. Mit Hilfe der Karte fanden sie sofort die Zufahrt zum Hof Große Drenkmann, dessen Gebäude unter mächtigen Dächern imposant auf einer Terrasse inmitten großer Feldfluren vor den bewaldeten Hügeln lag.

Noch bevor sie auf dem Hof angekommen waren, hielt Kattenstroht an und parkte den Wagen auf einer Feldzufahrt. „Wenn man zu Fuß geht, sieht man viel mehr!", erklärte er seiner jungen Mitarbeiterin, die etwas ratlos auf ihre modischen Schuhe schaute: Die Zufahrt zum Hof war wegen der laufenden Maisernte ziemlich verdreckt. Vor dem Torhaus stand ein Hofkreuz aus Sandstein, umgeben von einer gepflegten, gartenähnlichen Anlage.

Sie entdeckten zwei Gedenksteine für Kriegsopfer – beide aus der Familie. „Heinrich und Hubert! Und beide Stalingrad! Das dürften Onkel unseres Freundes Ferdi gewesen sein." Kattenstroht blieb an den Namen hängen: „Das waren noch Patrone! Wissen Sie eigentlich, dass heute selbst Kinder aus angesehenen Bauernfamilien ‚Kevin' oder ‚Kimberley' getauft werden? Meine Frau erzählt mir das aus der Schule. Stellen Sie sich mal vor: Kimberley Melody Große Drenkmann! Absurd, so was! ---- Wie sollen eigentlich Ihre Kinder mal heißen?"

Kathrin Eilers biss nicht an und schritt schon durch das große Torhaus aus Fachwerk, hinter dem sich die Hofanlage ausladend anschloss. Der ganze Hof Große Drenkmann war optisch weitgehend als klassisches Ensemble aus Fachwerk erhalten, ermöglichte andererseits aber modernes Wirtschaften, wie man an den hinzugefügten Anlagen, der etwas abseits gelegenen modernen Maschinen-Remise und den sorgfältig gepflasterten Flächen und Wegen erkennen konnte. Der große Hofplatz war vierseitig umbaut und fast ganz geschlossen: in der Mitte eine Grünfläche mit einer imposanten Eiche. Auf der westlichen Längsseite stand das Haupthaus mit großer Tennentür und dem Wohntrakt.

„Alles in Schuss, sogar die Blumenkästen!", urteilte Kattenstroht anerkennend. „Hier stimmen noch die Farben!" Und als Kathrin Eilers ihn fragend anguckte, dozierte er über die münsterländische Farbenlehre von roten Dachziegeln, dunkelroten Klinkern, weiß-gelben Sandsteinwerkstücken für Fenster und Türen, den weißen Fensterrahmen und den grünen Fensterklappen. „Das sieht man nicht mehr oft! Und alles hier ist prick und propper!"

Rechts vom Haupthaus stand an der nördlichen Schmalseite der Hofanlage ein besonders schönes Fachwerkgebäude mit Krüppelwalmdach in einer sehr gepflegten Anlage. Der Bau war offensichtlich gerade renoviert worden; auf dem Balken neben der Tür hatte man ein kleines Denkmalschild befestigt: „Speicher, Back- und Brauhaus!", ordnete der Hauptkommissar das Haus ein und mutmaßte: „So etwas wird gerne als Denkmal renoviert und dann vermietet. Muss ein Schweinegeld gekostet haben!"

„Von wegen Schweinegeld! Ich tippe hier nur auf Bullenmast!", zeigte sich Kathrin Eilers auf einmal fachkundig. „Mag sein!", räumte Kattenstroht großzügig ein und warf einen Blick auf die langen Scheunen und Stallanlagen, die die gegenüberliegende, östliche Längsseite der Hofanlage bildeten. Das Torhaus, das sie zuvor passiert hatten, schloss das Karree nach Süden. Einzelne Wege führten zwischen den Gebäuden hinaus in die Flur.

„Schöne Anlage!", brummte Kattenstroht. „Hier wird noch was gedroschen!"

Kathrin Eilers läutete und wenig später öffnete sich ein Flügel der aus heller Eiche gearbeiteten Haustür. Eine ältere Frau fragte nach dem Grund ihres Besuches und bat sie ins Haus, aber nicht ohne vorher einen skeptischen Blick auf die Dienstausweise und auf die Schuhe der Besucher geworfen zu haben. Der Bauer sei noch beim Mais-Häckseln. Sie werde die Hausherrin gleich holen.

Der Besuch aus Münster stand allein in der großen Flettküche, an deren rechter Seite – zwischen zwei in weitere Wohnräume führenden Türen – eine traditionelle Herdfeuerwand mit westfälischem Himmel aufragte. Vor den Wandflächen, die teilweise mit alten holländischen Fliesen versehen waren, hing das Zubehör einer solchen Feuerstätte: mattes Eisen und glänzend geputztes Messing. In der Glut knisterten einige Knubben aus trockenem Buchenholz und verbreiteten neben angenehmer Wärme den typischen Duft des Herdfeuers. „Ich liebe es!", seufzte Kattenstroht. „Eigentlich müssten wir uns jetzt erst mal hinsetzen und eine Runde praoten!" Aufmerksam und interessiert ließ er seinen Blick durch den schönen Raum schweifen, der so viel von der Hofgeschichte erzählen konnte.

Auf dem schwarz-weiß geschachteten Fliesenboden der Küche stand in der Mitte ein großer Tisch mit Stühlen. Ein prächtiger Herbstblumenstrauß auf dem Tisch bildete einen farbigen Kontrast zu den überwiegend dunklen Möbeln. Dem Herdfeuer gegenüber, an der anderen Längswand, stand ein hoher Schrank mit altem, sorgfältig arrangiertem Porzellan. Neben einer der Türen, die zur Tenne zu führen schien, tickte ein hoher Uhrenkasten mit klassischem Zifferblatt. An der Schmalwand gegenüber der Eingangstür war ein weiterer Schrank zu bewundern, niedriger als das Glasenschapp und komplett mit barocken Intarsien verziert. In der rechten Ecke des Raumes seitlich der Eingangstür warb eine antike Hochzeitstruhe um Aufmerksamkeit. Die Wände hingen voller Bilder, Jagdtrophäen und Erinnerungsstücke aus der Hofgeschichte.

„Rotbunt-Züchter, das alles hier!“, brummte Kattenstroht und bewunderte eine kleine Bullenfigur, die auf einem zierlichen an der Wand befestigten Podest stand. „1. Preis DLG 1951“, las er laut. „Da war man noch stolz auf Rekorderträge und Fettgehalte!“

Intensiv studierte er als Nächstes ein gerahmtes Foto und bat Kathrin Eilers, es sich ebenfalls einmal anzusehen. Es zeigte zweifellos den Hof Große Drenkmann, aufgenommen im Jahr 1904. Vor der großen Tennentür hatte sich die ganze Hofgesellschaft versammelt. Pferde waren zu sehen, ein gewaltiger Bulle, der Hofhund, eine Kutsche und sogar eine Lokomobile. „Wie viele Leute sind denn da drauf?“, fragte Kathrin Eilers erstaunt und fing gleich an zu zählen: „Tatsächlich – mehr als 20!“

„Und da haben wir das Problem bei uns auf dem Lande!“, stellte der Hauptkommissar fest. „Da lebten früher drei Generationen auf dem Hof: Opa und Oma, Vater und Mutter, eine Jagd voll Blagen, Onkel und Tanten, Knechte und Mägde und wohl auch noch Heuerlinge. Und heute? Wenn ich es richtig sehe, lebt unser Ferdi hier alleine mit seiner Mutter. Das eben war doch wohl die Zugehfrau!“

Kathrin Eilers stand vor den Glasgemälden im oberen Teil der Türfassung: ein pflügender Bauer und ein beladener Erntewagen in buntem Glas, in der Mitte prangte die Jahreszahl 1847. „Schauen Sie mal hier, echte Fensterbierscheiben!“, sagte sie mit Bewunderung. Und Kattenstroht ließ sich von seiner Assistentin über die Bedeutung der gerahmten Glasbilder aufklären, die an der Innenseite eines der Fenster neben der Eingangstür montiert waren: „Geschenke zur Hochzeit und zur Hofübergabe waren das! Von Nachbarn und Freunden. Da wurde dann tüchtig drüber gefeiert.“

Kattenstroht freute sich insgeheim über den Eifer seiner Mitarbeiterin, konnte sich aber nicht verkneifen anzumerken: „Dieser Schenker hatte aber etwas anderes im Sinn: ‚Otto Ahlmer gab diß Glaß, da ehr noch junck Geselle waß!‘ Der freute sich wohl doch seines Standes!“

Hinter ihnen räusperte sich jemand und eine entschlossene weibliche Stimme erläuterte: „Das wissen wir nicht. Aber Ahlmers sind bis heute unsere Nachbarn. Die Scheibe ist aus dem Jahre 1678. – Regina Große Drenkmann, angenehm!"

Wie ertappt drehten sich die beiden Ermittler um. Vor ihnen stand eine hoch gewachsene ältere Dame, bestimmt schon über 70, die dennoch ebenso gerade wie energisch wirkte. Die schlank gebliebene Gestalt wurde durch dezente Kleidung – grauer Rock, weiße Bluse, dunkelrote Strickjacke – und einen Schuss Silberverstärker im Haar unterstrichen.

„Sie kennen sich aus mit Fensterbierscheiben, Frau -----?"

„Eilers, Kathrin Eilers. Von der Kripo Münster. Ja, bei meinem Opa in Lahsum hängen ähnlich schöne im Flett. Als Kind kannte ich alle Sprüche darauf auswendig!"

„Lahsum? Große Eilers oder Lütke Eilers?", fragte die alte Dame sichtlich interessiert nach.

„Mein Vater stammt vom Hof Große Eilers. Er war der dritte Sohn, machte Abitur und wurde Rechtsanwalt. Da fiel dann nach damaligem Höferecht der erste Namensbestandteil weg."

Kattenstroht hatte plötzlich das Gefühl, völlig überflüssig zu sein. Neugierig geworden wandte sich die alte Dame ausschließlich seiner Assistentin zu, sprach von Bekannten in der Lahsumer Gegend und von der Notwendigkeit, ihr unbedingt den eigenen Sohn Ferdinand vorstellen zu müssen. Der sei gerade beim Mais-Häckseln, aber der Kipper sei bald voll und das Feld fast leer. Er müsse jeden Augenblick kommen: „So lange können Sie es sich im Jagdzimmer bequem machen. Ich lasse mal schnell einen frischen Kaffee aufbrühen."

Sie führte Kattenstroht und Eilers, ohne auch nur einen Blick auf deren Ausweise geworfen zu haben, durch eine der Türen in ein kleineres Zimmer und bat sie, Platz zu nehmen. Dann versprach sie, sich um den Kaffee zu kümmern.

Draußen auf dem Hof war schon das Brummen eines großen Traktors zu hören. Ein gewaltiger Kipper wurde über die Wege zu einer großen Siloanlage gefahren, die offensichtlich geschickt hinter den Scheunen verborgen war. „Na, da ist ja der Erbe!", knurrte Kattenstroht.

Kapitel 7

Kathrin Eilers schaute sich gründlich in dem düster wirkenden Jagdzimmer um. Zwei Fenster führten auf den Hof hinaus und ließen nur wenig Licht herein. Fast alles, was sie sah, war schwarz oder braun: vom Eichenfußboden über die übermannshohen, fast schwarzen Wandpaneele, die braunen oder im Laufe der Jahrzehnte braun gewordenen Wand- und Deckenflächen bis hin zu dem abenteuerlich konstruierten Leuchter aus Hirsch-Stangen. Die oberen freien Wandflächen waren fast voll mit Trophäen, die vom Jagdeifer der Hofbesitzer zeugten. Ein eingebautes Bücherregal zeigte demonstrativ Jagdliteratur vor. Daneben stand der verschlossene, durch seine geschnitzten Außentüren aber kenntliche Waffenschrank. An den Paneelen hingen jede Menge aufwändig gerahmte Bilder, fast nur Schwarz-Weiß-Fotos, teilweise bestimmt über 100 Jahre alt; sie zeigten Jagdgesellschaften mit und ohne Beute. In der Mitte des Raumes dann ein runder Tisch mit vier geschnitzten Stühlen. Das ganze Zimmer wirkte wegen der zu üppigen Dekoration überladen, wenig dekorativ und auf eine gewisse Weise pathetisch.

Regina Große Drenkmann erschien mit ihrer Zugehfrau und servierte den Kaffee. Ihr Sohn komme sofort, man möge sich noch etwas gedulden, sagte sie. Kattenstroht studierte die Fotos, darunter auch Farbaufnahmen, und warnte seine Assistentin: „Hier sind auch MdBs und Landräte zur Jagd aufgelaufen. Sehen Sie zu, dass Sie nicht vor die falsche Schützenkette kommen!“, ulkte er, während er in seiner Kaffeetasse rührte.

Die Tür öffnete sich und der junge Herr des Hofes erschien. Man stellte sich gegenseitig vor. Auf Kathrin Eilers machte Ferdi Große Drenkmann trotz der Entgleisungen vom Vortag spontan einen sympathischen Eindruck. Der ebenfalls hoch gewachsene Mann Ende vierzig wirkte durchtrainiert und war braungebrannt: das Ergebnis regelmäßiger Arbeit an der frischen Luft. Ein fester Händedruck und ein gerader Blick. Wieder überließ Kattenstroht die erste Befragung seiner Assistentin. Natürlich ging es um den Tatort, das große Feldstück Sutgeist, seit ewigen Zeiten ein Kernbestandteil des Hofes:

„Wir haben dort am Montag Mais gehäckselt; leider konnten wir erst am späten Vormittag anfangen. Der Lohnunternehmer hat uns warten lassen. Kommt auch bei uns vor. Und irgendetwas anderes als aufgejagtes Wild habe ich nicht gesehen. Zum Glück hatten wir dieses Jahr keine Wildschweine im Mais. Das hätte wieder was gegeben." Ferdi Große Drenkmann berichtete sehr sachlich und klar, doch Kathrin Eilers meinte eine gewisse Verkrampfung, ja sogar Härte zu verspüren.

„Es wurde schon dunkel, als wir zum Glück doch noch fertig geworden sind. Auch die Aufschüttung der Silage hat noch geklappt. Der Regen setzte ja erst tief in der Nacht ein. Das kleine Auto kann erst im Dunkeln dort angekommen sein. Als wir das Feld räumten, war da noch nichts!"

„Und warum sind Sie am Dienstagmittag so aufgeregt dort aufgetaucht? Sie waren ja völlig außer sich und aufgebracht." Kathrin Eilers ließ in Gedanken die Szene auf dem Feld noch einmal Revue passieren.

„Was denken Sie eigentlich, wie ein westfälischer Bauer reagiert, wenn auf seinem Land so etwas passiert? Ich muss doch wissen, was da auf meinem Grund und Boden an Unheil angerichtet wird." Ferdi Drenkmann reagierte auf diese Frage mit Unverständnis.

Jetzt ergriff Kattenstroht die Initiative: „Es gibt da, Herr Große Drenkmann, ein Problem. Wir haben nämlich keine Ahnung, was das Mordopfer überhaupt in Handrup auf Ihrem Acker gesucht hat. Die Dame war Tänzerin in der Bar ‚Red Farmhouse', in der Nähe der Autobahnabfahrt Reckhölter. Sie hat das Haus dort gegen 1.00 Uhr am frühen Dienstagmorgen verlassen. Angeblich, um nach Hause zu fahren. Sie fährt aber nicht links vom Parkplatz herunter, nicht Richtung Autobahn, um dann über das Autobahnkreuz Unna nach Recklinghausen zu kommen. Nein, sie fährt rechts rum, durch das Dorf, durch die Bauerschaft, hinein ins tiefste, dunkelste und einsamste Handrup. Und dort wird sie ermordet. Schauen Sie sich die Straße an. Keine Schilder, keine Markierungen. Sie muss sich in diesem Gebiet ausgekannt haben – oder sie ist in die Irre gelockt und eher zufällig ermordet worden. Glaube ich aber nicht. Frage: Was macht sie da zu dieser Zeit?"

Ferdi Große Drenkmann gab seine Zurückhaltung nicht auf: „Wenn ich richtig informiert bin, hat diese Frau im Reckhölter Puff gearbeitet. Meinen Sie nicht, dass solche professionellen Frauen ihre Kunden auch mal außer Haus treffen?"

Kathrin Eilers erkannte die Gelegenheit und nutzte sie: „Haben Sie denn das Opfer gekannt, Herr Große Drenkmann?“, fragte sie fast beiläufig.

„Ich? Gekannt? So eine Frau? Ich bitte Sie, Frau Eilers.“

„Na, na na!“, räusperte sich Kattenstroht, der von seinem Stuhl aufstand, zur Wand ging und mit dem Finger auf ein Farbfoto hinter Glas tippte. „Der Vorstand der Schützenbruderschaft von Reckhölter. Da sind Sie doch dabei, da in der ersten Reihe, im schwarzen Anzug und mit vielen silbernen Orden! Das sind Sie doch, oder?“

„Na klar, ich bin damals im Jubiläumsjahr einer der beiden Aldermänner gewesen! In unserer Familie war man immer bei der Bruderschaft und im Vorstand.“

„Richtig, immer mit dabei!“ Kattenstroht wirkte plötzlich wie ein zupackender Jagdhund: „Und bei der berühmten Party nach der Osterversammlung im letzten Frühjahr, als der gesamte Vorstand ‚im Farmhouse abgestürzt‘ ist, waren Sie natürlich auch dabei! Oder, Frau Eilers, was sagen da unsere Informanten?“

Das saß. Ferdi Große Drenkmann reagierte zum ersten Mal unsicher, guckte merkwürdigerweise zuerst zur Tür, dann erst zu den Beamten und sprach plötzlich viel leiser: „Also gut, einmal besoffen in den Schuppen geraten heißt doch nicht gleich, dass man da rumhurt. Zudem waren wir alle reichlich dick. Und dann kommt so was mal vor.“ Und fast fröhlich beschwichtigend: „Alkohol steigert bekanntlich das Verlangen und senkt das Vermögen! Hab ich irgendwo mal gehört.“

Kattenstroht pfiff anerkennend: „Alle Achtung, Shakespeare, Macbeth, Porterszene! Unterhalten wir uns also mal wie unter Gentlemen.“ Er zückte seine Brieftasche und holte ein Foto von Sandra Keiten heraus, das ihm Austrup aus Barwicks Werbefotobestand zur Verfügung gestellt hatte. „Also, haben Sie diese Frau gekannt?“

Der Bauer nahm das Foto und sein Blick blieb für Kathrin Eilers' Geschmack etwas zu lange an der nur knapp bekleideten jungen Frau haften. „Tja, gesehen habe ich sie wohl mal, aber gekannt?“ Er schüttelte den Kopf. „Ein zufälliger Besuch in dem Laden ist doch noch kein Verbrechen, oder?“

„Nein, bestimmt nicht!“, beruhigte ihn Kattenstroht und steckte das

Foto eine Spur zu zackig in seine Brieftasche zurück. Genauso zackig sagte er dann: „Wir müssen uns noch Ihre Waffen ansehen."

Ferdi Große Drenkmann schien erleichtert zu sein. Er griff ins Bücherregal, nahm aus einer Schatulle den Schlüssel für den Waffenschrank und öffnete ihn. Sorgfältig aufgereiht standen hier Waffen aus verschiedenen Generationen. Besonders beeindruckt zeigte sich Kattenstroht von einem antiken Gewehr, das noch mit einem Steinschloss gezündet wurde und an Kolben und Lauf auffällig verziert war. Der Bauer erzählte ihnen, sein Vater und sein Opa hätten 1945 bei Beschlagnahme aller Waffen durch die alliierten Truppen die einzelnen Jagdwaffen auf dem Hof unter teils abenteuerlichen Umständen versteckt: „Diese Flinte hatten sie in Persenning verpackt und vom Balken aus in den Kamin gehängt. Man kann doch so einen Familienbesitz nicht hergeben!"

„Nein, das kann man wirklich nicht!", bestätigte Kattenstroht. „Und natürlich ist auch noch kürzlich aus allen Waffen geschossen worden!", schnupperte er ein bisschen herum.

„Klar, letzten Samstag war doch erste Treibjagd bei Ahlmer. Da gehören wir dazu!" Große Drenkmann sprach von Selbstverständlichem.

„Tja, da gehören Sie eben dazu!", beendete Kattenstroht das Gespräch brüsk, ja fast unhöflich. Er verzichtete auch darauf, sich von der Alt-Bäuerin zu verabschieden, und stürzte fast auf den Hof hinaus. Er schien es plötzlich sehr eilig zu haben, zum Wagen zurückzukommen.

„Hier stinkt's!", knurrte er, als ihn Kathrin Eilers endlich eingeholt hatte. Die orientierte sich kurz und meinte, der Wind habe gedreht und treibe jetzt den Duft aus dem benachbarten Maststall herüber.

„Ich meine nicht das Vieh!", erwiderte Kattenstroht. „Haben Sie's nicht gemerkt? Der kannte unser Opfer. Wie genau, wie intensiv? Wissen wir nicht. Noch nicht. Aber der weiß bestimmt mehr, als er zugegeben hat."

„Aber den Puffbesuch vom Vorstand der Schützenbrüder anzusprechen: War das nicht ein bisschen riskant?", wollte Kathrin Eilers wissen.

„Meine Liebe", Kattenstroht wurde geradezu generös, „mit der Kriminalistik ist es manchmal wie auf der Jagd – oder sogar wie beim Schützenfest: Ins Blaue gehalten, ins Schwarze getroffen! Auf nach Recklinghausen!"

Gegen 14.00 Uhr traf man sich vor dem Wohnblock im grünen Recklinghausener Norden. Auf dem kleinen Vorplatz parkte bereits ein Wagen der Schutzpolizei mit zwei Beamten und der Kollege Velmerich von der Kreispolizei Recklinghausen war auch erschienen. Er hatte die ersten Informationen zum Umfeld von Sandra Keiten erstellt. Kattenstroht kannte ihn aus einer Autoschiebergeschichte, die sie vor zwei Jahren erfolgreich aufgeklärt hatten. Velmerich, ein kooperativer und hilfsbereiter Kollege, hatte schon am Vortag seine erste Zusammenstellung der Erkenntnisse abgeschlossen und sie umgehend per E-Mail an Kattenstroht geschickt. Um ganz sicherzugehen, hatte er jetzt zum Termin einen Computerausdruck der Mail mitgebracht. Den formellen Gerichtsbeschluss zur Wohnungsöffnung hatte er auch dabei. Kattenstroht, der seinen eigenen Rechner noch gar nicht eingeschaltet und sich auf das Büro-Team verlassen hatte, blätterte die Unterlagen durch. Ab und zu runzelte er die Stirn oder machte große Augen. Man wartete.

Der Wohnblock mit seiner braun-roten Verklinkerung und den sandfarben gestrichenen Betonelementen machte einen seriösen Eindruck. Der Vorgarten war gepflegt, das Umfeld sauber. „Gutbürgerliche Wohnverhältnisse!", brummte Kattenstroht. „Dahinter tobt erfahrungsgemäß das Leben, Abgründe tun sich auf." Bestimmt würden sie Überraschendes vorfinden, mutmaßte er und fragte Assistentin Eilers: „Ist das hier eigentlich Ihr erster ‚Bruch'?"

Aus dem Foyer kam voller Elan ein junger Mann einige Stufen heruntergesprungen, stellte sich als Hausverwalter der Stadt- & Wohnbau vor, verteilte seine Visitenkarten – auch an die Schutzpolizisten – und dirigierte die Beamten zur Wohnung von Sandra Keiten. Er war sehr gesprächig und informierte die Beamten direkt über die genaue Lage der Keiten-Wohnung (2. Stock, nach hinten raus). Seit 13.45 Uhr habe er im Foyer gewartet, dabei leider versäumt, den Parkplatz im Auge zu behalten, und deshalb das Eintreffen der Polizei nicht rechtzeitig bemerkt, rechtfertigte er sich. „Eine sehr angenehme Mieterin, die Frau Keiten", verriet er den Beamten. „Was ist denn mit ihr passiert?"

Kattenstroht und Velmerich blieben ihm die Antwort schuldig. Wortlos folgten die beiden zusammen mit den Kollegen von der Schutzpolizei und Kathrin Eilers dem Hausverwalter ins Treppenhaus (die Wände ähnlich verklinkert wie die Außenfassade) und nahmen die Stufen (sauber geschliffenes Terrazzo, dunkle Holzgeländer) hoch in den zweiten Stock.

„Typisch späte 1960er Jahre", kommentierte Kattenstroht. „Egal ob Schule, Behörde oder Wohnhaus: immer schön mit Sichtklinker und dazu dann noch Beton."

Kathrin Eilers warf skeptische Blicke zu ihrem Chef – nicht zum ersten Mal. Seine Kommentare konnte sie nie so richtig einordnen. Was wusste sie überhaupt über ihn? Eben das, was er ausnahmsweise in den letzten Wochen selbst erzählt hatte, und natürlich das, was im Kollegenkreis beim Kaffee so geschwatzt wurde: Knapp über 40, verheiratet, Vater zweier Söhne, Hausbezahler. Die Frau Lehrerin für Englisch und Erdkunde am Gymnasium. Und dass Kattenstroht eine weitere Karriere zum Polizeirat abgelehnt hatte. Keine zehn Pferde würden ihn in die Akademie nach Hiltrup kriegen! So hatte er sich wiederholt geäußert. Und dann noch seine immer wieder bekundete Vorliebe für die Fälle auf dem Land, die ewigen Dienstfahrten in die Landkreise! Überhaupt sei er eigentlich eher der Typ „Graue Maus", immer mit Schlips und Kragen im Dienst, bestimmt besäße er eine Unmenge von Jacketts und noch mehr Schlipse. Angeblich kaufte Kattenstroht seine Garderobe bei regelmäßigen England-Trips mit der Familie im Londoner Stadtteil „St. Mary's-in-the-Fields". Böse Zungen im Kollegenkreis erlaubten sich zu mutmaßen, dahinter verberge sich wohl eher ein Textildiscounter in einem westfälischen Ort gleichen Namens. Denn angesichts der bekannten Gehaltsklassen bei der Polizei und des Neubaus nebst Einrichtung könne schließlich auch ein Hauptkommissar nicht übertreiben, meinten sie. Aber immerhin sei er der Einzige in der Behörde, der ein Theater-Abonnement habe und regelmäßig klassische Konzerte besuche.

Ordentlich aufregen konnte sich Kathrin Eilers darüber, dass Kattenstroht, obwohl kaum 20 Jahre älter als sie selbst, sich ihr gegenüber gelegentlich eine Spur zu gönnerhaft und väterlich aufführte, sie manchmal sogar abscheulicherweise als „Fräulein Eilers" titulierte oder andere reichlich antiquierte Verhaltensformen an den Tag legte. Aber sie musste sich eingestehen, dass er ihr gegenüber eine sympathische Wärme zeigte, ohne jeden Anflug von unangenehmem Midlife-Crisis-Gehabe eines Mittvierzigers.

Ein schlichtes Emailschild auf der Wohnungstür trug nur den Familiennamen. Darüber war ein weitwinklig verlinster Spion angebracht, der einen Blick über den ganzen Flur ermöglichte. Die Beamten überzeugten sich von der Unversehrtheit des Schlosses und der Hausverwalter schloss auf. Er betrat als Erster den halbdunklen L-förmigen Flur, von dem aus vier Türen aus Mattglas in die anderen Räume führten. Als das Licht eingeschaltet wurde, bemerkte Kathrin Eilers, dass Kattenstrohts Blick sofort zur Decke ging und einige Zeit an der auffallenden Lampe hängen blieb: Sie bestand aus ungefähr einem Dutzend hochglänzender, flexibler Metallarme, an deren Ende sich jeweils eine Lampenfassung mit einer klaren Tropfenbirne befand. Der Hauptkommissar grunzte vor sich hin, schenkte auch dem auffallend gestalteten Lichtschalter seine ungeteilte Aufmerksamkeit und ging dann in den Flur, der mit einem warmen Eichenparkett ausgelegt war.

Velmerich und seine beiden Schutzpolizisten überließen Kattenstroht und Eilers das Feld, die sich nun daranmachten, im Uhrzeigersinn die Räume einer oberflächlichen Untersuchung zu unterziehen. Die erste Glastür links führte in das etwa 30 qm große Wohnzimmer. Kathrin Eilers, die von dem Domizil einer Professionellen – und sie bekundete das ganz offen – etwas völlig anderes erwartet hätte, war sichtlich beeindruckt. Eine verklinkerte Wand war strahlend weiß gestrichen, die übrigen Wandflächen und die Decke waren mit einer schneeweißen Strukturtapete versehen: hell und freundlich. Vor der an den Flur grenzenden Wand stand ein dunkelbrauner antiker Schrank mit geschwungenem Aufsatz. „Neobarock, spätes Neunzehntes!“, hörte Kathrin Eilers ihren Chef murmeln, und dass man erst später da reingucken wolle. An einer anderen Wand ein elegantes Bücherregal in vier Abteilungen mit sieben, teils sogar acht Böden und sorgfältig aufgereihte Bücherreihen. Kattenstroht klopfte mit seinem Zeigefinger an eines der Seitenelemente des Regals: „MDF – Mitteldichte Faserplatte“, meinte er anerkennend. „Ein Klassiker!“

Die Südseite des Raumes war in Breite und Höhe vollständig verglast. Dabei konnten die drei erkennbaren Fensterelemente offensichtlich zum Betreten des Balkons geöffnet werden; jetzt waren sie mit einer feinen Gardine förmlich verschleiert. Aus den Blumenkästen an der Balkonbrüstung leuchteten schon die herbstlichen Astern. Zum Mobiliar des Wohnzimmers gehörten außerdem ein rotes Ledersofa mit elegant geschwungenen Formen und ein Tisch mit einer ovalen Platte aus grünem Glas auf einem Edelstahlgestell. Kattenstroht klopfte auf die Platte: „Ätzglas! Fantastisch!“ Die zum Tisch gehörenden vier hochmodernen Stühle, Aluminium mit Kunststoff kombiniert, standen gestapelt an der rechten Seite des Schrankes. Mittig über der Tischplatte hing an drei dünnen, schwarzen Kabeln eine scheibenförmige Lampe aus unterschiedlich gefärbtem Doppelglas mit drei integrierten Punktstrahlern. Darunter stand ein Blumengesteck in einer Aluminiumvase. Kattenstroht konnte es nicht lassen, die Lampe einzuschalten und Kathrin Eilers auf die zweite künstliche Lichtquelle hinzuweisen, die neben einem antiken Ohrensessel aus dunklem Leder auf einem hochmodernen Stahlrohr-Rundtisch mit Glasplatte stand. „Bauhaus“, murmelte der Hauptkommissar, und „Wagenfeld und Grey“ – und begann, in dem futuristischen Zeitungsständer zu stöbern, der zwischen Bücherregal und dem ebenso imposanten wie einladenden Lesesessel einen angemessenen Platz gefunden hatte.

Das großformatige Bild über dem Sofa, wie sogar Kathrin Eilers erkannte, ein Druck von Andy Warhols „Marilyn“, war geschmackvoll in Grau-Grün gerahmt und hob sich klar und entschieden von der Wand ab.

„Ich will mal unterstellen“, meinte Kattenstroht, „die Signatur unten rechts ist echt. Und bestimmt finden wir das auf der Rückseite bestätigt. Unter Brüdern ist der Druck inzwischen ein paar tausend Euro wert.“ Er setzte sich behäbig auf das rote Ledersofa, ließ seinen Blick noch einmal durchs Wohnzimmer schweifen und forderte seine Assistentin auf, das bisher Gesehene zu kommentieren.

Die konnte sich – leicht verdutzt – nur zu einem „Ungewöhnlich“ aufraffen, das Kattenstroht zu weiteren Ausführungen animierte: „In diesem Raum ist alles versammelt, was gut und teuer und in den wichtigsten internationalen Designkatalogen zu finden ist. Schon das Sofa“ – und dabei klopfte er auf eine der schön geschwungenen Seitenwangen – „ist der Mercedes unter den deutschen Polstermöbeln und mit drei- bis viertausend Euro normal bezahlt."

Wie aus der Pistole geschossen ratterte der Hauptkommissar eine Reihe von Namen aus der neueren Kunst- und Designgeschichte herunter und pries die bisher gesehene Einrichtung als ein exquisites Ambiente, wie er es in den letzten Jahren selten gesehen habe. „Nur eine Musterwohnung in dem entsprechenden Spezial-Laden in Münster hat mich schon mal ähnlich überzeugt, aber die" – resümierte er seufzend – „haben wir uns bei unserem Hausbau nicht mal im Ansatz leisten können." Ob die Eilers denn den „Wrapped Reichstag" im Flur gesehen habe; doppelt signiert, von beiden Christos; bei der schönen Rahmung gegenwärtig mindestens einen Tausender wert.

Mit anerkennendem, ja fast traurigem Blick erhob sich Kattenstroht vom Sofa und sie setzten die Besichtigung fort. Nachdem nun auch Kathrin Eilers den Christo-Druck im Flur gewürdigt hatte, betraten sie durch die zweite Glastür am Ende des Flurs den Schlafraum, der durch einen raumbreiten und wandhohen Einbauschrank, ein hochmodernes Bett und eine antike Wäschetruhe bestach. Das Fenster führte ebenfalls nach Süden, die modernen Möbel waren aus hellem Ahorn und wirkten im Wechsel mit Aluminium und Spiegelflächen. Kathrin Eilers öffnete die Schiebetüren des Einbauschranks: dahinter Sandra Keitens Kleidungsstücke, ordentlich gestapelt und sortiert. Im riesigen Schrank auch noch untergebracht waren Gerätschaften für den Haushalt. Hinter der Glastür verborgen entdeckten sie noch einen Schuhschrank, auch er aus edlem hellen Holz.

Kattenstroht zermarterte sich den Kopf wegen der auffallenden Druck-Graphik über dem Bett – immerhin das 37. Exemplar von 50, wusste aber wenigstens einen italienisch klingenden Namen für die pilzförmige Nachttischlampe zu nennen. Das Bad war vergleichsweise unauffällig ausgestattet. Weiß und blitzblank, verfügte es neben den üblichen Einrichtungen wie WC, Bidet und Waschtisch mit Oberschrank über eine Dusche und einen Haushaltstisch mit untergebauter Waschmaschine und einem Trockner. In der Küche, eher eine Kochnische mit fast kompletter Umbauung, konnte Kattenstroht es einfach nicht lassen, alle Schranktüren zu öffnen und insbesondere die Küchenutensilien genau unter die Lupe zu nehmen. Ziemlich abrupt ging er dann ins Wohnzimmer, öffnete die Türen des antiken Schrankes und bewunderte die Porzellane, Gläser und besonderen Haushaltsutensilien einer italienischen Firma, die er sich in dieser Vollständigkeit niemals würde leisten können. Selbst die gebügelte und sorgfältig aufgestapelte Tischwäsche fand Kattenstrohts uneingeschränkte Anerkennung.

Kathrin Eilers, die mittlerweile reichlich ungehalten war, fragte ihren Vorgesetzten, welche bisher verborgene Seite seiner Persönlichkeit sich denn hier offenbare. Und Kattenstroht, trotz der traurigen Umstände dieses Besuches eigentlich gut gelaunt, gestand ihr, dass zu seinen liebsten Urlaubsbeschäftigungen vornehmlich in Italien und Dänemark die regelmäßigen Besuche von Designer-Läden gehörten. Er kenne da speziell in Rom und Venetien, aber auch in den dänischen Städten und sogar in London einige sehr schöne Adressen, verriet er ihr. „Letztlich aber hat bei meinem Kunstinteresse die ‚beste Ehefrau von allen', so nenne ich meine Betty gerne, den Haupteinfluss. Die weiß wirklich viel über die Entwicklungen im modernen Design; dabei erteilt sie Kunst gerade mal im fachfremden Unterricht und hat nur en passant einige Semester Textilgestaltung studiert."

„Schluss damit", entschied Kattenstroht in nüchtern-dienstlichem Tonfall. „Wir haben immerhin einen Mord aufzuklären." Beim Hausverwalter, der bis dahin geduldig im Flur in der Nähe der Tür gewartet hatte, löste diese Bemerkung Kattenstrohts tiefe Betroffenheit aus. Nichtsdestotrotz wurde er noch einmal mit dem Durchsuchungsbeschluss konfrontiert, um die vorübergehende Herausgabe der Hausschlüssel gebeten und anschließend beauftragt, für Velmerich eine Führung zum zur Wohnung Keiten gehörenden Kellerraum, zum Spitzboden und zum Auto-Stellplatz zu organisieren.

Man wandte sich dem Schreibtisch zu, der im Flur stand. Kattenstroht zog sich jetzt doch seine Schutzhandschuhe an und tippte als Erstes auf den Laptop, der verschlossen auf der glatten Vollholzfläche stand: „Den nehmen wir auf jeden Fall schon jetzt mit." Und nach kurzer Überlegung: „Übrigens muss die Keiten Leertischlerin gewesen sein, wahrscheinlich auf dem Weg zum papierlosen Büro. Penibel ordentlich ist das Ganze hier jedenfalls!"

Auf dem hellgrauen Schreibtisch mit seinem edlen Sprossenunterbau befand sich neben dem Laptop, der Festnetzstation mit dem Telefon, einer Lampe und einer Funkuhr nur ein einzelnes Blatt Papier in einer Klarsichthülle unter einem bunten Briefbeschwerer aus Glas. „Venezianisch!“, ordnete der Hauptkommissar das gute Stück knapp zu. Das Blatt Papier entpuppte sich als Ausdruck eines digitalen Kalendersystems und zeigte die aktuelle Kalenderwoche. „Was wollen wir denn noch mehr?“, bemerkte Kathrin Eilers zufrieden und überflog ohne weiteren Kommentar die Eintragungen.

Unter dem Schreibtisch lockte ein Rollcontainer, aus tiefblauem Kunststoff mit weißen Rädern. Darauf stand ein Drucker, dessen Kabel über die Rückwand zum Laptop auf dem Schreibtisch führte. Kattenstroht zog das Kabel aus dem Drucker und ließ den Container in den Raum rollen. Er öffnete die Schublade, die sich als Hängeregistratur entpuppte: Etwa zwei Dutzend Ordner, in Gruppen mit Reitern sortiert und etikettiert, füllten das Schubladeninnere. Kattenstroht und Eilers beugten sich interessiert drüber: „Urkunden, Geschäftliches, Kommunikation, Steuern, Wohnung, Forsthaus, Auto, Korrespondenz, Studium, Urlaube“, las die junge Frau die verschiedenen Aktentitel laut vor.

„Das ganze Archiv wie auch den Laptop nehmen wir gleich mit nach Münster“, ordnete Kattenstroht an. Für den weiteren Verlauf des Nachmittags entschied er, selbst mit Velmerich zur hiesigen Kreispolizei zu gehen, um die Unterlagen über Sandra Keiten näher einzusehen. Den Wagen wollte er dalassen. Seiner Assistentin trug Kattenstroht auf, sich die Wohnung des Opfers noch einmal allein anzuschauen. Vor allem die Bücherregale seien viel versprechend, meinte er. „Lassen Sie sich einfach auf die Räume und die Einrichtung ein. Folgen Sie Ihrer weiblichen Intuition. Und wenn Sie fertig sind, fahren Sie zum Altersheim, in dem Sandra Keitens Vater wohnt. Stellen Sie sich dort vor und verschaffen Sie sich einen Eindruck. Der Weg zum Täter führt nämlich meistens über das Opfer“, verriet er seiner Assistentin. „Über beide können wir nicht genug wissen.“

Inzwischen kehrten Velmerich und der Hausverwalter von ihrem Inspektionsgang zurück. Weder auf dem Spitzboden noch im Kellerraum hätten sie etwas Ungewöhnliches entdecken können, sagte Velmerich und bat darum, ihn, Velmerich, rechtzeitig zu informieren, wenn die Spurensicherung anrücke, um die Keiten-Wohnung genauestens und gründlich unter die Lupe zu nehmen.

Die beiden Schutzpolizisten kümmerten sich zur Freude ihrer Kollegen um den schweren Aktencontainer und schafften ihn zum Auto. Kattenstroht schnappte sich den Laptop. Velmerich gab Eilers einige Siegelmarken und erklärte ihr, wie sie ordnungsgemäß angebracht werden mussten. Spätestens um 17.30 Uhr werde man sich zur Rückfahrt bei der Kreispolizeibehörde treffen; das Altersheim wäre ja gleich um die Ecke. Die Tür schlug zu.

Die junge Frau ging allein durch die Wohnung und schaltete überall das Licht an. Im Bücherregal entdeckte sie ein hochmodernes Radio mit CD-Player. Mit dem abgerundeten Ende ihres Bleistiftes schaltete sie es ein. Rockmusik erklang. Udo: Ich lieb dich überhaupt nicht mehr.

Eine Zeit lang saß Kathrin Eilers im Lesesessel; sie schnupperte und versuchte, das Parfum Sandra Keitens zu identifizieren, das noch leicht im Raum zu schweben schien. Schließlich zog sie sich ihre Schutzhandschuhe an und beschloss, für die nächste halbe Stunde dem Auftrag Kattenstrohts und ihrer weiblichen Intuition zu folgen.

Kapitel 9

Altenheime waren für Kathrin Eilers eine Welt für sich. Der Auftrag, nun ausgerechnet hier den Vater eines Mordopfers aufzusuchen und auszufragen, hatte für sie fast anstößigen Charakter. Sie meldete sich an der Pforte und wurde zunächst an die Pflegeleitung einer Station im ersten Stockwerk verwiesen. Hier stellte sie sich im Büro vor und wies sich aus. Die Stationsleitung informierte sie kurz über den Zustand Bernhard Keitens: Der habe die Schreckensnachricht vom Mittwoch erstaunlich gefasst aufgenommen. Man kümmere sich natürlich besonders intensiv um ihn, er bekomme auch geistliche Betreuung: „Er wirkt in dieser Sache wie abwesend. Aber ich glaube, er nimmt für sich schon lange Abschied!", fügte sie hinzu. Dann wurde sie am Telefon verlangt und bat eine der Pflegekräfte, die Kriminalassistentin aus Münster zu Herrn Keiten zu führen.

Schwester Helga, eine lebhafte Frau mittleren Alters mit ausgeprägtem Ruhrgebietsakzent, machte auf Kathrin Eilers einen bodenständigen Eindruck: „Schrecklich, schrecklich, wat der Herr Keiten mit seine Tochter für Malessen hat. Aber wissen wir, wat uns mit unsern Kindern noch allet passiert? Komm' Se mal. Er ist übrigens ganz ruhig dabei!"

Sie führte Kathrin Eilers durch einen Tagesraum mit großen Fenstern und Blick in den Park auf einen Flur mit einzelnen Apartments. Immer mal wieder mussten sie Rollstühlen und Rollatoren ausweichen und Schwester Helga das eine oder andere Gespräch führen. Die Atmosphäre wirkte auf gewisse Weise familiär: „Und sind wir froh, dat wir für solche Fälle unsern Kaplan Althoff haben. Als am Mittwochmorgen die beiden Polizisten kamen, haben die den gleich mitgebracht. Er ist hier der Notfallseelsorger. Und kommt jetzt jeden Tag mindestens einmal bei Herrn Keiten vorbei und besucht ihn! So, da wär'n wir." Sie klopfte an der Tür eines Apartments und trat gleich ein: „Besuch für Sie, Herr Keiten!", wurde Kathrin Eilers lautstark angemeldet. Vor dem Fenster, mit dem Rücken zur Tür, saß in einem Rollstuhl ein alter Mann, der außer einem kurzen, hingemurmelten Gegengruß nicht reagierte. „Dat Frollein is von der Polizei! Dat will noch wat wissen von wegen de Sandra!", setzte die Pflegekraft nach. Kathrin Eilers verdrehte die Augen und nahm sich vor, ab jetzt mit Herrn Keiten allein zu reden. Sie gab dem alten Herrn die Hand, zog einen Stuhl an den Tisch und setzte sich. Den angebotenen Kaffee lehnte sie ab und wartete, bis Schwester Helga sie endlich allein ließ.

„Sie sind von der Polizei!“ Das war eine nüchterne Feststellung. „Haben Sie denn den Mörder schon gefasst?“ Und als Kathrin Eilers die Frage verneinen musste: „Was wollen Sie dann hier?“

„Herr Keiten, wir wollen den Täter fassen, der Ihre Tochter Sandra umgebracht hat. Wir können das aber nur, wenn wir möglichst viel über sie wissen, über ihr Leben, die Umstände, die Kontakte der letzten Zeit. Besonderheiten, Kleinigkeiten. So viele wie möglich!“

Plötzlich kam Leben in den alten Mann. Er löste die Bremse seines Rollstuhls, drehte sich mit einem Ruck und zeigte mit zitternder Hand auf die rückliegende Zimmerwand, die der Kriminalassistentin aus Münster bisher nicht aufgefallen war: „Da, schauen Sie, ein ganzes Leben!“ Die Wand war übersät mit dutzenden von Bilderrahmen kleiner und mittlerer Größe, rund und eckig, die Fotos farbig und schwarzweiß: „Da sehen Sie, ein ganzes Leben. Und wenn ich sterbe, geht das alles in den Schrott.“

Kathrin Eilers war aufgestanden, wandte sich jetzt dem alten Mann zu, dem die Augen feucht geworden waren, und fragte nur vorsichtig: „Darf ich?“ – so als fürchte sie, seine Privatsphäre zu verletzen. „Aber bitte, bei Sandra war doch sowieso alles öffentlich!“

Die Bilder zeigten in loser Folge immer wieder eine kleine Familie: Vater, Mutter und Kind. Auf Braut- und Hochzeitsbilder folgten Porträts eines Babys und Kleinkindes, Urlaubsbilder, das Mädchen mit Spielzeug, mit Schultüte, auf Klassenausflügen, mit der allerbesten Freundin, am Strand, mit Büchern, im Gebirge, auf einer italienischen Piazza, im Kreise von Verwandten, unter dem Weihnachtsbaum, am Klavier, mit dem Abiturzeugnis und immer wieder zusammen mit den Eltern. Natürlich hatte Kathrin Eilers im Vater längst Herrn Keiten erkannt und die Tochter war ihr auch nicht mehr fremd. Die Mutter wirkte stark und energisch.

„Sie war doch unsere Einzige. Wir hätten so gerne mehr Kinder gehabt. Aber das klappte nicht. Da hat sie alles abgekriegt, unsere Liebe und alle unsere Hoffnungen.“

„Entschuldigen Sie“, die Kriminalassistentin hatte einen Kloß im

Hals, „was ist denn dann eigentlich passiert? Warum dann dieser Lebensweg?“

„Sie meinen den Weg zur Nutte, nicht wahr?“ Bitterkeit klang aus den Worten des alten Mannes. „Das Schwein da in Göttingen, nennt sich Professor. Der hat sie zur Nutte gemacht. Ihr was von Liebe vorgegaukelt. Muss ich Ihnen alles gar nicht erzählen: Liebe – pah, schwanger wurde sie. Dann hat er sie sitzen gelassen. Abtreibung! Und wir kriegten eines Tages einen Anruf aus Göttingen von der Intensivstation eines Krankenhauses. Da konnten wir unser Kind nach einem Selbstmordversuch besuchen. Und das war nur der erste. Dann haben wir sie nach Hause geholt. Fast ein Jahr war sie in der Psychiatrie. Mit 21 Jahren!“ Er griff nach einem Taschentuch, das im Ärmel seines Pullovers steckte, wischte sich über die Augen und schnäuzte sich: „Reicht das nicht?“

„Ja, das ist schlimm, schlimm für alle. Das verstehe ich, aber ...“

„Meine Frau hat sich zu Tode gegrämt. Als Sandra angeblich wieder gesund war, haben wir sie gedrängt, ihr Studium wiederaufzunehmen. Das tat sie aber nicht. Stattdessen zog sie aus, weg von uns. Und dann hat sie irgendwann mit diesen Sachen angefangen, diesen Schweinereien. Meine Frau ist wirklich in Ohnmacht gefallen, als ihr liebe Nachbarn mal ein Foto von Sandra aus einem Puff mitbrachten. Wir haben auch Fotos anonym zugestellt bekommen. Von lieben Mitmenschen! Wir haben unsere Tochter zur Rede gestellt. Da machte sie endgültig zu. Sie wollte weg von uns. Als wenn wir, ausgerechnet wir, schuld gewesen wären. Wir haben oft monatelang nichts von ihr gehört, haben nicht gewusst, wo sie steckte. Dann starb meine Irmgard. Ihr hat es das Herz gebrochen. Sandra kam zur Beerdigung und hat beim Kaffeetrinken für einen riesigen Skandal gesorgt. Ersparen Sie mir die Einzelheiten. Die Verwandten waren natürlich alle wie aus dem Häuschen. -- Aber sie ist doch -- sie war doch meine Tochter!“

Kathrin Eilers hakte vorsichtig nach: „Und dieser Zustand blieb so? Oder gab es irgendwelche Entwicklungen?“

Der alte Mann nestelte an seinem Taschentuch. „Die beiden letzten Jahre wurde es langsam besser. Sie kam mich regelmäßig besuchen. Immer am Sonntagnachmittag und oft am Montagvormittag. Da musste sie nicht ... arbeiten oder wie man das nennt. Sie hatte Spaß an ihrer kleinen Wohnung. Und irgendwie hatte sie wieder Boden unter den Füßen. Und dann war da dieser Mann, den sie im letzten Frühjahr kennen gelernt hat. Der …“

Kathrin Eilers wurde mit einem Schlag hellwach: „Ein Mann? Was für ein Mann? Wissen Sie Näheres über ihn?“

„Ich habe ihn nur einmal von weitem gesehen, als er Sandra mit seinem Auto abgeholt hat. Ihres war kaputt oder zur Inspektion weg. Den Mann mochte sie und der war wohl auch gut zu ihr. Kam aber gar nicht aus dem Milieu oder ihrer Kundschaft. Sie hat nur mal angedeutet, dass der vom Land käme und ihr gut täte. Jedenfalls war sie seit dem Frühjahr manchmal wie ausgewechselt. Drüber reden wollte sie nicht. Ich sollte nur mal abwarten. Sie tat ganz optimistisch.“ Er seufzte. „Aber das war's dann ja wohl.“ Und nach einer Pause: „Wenn ich dann auch gehe, ist mit unserer kleinen Familie alles endgültig aus. Irmgard am gebrochenen Herzen gestorben, Sandra ermordet, ich sitze hier und verkomme bei lebendigem Leibe. Und das war dann ein ganzes Leben: Eine stolze Bilanz, nicht wahr?“

Er begann auf einmal hemmungslos zu weinen und Kathrin Eilers fühlte sich so deplatziert wie nie zuvor. Sie war fast erleichtert, als sich plötzlich die Tür öffnete und Schwester Helga mit einem Mann eintrat, der durch dunkle Kleidung und ein Kollar als katholischer Priester erkennbar war. Die Pflegekraft erfasste intuitiv die Situation. Sie wandte sich gezielt dem weinenden Mann im Rollstuhl zu, umarmte ihn und warf Kathrin Eilers vorwurfsvolle Blicke zu. Sie sprach mit sanfter Stimme beruhigend auf den alten Mann ein: „Und Sie gehen jetzt am besten!“, wurde Schwester Helga energisch. Damit war die Kriminalassistentin aus Münster entlassen.

„Ich gehe mit Ihnen!“, bemerkte der Geistliche beruhigend. „Augenblick, Herr Keiten, ich verabschiede nur Ihren Besuch! Dann komme ich wieder.“ Auf dem Flur stellte er sich als Kaplan Georg Althoff von der nahe gelegenen Kirchengemeinde St. Joseph vor. „Ich bin auch als Notfallseelsorger hier tätig!“

Kathrin Eilers war bestürzt und machte Anstalten, sich zu entschuldigen, dass sie dem alten Mann zu nahe getreten sei. Aber der Kaplan beruhigte sie.

„Es ist sehr schwer für ihn, dass seine einzige Tochter einem Verbrechen zum Opfer gefallen ist“, sagte er. „Da muss man den Gefühlen einfach Platz lassen.“ Für Kathrin Eilers zeigte der Seelsorger Verständnis. „Schließlich“, meinte er, „ist es doch die Aufgabe der Polizei, den Mord schnell aufzuklären.“

„Haben Sie eigentlich das Opfer gekannt?“, wollte Kathrin Eilers von Kaplan Althoff wissen.

„Nein, sie ist mir nie begegnet. Sie kommt aus einer unserer Nachbarpfarreien. Ich bin ja auch noch nicht so lange hier. Aber ein Mitbruder von mir hat sie gekannt, aus der Gemeindearbeit. Sie war als Kind und junge Frau sehr engagiert. Top-Schülerin im Gymnasium. Leistungsmäßig immer vorneweg, sportlich, musikalisch. Sie hat brillant Klavier gespielt, Ballett getanzt, hat schwere Rollen im Schultheater übernommen; sie war sehr leistungsfähig und hat die Schule mit links erledigt. Hat in der Mittelstufe sogar eine Klasse übersprungen. Mit 17 Jahren hat sie Abitur gemacht, mit einem Notendurchschnitt von 1,0. Dann wurde sie in die Studienstiftung aufgenommen, als Vollstipendiatin. Herr Keiten war ja als kleiner Beamter im mittleren Dienst bei der Stadt, die Mutter hat den Haushalt gemacht, die Keitens waren also keine vermögenden Leute. Das Mädchen war für die Eltern der Mittelpunkt ihres Lebens. Beide müssen grenzenlos stolz auf diese Tochter gewesen sein. Und dann die Katastrophe. Ihre Tochter geht nach Göttingen, beginnt ein Psychologie-Studium und macht ein hervorragendes Vordiplom. Sie war schon in den Vorbereitungen für ihre Diplomarbeit. Und dann diese Tragödie. – Hat er's Ihnen erzählt?“

„Ja, ja“, Kathrin Eilers schaute nachdenklich über den Flur, „und dann endet alles auf einem Verkoppelungsweg im Münsterland – und hier auf diesem Flur. Bitter, was das Leben manchmal für uns bereithält.“

Der Geistliche nickte: „So ist das Leben. Wir sind nur ‚Ton in des Töpfers Hand‘. Glauben Sie mir, auch mir fehlt es oft an Erklärungen – und Rat. Ich kann dann auch nur da sein.“ Kathrin Eilers bedankte sich bei dem Seelsorger für die Auskunft, gab ihm ihre Telefonnummer und verabschiedete sich. Auf dem Hof der Kreispolizei traf pünktlich Kattenstroht wieder ein, der sich mit Velmerich wahrscheinlich einen ruhigen

Nachmittag gemacht hatte; das argwöhnte jedenfalls Kathrin Eilers. Sie gab Velmerich als Ergebnis ihrer eigenen Wohnungsbesichtigung noch eine Liste von Beobachtungsaufgaben und Vorgaben für die Laboruntersuchung. Einige Kleinigkeiten hatte sie für die Gerichtsmedizin in Münster eingepackt, für die Gen-Tests.

Der Besuch bei dem Vater des Opfers hatte die junge Polizistin aufgewühlt und verstimmt; gewissermaßen als Zeichen, nicht reden zu wollen, hatte sie einige der dünneren Akten aus dem Schreibtischcontainer der Keiten aus dem Kofferraum geholt und mit nach vorne ins Auto genommen. Geistesabwesend begann sie in den braunen Heftern herumzublättern. Kattenstroht merkte sofort, dass seine junge Begleiterin „etwas im Fell hatte“, wie er sich gern ausdrückte, und so schwieg er die nächsten paar Minuten.

Als sie auf der Autobahn in Richtung Münster waren, unterbrach doch Kathrin Eilers selbst das Schweigen. „Es gab einen Mann in Sandra Keitens Leben!“, sagte sie beiläufig. Kattenstroht reagierte prompt. Er nahm den Fuß vom Gaspedal: „Ein Privatmann? Kein Kunde? Nun spannen Sie mich mal nicht so auf die Folter!“

„Ein Privatmann, wenn Sie so wollen. Im Kleiderschrank gab es ein Fach mit Männer-Sachen, so im Dreierpack: Unterwäsche zum Beispiel, Socken, Hemden; und dann eine Hose, ein Pullover. Mehr so was zum Wechseln.“

„Männliche Dessous!“, spottete Kattenstroht, was Kathrin Eilers nach ihren nachmittäglichen Erlebnissen als völlig unpassend empfand: „Nein, eher Papi-Sachen, Feinripp, weiß, kochfest, Größe 6. Kleidergröße 54. Mehr so Ihr Kaliber!“

Der Hauptkommissar sagte einige Kilometer lang gar nichts mehr. Erst dann rührte sich seine Kollegin wieder: „Der Vater von Sandra Keiten hat ebenfalls von einem Mann gesprochen, der seiner Tochter aber gut getan habe. Er soll vom Lande kommen. Leider gibt’s noch keine weiteren Hinweise. Aber ich habe auch im Badschränkchen Toilettenartikel für den Herrn gefunden: Kamm, Rasierzeug und so weiter. Ich habe mir aus der Küche Gefrierbeutel genommen und alles mit ein paar Proben aus dem Umfeld des Opfers eingepackt. Immerhin kämen wir da gentechnisch auf doppeltem Wege weiter. Und Velmerich habe ich einen Wunschzettel für sein Labor gegeben." Kathrin Eilers griff nach dem nächsten Ordner.

„Vielleicht haben wir damit eine Spur. Wir nehmen uns umgehend den Barwick noch mal zur Brust. Wenn da was gelaufen ist, muss der was wissen." Kattenstroht guckte auf die Uhr. „Schaffen wir das heute noch? Wir könnten eventuell am ‚Farmhouse' vorbeifahren." Er warf einen Blick zu seiner Beifahrerin. Dabei stach ihm eher zufällig die Beschriftung der Akte, die Kathrin Eilers in den Händen hielt, ins Auge: „Komisch: Farmhouse, nicht Forsthaus. Was ist das denn für eine Akte?"

Kathrin Eilers schwieg und blätterte den dünnen Hefter durch. „Von wegen Animierbar, hier geht es um was ganz anderes!" Sie schlug das letzte Blatt der Akte auf, las ein wenig: „Hören Sie mal zu: ‚Die Freiherrlich von Eckenhovensche Güterverwaltung / Haus Tuskhusen bietet zum Verkauf an das ehem. Forsthaus im Reckhölter Hagen. Denkmalgeschützter Bau des 19. Jh., herrlich gelegen mit Garten und Grünflächen (Grundstück insges. 2.200 qm). Das Haus wurde vor sechs Jahren von Grund auf renoviert und technisch auf den neuesten Stand gebracht. VB.: 275.000 €. Interessenten wenden sich zwecks näherer Auskünfte an die Güterverwaltung auf Haus Tuskhusen.' Telefon ... Und so weiter!"

Kattenstroht witterte die Spur: „Wann und wo ist die Anzeige erschienen?"

„Nach dieser Notiz im Kreisblatt vor sechs Wochen! Anfang September. Und hier geht es weiter. Durchschrift eines Schreibens Sandra Keiten an den Güterdirektor: ‚... Großes Interesse an dem Besitz und möchte gerne in nähere Verhandlungen treten.' Und hier: ‚Liquiditätsnachweise sind kein Problem.'" Kathrin Eilers blätterte weiter. „Hier ist ein Kartenausschnitt, ein Grundbuchauszug, da – ein notarielles Angebot. Was wollte die denn da? Reckhölter Hagen? Klingt doch wie mitten im Urwald!"

„Um Himmels willen, ein Zuhälterkrieg! Die wollte einen eigenen Laden aufmachen. Wo haben wir denn da reingepackt?" Kattenstroht machte zum ersten Mal in diesem Fall einen gequälten Eindruck. „Lesen Sie mal weiter, wir steuern dann den nächsten Parkplatz an und gucken mal in unsere Karten!"

„Ja, hier geht's weiter. Erstes Blatt. Ein Gesprächstermin. Das ist ja – das ist ja morgen früh zehn Uhr. Vor Ort. Treffen mit dem Güterdirektor und dem Förster zur nochmaligen Besichtigung. Und Frau Keiten soll ihren Architekten mitbringen."

„Sehen Sie, was habe ich gesagt! Die wollte sich einen eigenen Laden einrichten! Da kommt der Rastplatz!" Der Wagen rollte auf den Standstreifen und Kattenstroht holte aus dem Seitenfach der Tür die Kreiskarte heraus: „Mal schauen. Da ist Reckhölter, nach Westen ist Handrup. Hagen heißt in Westfalen immer Grenze. Wir müssen also nur die Grenze der Gemeinde umfahren, dann finden wir das Forsthaus."

Er fuhr mit dem Finger im Uhrzeigersinn um das Gemeindegebiet, das mit einer blau unterlegten Linie gekennzeichnet war. „Bingo, das ist der Reckhölter Hagen, steht sogar als Flurname drauf!"

„Und da ist das Zeichen für das Forsthaus!", tippte Kathrin Eilers mit schlankem Zeigefinger auf ein Symbol. „Hier, nördlich vom Zippenberg!" Kattenstroht registrierte zunächst für sich, dass seine junge Kollegin sehr schöne, gepflegte Hände hatte, bevor er sich wieder auf die Karte konzentrierte. „Und da ist unser Tatort. Wir sind am Forsthaus gleichzeitig nördlich vom Zippenberg. Hier umfließt die Reckhölter Aa den Berg. Da ist unsere Gärtnerei Wortmann. Und hier im Südosten zur Autobahn der Reckhölter Puff! Das ist doch alles kein Zufall!"

„Und hier – unmittelbar südlich vom Zippenberg: Ferdi Große Drenkmann." Kathrin Eilers faltete die Karte zusammen.

Voller Energie und Entschlossenheit startete Kattenstroht den Wagen und gab Gas. „Versuchen Sie mal, ob Mia Kunsleben noch im Büro ist. Wir nehmen den Termin morgen am Forsthaus wahr. Sie soll das mit dem Güterdirektor abstimmen. Das macht sich einfach ausgezeichnet, vom Präsidium aus, mit Vorzimmer und so! Das kann die Kunsleben. Besser als wenn wir vom Handy aus beim durchlauchtigsten Baron anrufen. Und die Besprechung mit ihr, Austrup und Pötter ziehen wir eine halbe Stunde auf 8.00 Uhr vor."

Kattenstrohts Stimmung hatte sich merklich gebessert. Er ließ sich nach dem geglückten Telefonat mit der Kunsleben endlich von Kathrin Eilers' Nachmittag im Altenheim berichten, war ebenso betroffen wie sie, zeigte Verständnis und Anteilnahme und verpasste am Autobahnkreuz prompt die Abfahrt Richtung Reckhölter.

Mit sich selbst war der Kommissar nachsichtig. Er blieb gelassen: „Ich glaube, wir sind heute einen guten Schritt weitergekommen. Dann greifen wir uns den Loddel eben später. Jetzt kommt erst der Förster vom Silberwald dran!“

Zwar hatte Kattenstroht die Dienstbesprechung auf 8.00 Uhr angesetzt, er selbst kam aber schon gegen 6.30 Uhr ins Büro. Er hatte nicht länger schlafen können und auch aufs morgendliche Jogging verzichtet. Die „beste Ehefrau von allen“ musste wieder die Jungen allein zur Schule „klarmachen“. Im Besprechungsraum 3 hatten Austrup und Pötter am Vortag heftig gerödelt, die Tische und Stühle an die Seitenwände geschoben und schon eine Menge Einträge auf die Stellwände gesteckt, die nun den Raum beherrschten. In der Mitte dieses Arrangements: ein Pin-up-Foto von Sandra Keiten aus Barwicks Reckhölter Bar.

Die Ordner aus der Recklinghausener Wohnung der Keiten hatte das Team teilweise schon gesichtet und offensichtlich verzettelt bzw. in Stichworten in die Laptops eingegeben. Um 7.00 Uhr erschien Pötter, kurz darauf Austrup; waren beide auch erstaunt, dass Kattenstroht schon da war, so freuten sie sich doch, dass er sie mit der ganzen Arbeit nicht hängen ließ. Gemeinsam gingen sie die ihnen besonders wichtig erscheinenden Unterlagen durch und ergänzten sie durch die Erkenntnisse, die Kattenstroht bei Velmerich in Recklinghausen gewonnen hatte.

Kurz vor 8.00 Uhr lief Kathrin Eilers auf, der der Präsident mit seinem Stellvertreter fast auf dem Fuß folgte. Kunsleben hatte wirklich ganze Arbeit geleistet: Als sie selbst mit Block und Bleistift bewaffnet Platz nahm, rauschte Jochen Stellmacher, der Staatsanwalt, mit wehendem Mantel in den Besprechungsraum: „Ich muss ja wenigstens vor dem Wochenende wissen, was läuft!“

Kattenstroht umriss die bisherigen Aktivitäten von der Auffindung der Leiche, über die Sicherung des Tatortes, die Spurensuche und die ersten Vernehmungen. Bei der Untersuchung der Lebensumstände des Opfers sei klar geworden, dass sie nicht so einfach in das Prostituierten-Raster einzuordnen sei. Austrup trug einen bemerkenswerten Punkt vor. In der Akte mit Informationen über ihr Studium habe sich ein gerade mal vier Wochen altes Schreiben an den Rektor der Uni Münster gefunden: „Sie wollte ihr Studium wiederaufnehmen und hat sich um einen Studienplatz beworben. Dabei hat sie ein psychologisches Gutachten erstellen lassen, das ihr sicher helfen sollte, die Unterbrechung zu erklären und den Platz zu bekommen.“

Ob es darauf schon Ergebnisse gegeben habe, wollte Stellmacher wissen. „Nein, man hat sie zunächst auf die juristische Prüfung vertröstet. Aber es sah ganz gut aus. Und den Psychologen und sein Gutachten solltet ihr euch mal ansehen. Ich habe für euch eine Kopie gemacht!" Austrup reichte eine Mappe mit den Unterlagen an Kathrin Eilers weiter. „Zum Glück wohnt der wenigstens in Münster! Sonst wäre da Velmerich aber auch rangegangen."

Die Überprüfung der übrigen Unterlagen ergab, dass das Opfer erstaunlich ordentlich gelebt hatte: Nahezu alles war dokumentiert, von der Wohnung über die verschiedenen Einkäufe, das Auto, die Versicherungen, die Urlaube, die Steuern. „Hier hab ich noch ein Gespräch mit dem Finanzamt angesetzt.", erläuterte Austrup. „Wir wollen mal sehen, was sie denn an Umsatz gemacht hat. Jedenfalls hat sie im Laptop eine Tabelle, die irgendwie verschlüsselt ist, über Buchstabenkombinationen und Nummern. Sie selbst hatte Übersicht über ihr Einkommen. Bei der Bank in Recklinghausen ist Pötter gestern noch fündig geworden und hat Velmerich hingejagt. Am langen Donnerstag! Sandra Keiten hatte ein ordentlich eingerichtetes und versteuertes Bankguthaben von über 60.000 €. Das mal so nebenbei!"

Kattenstroht berichtete von dem Forsthaus und dem folgenden Termin gegen 10.00 Uhr. Der Präsident runzelte die Stirn: „Ermitteln Sie in alle Richtungen. Es sieht ja doch nicht zwingend nach einer Beziehungstat aus. Diese Wiederaufnahme des Studiums, die Verhandlungen über das Forsthaus. Wollte sie sich selbständig machen? Ein neues Leben anfangen? Vielleicht sind wir da ja doch in einen Zuhälterkrieg geraten? Oder was ist mit den offensichtlich sehr solventen Kunden? In welcher Liga hat sie als Professionelle überhaupt gespielt?"

Kathrin Eilers wandte ein, dass von einem Zuhälter weit und breit nichts zu sehen sei: „Aber dieser Mann in ihrem Leben, der interessiert uns ganz besonders. Und es sollte uns nicht wundern, wenn Barwick den kennt, wenn den sogar viele kennen, aber alle in Reckhölter den Mund halten! Ich glaube, der ist der Schlüssel zur Aufklärung des Falls."

Stellmacher räusperte sich. Er hatte seine Stirn in jene wirkungsvolle Falten gelegt, um die ihn Kattenstroht manchmal beneidete und die vor allem bei seinen Pressekonferenzen einen enormen Eindruck machten: „Wir hatten ja am Mittwoch und vor allem gestern die Lokalzeitungen mit den ersten Berichten versorgt. Ich muss heute um 11.00 Uhr mit der überregionalen Presse reden, die wollen was für die Wochenend-Berichterstattung wissen. Erstens haben wir noch nicht viel, zweitens will ich nichts Ermittlungsrelevantes verraten. Also mal Butter bei die Fische!“

Sie stimmten sich in Sachen Pressemitteilung kurz ab und nach etwas mehr als einer Stunde war die Besprechung beendet. Für ein kurzes Frühstück in der Kantine blieb noch Zeit, dann brachen Kattenstroht und seine Assistentin in Richtung Reckhölter auf. Sie kamen rechtzeitig im Hagen an; allerdings verschloss ein Gittertor, das mit einer dicken Kette gesichert war, die Zufahrt zum Forsthaus, dessen rotes Dach mit seinen weißen Windlatten über die hohe Weißdornhecke hinweg geradezu leuchtete.

Kattenstroht parkte den Wagen auf der gegenüberliegenden Straßenseite vor einer Heiligenstation aus Sandstein, die erst vor einiger Zeit saniert worden zu sein schien. Die Temperatur war angenehm – die Sonne schien: Also beschlossen die beiden, die Wartezeit zu nutzen und sich das regionaltypische Kunstwerk mal näher anzuschauen. Das historistische Bildwerk auf hohem Sockel, am oberen Ende geschmückt mit einem Wappen unter der Laubkrone der Freiherren, zeigte die schwelgerische Darstellung eines Jägers, der sich mit einem mächtigen Hirsch konfrontiert sieht; zwischen seinen Geweihstangen erstrahlte ein Kreuz: „Der heilige Hubertus! 3. November! Da geht die Jagd auf!“ Kathrin Eilers wusste Bescheid.

„Könnte aber auch der heilige Eustachius sein, jedenfalls wenn wir das Bild in Italien vor uns hätten!“, bemerkte Kattenstroht besserwisserisch. „Aber heute denken doch die jungen Leute nur an einen Kräuterschnaps, wenn sie so einen Hirsch sehen.“ Er umrundete die Station, zitierte die Jahreszahl und den Stifter: „Natürlich der Freiherr von Eckenhoven!“, und wandte sich dann abrupt wieder seiner Assistentin zu. „Wieso habe ich eigentlich so spät erfahren, dass Sie mehr oder minder aus einer Bauernfamilie kommen? Das hätte mich schon viel früher interessiert.“

Kathrin Eilers lächelte: „Erstens geht Sie das doch wohl wenig an. Zweitens ist mein Vater Rechtsanwalt. Und drittens habe ich als Kind nur jedes Jahr einige Wochen meiner Ferien mit Freuden bei der Oma in Lahsum verbracht. Und die hohen Feiertage immer! Aber", sie schaute sich ein bisschen in der Landschaft um, „wenn man das Land liebt, dann kann man das, glaube ich, nicht wirklich verbergen. So ein Hof wie der von Große Drenkmann, das hat doch was. Zu wissen, dass man mit seiner Familie über 1000 Jahre auf einer solchen Hofstelle sitzt und das Land verwaltet. Zu wissen, was einem anvertraut ist. Das macht doch stark. Ich fand das in Lahsum immer so toll, wenn meine Oma uns Kindern die Familiengeschichte nur anhand von Gegenständen im Flett erklärte. Bilder, Möbel, Geräte. Vergessen werde ich das nie!"

Kattenstroht meinte, er müsse „gegen den Stachel löcken": „En Buer bliww en Buer! Ein Nickel von Natur!" Seine junge Assistentin aber hielt souverän lächelnd dagegen: „In der Fachhochschule hat ein Professor mal eine Vorlesung über Lernziele gehalten: Wenn man nicht weiß, wo man herkommt, muss man sich nicht wundern, wo man ankommt!"

Ihr kleiner Disput wurde durch die Ankunft eines großen Geländewagens unterbrochen, der die Auffahrt zum Forsthaus heraufkam. Ein Herr im Anzug stieg an der Beifahrerseite aus, öffnete umständlich das Kettenschloss und schob die Torflügel auf. Der Wagen setzte sich in Bewegung und fuhr um ein Rondell vor die Front des Forsthauses.

Die beiden Beamten aus Münster überquerten die Straße, sprachen den Toröffner zutreffend als Güterdirektor Wickensack an und gingen langsam den Weg zum Haus hoch. Dort war der Fahrer inzwischen ausgestiegen und bemüht, die Haustür zu öffnen. „Ich darf Ihnen unseren Förster vorstellen! Herr Dabeck, Frau Eilers und Herr Kattenstroht von der Kripo." Ein Förster wie aus dem Bilderbuch. In festem Schuhwerk und langen, grünen Strümpfen unterwegs, trug er eine Dreiviertel-Bundhose, ein typisches Jagdjackett mit vielen Orden und Ehrenzeichen und einen ausladenden Hut mit einem Gamsbart. Sein Händedruck war fest und trocken; sonnengebräunt und mit wachem Blick schien der Mittdreißiger sogar Kathrin Eilers zu imponieren.

„Das ist also unser altes Forsthaus. Nur unseren heutigen Termin haben wir uns eigentlich etwas anders vorgestellt", sagte Wickensack.

„Natürlich haben wir von dem schrecklichen Ereignis gehört, dem Mord an der Frau Keiten. Schade, da geht uns unser schönes Geschäft hier flöten."

„Aber vielleicht hilft es uns weiter, wenn wir wissen, was sie hier eigentlich wollte. Dieser geplante Hauskauf hat uns stutzig gemacht." Kattenstroht schlug vor, zuerst das Haus zu besichtigen und währenddessen Informationen auszutauschen. Wickensack ließ sich nicht lange bitten und startete eine kleine Führung durch das Anwesen.

„Das Haus hat der Großvater unseres alten Barons um 1890 gebaut. Wir haben die Wälder nördlich der Straße und es ist hier die beste Zufahrt nach Reckhölter. Nach Norden bis Roggendorf ist die Verbindung sehr schlecht und umständlich. Also hat man sich damals für diese Randlage entschieden. Das Haus ist massiv und solide gebaut, unterkellert – sogar mit Gewölbekellern und seitlichem Zugang – und von uns noch vor einigen Jahren mit der ganzen Haustechnik saniert worden. Der Denkmalschutz war auch dran."

Kattenstroht inspizierte die ebenmäßige Front mit ihren roten Ziegeln und den gelben Sandsteinwerkstücken. Die Mittelachse wurde betont durch eine weiß gestrichene, antike Eingangstür mit Beschlägen aus Messing, die allerdings etwas mehr Glanz gut hätten vertragen können. Das freiherrliche Wappen über der Tür dokumentierte den Stolz der Erbauer. Drei Stufen führten auf die Höhe des Parterres. Je zwei Fenster rechts und links der Tür waren noch durch grüne Klappen versperrt, an denen sich gerade der Förster zu schaffen machte. Er öffnete ein Vorhängeschloss, schob die Sperrstange, die über den Klappen angebracht war, zur Seite und zog die Klappen auf. Gediegene weiße Sprossenfenster wurden sichtbar, mit Staub und Spinnweben überzogen.

Der Güterdirektor öffnete umständlich die Tür und sie betraten die Eingangshalle, in der es etwas modrig und muffig roch. „Es kommt manchmal wochenlang keiner hierher", entschuldigte sich Wickensack, „leider steht der Besitz schon seit einem Jahr leer. Und noch ein Winter Leerstand wäre doch sehr schade, auch für die Außenanlagen."

Sie standen in einer Art Vestibül, dessen Boden mit Sandsteinplatten ausgelegt war. Die Wände waren vom Boden bis über einen Meter Höhe mit Eichenholz vertäfelt, die restlichen Wandflächen waren ordentlich verputzt und weiß gestrichen. Eine Doppeltür führte geradeaus in den Wohnbereich, rechts und links führten je zwei Türen in Seitenräume. Von der Decke hing ein einsamer Kronleuchter. Dabeck hatte inzwischen die Stromversorgung aktiviert, so dass plötzlich das Licht anging.

„Warum will sich Haus Tuskhusen von so einem schönen Besitz trennen?“ Kathrin Eilers war von dem Gebäude auf eine gewisse Weise fasziniert. Der Güterdirektor setzte zu einer ausführlichen Antwort an: „Wir können uns bei dem Ertrag der Wälder keine zwei Förster und keine zwei Forststationen mehr leisten, schon gar nicht so eine aufwändige wie diese hier. Zu vermieten ist das Haus nur sehr schwer. Einmal vom Preis, den wir angesichts unserer letzten Investitionen haben müssten, dann von der Lage her. Sehen Sie, Münster und die Ruhrgebietsstädte sind etwas zu weit entfernt. Solvente Wohngemeinschaften, vermögende Professoren und Künstler sind dann doch oft auf Stadtnähe angewiesen. Und bei den Benzinpreisen und der heutigen Wirtschaftslage ist das manchmal viel enger als früher. Da sind viel mehr Leute klamm, als Sie vielleicht glauben.“

„Und es gibt keine Mieter oder Käufer aus der Umgebung?“ Kathrin Eilers wirkte auf einmal sehr interessiert.

„Das ist schwierig. Sehen Sie, auch bei uns auf dem Lande werden die Familien kleiner. Man wohnt allgemein nur ungern zur Miete und die Erbschaften nehmen zu. Was Eigenes muss her. Da strengen sich die Leute schon an. Dieses Haus ist zwar wunderschön, aber es stellt viele Vorbedingungen an seine Bewohner. Ziehen Sie mal hier als Familie mit kleinen Kindern ein. Einkaufen, Kindergarten, Schule, Freizeitaktivitäten: Was Sie dann allein zu fahren haben. Da braucht jede Familie per se zwei Autos!“

Kattenstroht wollte es genauer wissen: „Ist denn die Anbindung so schlecht?“

„Richtung Norden, nach Roggendorf, schlecht und lästig. Nur kleine Nebenstraßen – und die fahren Sie mal im Winter. Wenn Sie hier von unserer Auffahrt runterkommen, geht es rechts ab in Richtung Autobahn, immer stracks nach Osten. Über Kilometer. Und wenn Sie die Autobahn schon sehen, fahren Sie erst noch mal acht oder zehn Kilometer parallel dazu bis zur Auffahrt, nur auf so kleinen, kurvenreichen Straßen. Fahren Sie aber hier links raus, dann geht's nach drei Kilometern wieder links durch Handrup. Das kennen Sie ja, da liegt Ihr Tatort. Und dann die ganze Strecke bis Reckhölter. Können Sie vergessen! Schuld daran sind der Zippenberg und die Reckhölter Aa. Der eine ist hoch, über den geht seit jeher keine Straße, und das Flüsschen ist derart sumpfig, da gibt es nur zwei Brücken, die eine bei der Gärtnerei Wortmann, die andere erst bei der Reckhölter Mühle!"

„Ach ja!" Kattenstroht wirkte irgendwie erfreut: „Die kenne ich, da wohnt Verwandtschaft von mir!" Der Güterdirektor guckte etwas irritiert. „Die Mühle hat uns auch mal gehört. Sagen Sie nur, ausgerechnet Sie kennen da jemanden?" Der Hauptkommissar grinste: „Nur Gis Hoygering, das ist meine Tante mütterlicherseits, aber für die Ausplünderung der antiken Mühle damals konnte die auch nicht; da war sie noch nicht dabei!" Wickensack schüttelte den Kopf, konnte aber ein Grinsen nicht unterdrücken: „Sie kennen also die Geschichte. Das würde uns heute nicht mehr passieren, so was! Aber mal weiter."

Er öffnete einen Flügel der Doppeltür zum Hauptraum; gerade eben war Förster Dabeck dabei, die Klappen an der Gartentür außen zu öffnen, und schon fiel herbstliches Tageslicht in den Raum: „Das ist der Gartensaal!", erläuterte der Güterdirektor und drehte sich auf dem schönen Eichenparkett. Kattenstroht pfiff anerkennend – er war von Ausmaßen und Einrichtung begeistert. Der Gartensaal, mehr als 40 Quadratmeter groß, besaß eine vom Boden bis zur Decke reichende Mitteltür zum Garten, die Wickensack jetzt auch von innen öffnete: Der Raum war wie das Vestibül vertäfelt und an der Decke mit feinem Stuck verziert. An der linken Seite war ein offener Kamin mit Sandsteinbekrönung eingebaut. An beiden Seiten der Gartentür brachte je ein großes Fenster Licht, rechts und links führten wieder Türen in die Seitenräume.

Auch Kathrin Eilers war hingerissen: „Das ist ja ein richtiges kleines Märchenschloss!"

„Ist es auch!", bestätigte Wickensack: „Unser alter Baron hat mir mehrfach erklärt, sein Opa habe das Forsthaus nach dem Plan französischer Landhäuser gebaut, der so genannten ‚Maison de Plaisance'. Und euer Johann Conrad Schlaun in Münster hat solche Häuser auch errichtet. Dieses Haus ist nach einem solchen Plan gebaut: In der Mitte der Eingang, dann das Vestibül. Der Gartensaal ist fast doppelt so tief wie das Vestibül und die vier Seitenräume rechts und links, die so genannten Kabinette, verbinden sich je zu zweit mit Vestibül und Gartensaal, sind aber auch untereinander verbunden. Rechts im ersten Kabinett am Vestibül ist das Treppenhaus für den Keller und das Obergeschoss und auch ein Ausgang nach draußen. Im zweiten Nebenraum in Richtung Garten ist die Küche eingerichtet. Auf der linken Seite geht man vom Vestibül in das Büro des Försters und von da aus in die frühere Bibliothek. Die zweite Tür von dort führt dann wieder in den Gartensaal."

„Also ein klares, symmetrisches Muster. Aber viele Fenster – und hohe Heizkosten!" Der Hauptkommissar guckte ziemlich skeptisch.

Förster Dabeck mischte sich ein: „Ich habe auch einige Jahre hier gewohnt. Die neue Heizung ist auf Holz-Pellets umgestellt worden. Die Fenster sind isolier-verglast. Wir haben das Dach neu gedeckt und dabei auch eine beachtliche Isolierung eingezogen. Die Kosten halten sich also im Rahmen. Und die Sanitäranlagen sind komplett erneuert worden. Daher auch der Preis!"

Sie traten durch die Gartentür auf die Terrasse. Kathrin Eilers geriet zu Kattenstrohts Verwunderung völlig aus dem Häuschen. Tatsächlich war der Ausblick bemerkenswert. Von der Terrasse fiel das Gelände sachte ab nach Süden, bis es durch die das Grundstück umfassende Weißdornhecke begrenzt wurde. Zwei lange Blumenrabatten, jetzt leider verwildert, säumten parallel zu den Seitenhecken den Garten. Die Rasenflächen hätten noch einen herbstlichen Schnitt verdient gehabt. In den beiden Ecken des Gartens waren Linden gepflanzt, die den Blick auf den kleinen Höhenzug im Süden einrahmten. Zu dessen Fuß konnte man in den grünen Matten in etwa den Lauf der Reckhölter Aa vermuten.

„Und da haben wir den Zippenberg", kommentierte Förster Dabeck, der mit Kattenstroht den Weg herunterging, während Kathrin Eilers es offensichtlich geschafft hatte, Wickensack zu einer Führung durch das Obergeschoss zu bewegen.

„Was ist denn nun mit diesem verquanten Berg? Der steht euch hier doch nur im Weg herum!", versuchte der Hauptkommissar zu ködern und bereute im selben Moment seine Frage, denn er hatte offensichtlich ein Lieblingsthema des Försters getroffen.

„Das ist eine unserer Waldjuwelen in ganz Westfalen!", hob Dabeck an. „Vielleicht der schönste und größte Eichenbestand in der westfälischen Bucht: alles Quercus Robur, also Stieleichen, beste Qualitäten. Für uns Forstleute ist ein solcher Bestand eine Art Heiligtum. Es vergeht kein Monat, dass da nicht irgendeine Wissenschaftlertruppe, Seminare von der Uni, Diplomanden oder Doktoranden durch den Busch krabbeln."

„Steht der denn unter Naturschutz, der Zippenberg?" Kattenstroht war zwar nur mäßig interessiert, aber der Förster war eh nicht zu bremsen.

„Um Gottes willen, das ist ein reiner Nutzwald, aber vielleicht der beste in Westfalen. Der nimmt es locker mit dem Klever Reichswald oder sogar dem Wolbecker Tiergarten auf. Und besonders interessant ist der mittlere Teil des Zippenberges. Das Ganze ist ja eigentlich eine kleine Hügelkette, aber das Zentrum hier geht noch einmal etwa zehn Meter höher als der Rest. Und der gehört auch noch einem Hof allein, einem auf der Südseite.

Kattenstroht hielt, etwas unsicher, wieder ins Blaue: „Doch nicht Ferdi Große Drenkmann?"

Dabeck staunte: „Genau dem! Kennen Sie ihn etwa?" Der Hauptkommissar ging nicht auf die Frage ein, bat stattdessen den erstaunten Förster um weitere Auskünfte. Dabeck zeigte sich als begeisterter Forstmann, der mit seinen fachkundigen Ausführungen beeindrucken konnte.

„Das Herz des Zippenberges ist für unsere Gegend ein geologisches Unikum; in seiner Mitte kommt er fast wie ein Plateau mit waagerechten Schichten aus dem Boden. Das habe ich mal bei einer geologischen Führung mitbekommen. Die Hänge sind relativ steil und stehen sicher. Daher haben die Bäume in den Hanglagen auch keinen Sichelwuchs, sie werden nicht krumm. Der Boden ist karg, im Gegensatz zur ganzen Bauerschaft Handrup. Deswegen hat da oben nie ein Hof gestanden, ist nie ein Pflug gegangen. Die Eichen lieben ja Feuchtigkeit, aber zu nass darf es bitte nicht werden. Im Berg sind nur leicht schwebende Grundwasserhorizonte. Deswegen haben wir an einigen Stellen auch Quellengalerien. Also für den Quercus Robur sind das ideale Verhältnisse. Und dann kommt dieser einmalige Umtrieb dazu!"

Kattenstroht stutzte: „Umtrieb, wen treibt's denn da im Walde um?" – Dem Förster machte es sichtlich Spaß, den Kriminalbeamten zu belehren.

„Das ist die Arbeit der Menschen, in diesem Fall der Leute auf dem Hof Große Drenkmann. Mit ‚Umtrieb' bezeichnet man die Fristen, die der Waldbesitzer seinen Bäumen vom Pflanzen bis zum Hieb lässt. Und die Große Drenkmanns haben durch die Generationen immer ein Herz für die Jagd und bestimmt noch eins für den Wald gehabt. Daneben sind sie erfolgreiche Landwirte." Der Förster streckte seinen Arm aus: „Wenn Sie die Baumgipfel dort oben von Osten nach Westen verfolgen, fällt Ihnen was auf?" Kattenstroht folgte der angegebenen Richtung: „Klar, die Wipfel rechts, also im Westen, sind höher!"

„Eben, eine gleichmäßige, nachhaltige Waldpflege, über Jahrhunderte!"

Kattenstroht wollte ein bisschen gegen den Stachel löcken: „Also ist Nachhaltigkeit doch keine Erfindung der Grünen aus den letzten Jahren?", und warf einen fast frivolen Blick auf die Uniform des Försters; der nahm den Ball an: „Mein lieber Herr Kattenstroht! In ganz Westfalen hatten die Bauern seit dem Mittelalter die Pflicht, in jedem Jahr je nach Größe des Hofes 25, 50 oder gar 75 junge Telgen, also Eichen zu setzen. Das wurde kontrolliert. Der Bauer, der Telgen setzt, tut das nicht für sich, nicht für den Hoferben und nicht für den Enkel. Vielleicht für den Urenkel, der die ersten Eichen aus dem Busch holt, sie sägt und als Zaunpfähle spaltet, damit die besten Bäume Licht bekommen. Und wenn dann der Umtrieb auf einer solchen Fläche langsam läuft, bekommen Sie Bäume, das sind die reinsten Schätze!"

„Mal zurück zu Große Drenkmann!", schlug Kattenstroht den Bogen. „Welchen Umtrieb hat er denn da oben auf dem Zippenberg?" Der Förster dachte kurz nach: „Etwa 180 Jahre! Der erntet jetzt Bäume, die kurz nach den napoleonischen Kriegen gesetzt worden sind. Allerbestes Nutzholz für die Möbelindustrie!"

„Aber Wälder sind doch nichts wert, lese ich immer wieder!", ließ Kattenstroht nicht locker. Förster Dabeck lächelte nachsichtig. „Das da oben ist sozusagen die Sparkasse des Hofes Große Drenkmann. Der Quercus Robur schafft astfreie Stämme von bis zu zehn, zwölf oder mehr Metern Länge. Und aus diesem Bestand haut Ferdi Große Drenkmann einmal im Jahr ein wenig heraus für die eigene Wirtschaft. Auch er lässt etwas für seine Nachfolger stehen, wenn er auch keine eigenen Kinder hat. Da oben stehen grüne Patriarchen, die schon blühten, als Kolumbus nach Amerika fuhr."

„Und was macht das in Euro?", bohrte Kattenstroht penetrant nach.

Der Förster überlegte einen Moment: „Also bei der Wertholzversteigerung im Februar war Ferdi Große Drenkmann nach meiner Erinnerung mit drei, nein mit vier Stämmen vertreten. Er hat für sich allein 30.000 Euro erzielt. Er bringt die besten Bäume. Da kommt kein Staatswald gegen an! Und die Drenkmanns wissen das. Auch von Ferdi wird erzählt, er habe seinem Vater auf dem Sterbebett versprechen müssen, niemals den Zippenberg in der Fläche zu fällen oder gar zu verkaufen. Das sind Grundhaltungen!"

Kattenstroht staunte und beteuerte, so bald wie möglich das Waldwunder einmal zu durchwandern. Von der Terrasse kamen der Güterdirektor und Kathrin Eilers herunter. Die junge Frau schwärmte von dem Haus. Sie war hingerissen.

„Genauso hat auch Frau Keiten geschwärmt!", sagte Wickensack nachdenklich. „Schade!"

„Sagen Sie mal, Herr Wickensack", wandte sich der Kommissar an den Güterdirektor, „wussten Sie eigentlich, welchem Gewerbe Frau Keiten nachging?"

„Sie hat mit uns ganz offen gesprochen. Ich gebe zu, wir haben uns damit etwas schwer getan. Wir möchten ja auch nicht, dass unser schöner Besitz hier ins Rotlichtmilieu abgleitet. Denken Sie an das Eckenhoven'sche Wappen über unserer Tür oder an den Bildstock mit dem heiligen Hubertus. Den muss ein eventueller Käufer ja auch übernehmen. Es gibt gewisse Traditionen, die wollen wir im Sinne von Haus Tuskhusen eingehalten sehen. Übrigens wäre ein Gewerbebetrieb hier unmöglich gewesen. Sie hat uns gesagt, sie wolle hier ausschließlich wohnen."

„Und die Bonität? Bei 275.000 €?" Nun wollte es Kattenstroht genau wissen.

„War gesichert. Sie hatte uns immerhin schon auf 250.000 € gedrückt. Und eine Teilung der Nebenkosten strebte sie auch an. Wir haben zwischendurch wegen der besonderen Umstände offen gestanden geschwankt, aber dann hat Frau Keiten die Reckhölter Bank eingespannt. Die wollten für das Geschäft geradestehen, waren geradezu versessen darauf. Hat uns auch etwas gewundert, aber der Spilker, der Vorstand da, saß wie der Teufel hinter der Seele hinter diesem Kauf!"

Kattenstroht überlegte und guckte ab und an auf seine Uhr. Wickensack konnte offenbar Gedanken lesen: „Ich habe die Nummer der Bank hier in meinem Handy, soll ich Sie verbinden?"

Der Hauptkommissar schüttelte den Kopf: „Ist mir nicht offiziell genug. Die Nummer notieren wir schnell. Frau Eilers, bitte setzen Sie sofort Mia Kunsleben auf die Banker an. Wir sind in, sagen wir mal 30 bis 40 Minuten da und wollen diesen Vorstand sprechen. Auf Deubel komm raus. Ist ja gleich Mittag. Und dann sehen wir weiter."

Förster Dabeck machte sich daran, die Klappen wieder vor die Fenster zu legen. Sie verabschiedeten sich. Kattenstroht warf noch einen letzten Blick auf das wunderschöne, nun im weichen Mittagslicht liegende Areal, hinter dem im leuchtenden Herbstlaub der Zippenberg aufragte. Im Vorbeigehen sah er, dass Kathrin Eilers noch etwas mit dem Güterdirektor besprach und offensichtlich Visitenkarten tauschte. „Das ist auch so 'n Sport der jungen Leute!", knurrte der Kommissar.

Man sah zu, dass man nach Reckhölter kam, wo Kattenstroht bei der Durchfahrt einen sauber wirkenden Schnellimbiss gesehen hatte. Er wolle selbstverständlich gestärkt in ein Gespräch mit Bankern gehen. Da müsse man besonders auf dem Quivive sein, belehrte er seine Assistentin.

Kapitel 11

Das Bankgebäude entpuppte sich als ein typischer Bau aus einer Zeit, als von Globalisierung noch keine Rede war. Nachdem sie durch die Schalterhalle geschlendert waren und einige Plakate und Aushänge flüchtig angeschaut hatten, wurden Kattenstroht und Eilers an einen Encounter verwiesen. Der Kommissar hatte geknurrt: „In meiner Jugend wäre das eine ordinäre Theke gewesen!" – und dort wurden sie von einer Vorstandsmitarbeiterin freundlich begrüßt. „Herr Spilker kommt sofort", sagte sie. „Bitte nehmen Sie schon mal im Besprechungsraum Platz."

Beim Betreten des Raumes, der mit den banküblichen Stahlrohrmöbeln in Nickel-Hochglanz eingerichtet war, pfiff Kattenstroht anerkennend, als er ein großes Ölgemälde entdeckte, das an der Wand über dem Konferenztisch hing. „Ein echter Ernst Hase! Signiert 1955! Ob die wohl wissen, was sie hier haben?" Das Bild zeigte eine bäuerliche Landschaft und mit den in den letzten Tagen erworbenen Kenntnissen aus der Reckhölter Gegend gelang es beiden Kriminalisten auf Anhieb, den Standort des Betrachters exakt zuzuordnen.

Das Gemälde zeigte einen Blick über die Bauerschaft Handrup zum Zippenberg, etwas nach Osten geweitet. So war auch der Reckhölter Kirchturm mit der Dorflage ins Bild gekommen. Die beiden Beamten studierten gerade die Darstellung genauer, als der Vorstand der Reckhölter Bank, Hans-Heinrich Spilker, den Raum betrat. Man blieb beim Thema, denn Kattenstroht hatte das unbestimmte Gefühl, dass vorsichtige Diplomatie angebracht war.

„Wissen Sie Näheres über den Maler?", begann der Hauptkommissar das Gespräch. Spilker gab sich keine Blöße: „Hase ist in den 1960er-Jahren in Münster gestorben. Das Bild hat er 1955 im Auftrag unserer Bank zum 75-jährigen Jubiläum gemalt. Eine schöne Arbeit. Sind wir stolz drauf. Zu unserem 100-jährigen Jubiläum 1980 war dieses Bild Titelblatt unserer Festschrift. Es ist ein schöner Blick. Kennen Sie den Aussichtspunkt in Handrup? Von da oben hat Hase skizziert und wohl auch fotografiert; im künstlerischen Ausdruck ist das Bild gut und wirklich gelungen. Wir hatten hin und wieder Anfragen, es für Ausstellungen zu verleihen."

„Sie wissen um den Wert?", wollte Kattenstroht nun wissen. Der Banker lächelte: „Etwa 8.000 bis 10.000 € unter Brüdern. – Aber es ist unverkäuflich. Wir alle im Haus lieben das Bild, von unserem Aufsichtsrat ganz zu schweigen."

Kathrin Eilers ging nun ins Detail: „Aber die Landschaft hat sich verändert. So wie ich das gesehen habe, sind die Schläge heute viel größer, viele Wallhecken und Baumgruppen sind verschwunden und einen Bauern", sie zeigte auf eine Stelle im Bild, „der dreispännig eine Sämaschine betreibt, gibt es auch nicht mehr!", sagte sie.

Spilker schien Gefallen an dem Gespräch zu finden: „Das Bild ist heute ein Stück Wirtschaftsgeschichte. Sehen Sie, die Bauerschaft Handrup ist die wichtigste in Reckhölter. Sie hat die besten Böden, hatte seit jeher die ertragreichsten Höfe, die größten Steuerzahler und – nebenbei gesagt – die meisten Schützenkönige. Noch um 1950 hatten wir in Handrup 80 Vollerwerbsbetriebe, also Bauernhöfe, die im Haupterwerb Ackerbau und Viehzucht betrieben. Heute sind es aktuell noch acht! Natürlich ist die Verkoppelung vor knapp 30 Jahren über die Bauerschaft hinweggegangen. Die meisten haben damals aufgegeben und sich anderen Berufszweigen zugewandt. Die jungen Leute gehen zur Schule und machen Ausbildungen, die mit Landwirtschaft nichts mehr zu tun haben. Geblieben sind die paar Großen, aber die sind wirklich gut und haben Bestand. Es sei denn, die gegenwärtige Politik bleibt dieselbe. Dann stehen selbst die irgendwann auf der Kippe."

„Und mittendrin liegt Große Drenkmann!" Kathrin Eilers zeigte wieder auf das Bild. „Wäre der Zippenberg nicht so hoch bewaldet, könnte man im Norden das Forsthaus im Reckhölter Hagen erkennen."

„Womit wir beim Thema wären!", meinte Kattenstroht. Erfrischungen wurden gebracht und sie nahmen am Konferenztisch Platz. Spilker zeigte sich zugeknöpft. Die Verhandlungen über das Freiherrliche Forsthaus habe eigentlich sein Kollege Belting geführt und der sei gerade heute nicht da. Er nähme an einer Tagung beim Verband in Münster teil. Er, Spilker, sei nur in groben Zügen über das Geschäft informiert. Es gehe da um einen Kapitalbedarf von – so meine er sich zu erinnern – gerade 100.000 €. „Und das ist bei dem Besitz und der Forderung der Güterdirektion von Haus Tuskhusen verhandelbar."

„Mein lieber Herr Spilker", hob Kattenstroht an. Kathrin Eilers spürte, dass sie sich einem entscheidenden Punkt näherten. „Ich versuche seit einiger Zeit, in der Randlage von Münster ein Häuschen zu bezahlen. Die Finanzierung habe ich mit einer Bank gemacht. Ich bin Beamter, meine Frau ist Beamtin. Wir haben zwar abgezähltes, aber gutes Geld: gläserne Brieftaschen sozusagen. War das ein Schnuppern und Prüfen seitens der Kreditabteilungen. Und jetzt schauen wir mal auf dieses Geschäft im Reckhölter Hagen. Sie wussten, welchem Gewerbe Frau Keiten nachging?“

Kathrin Eilers kam ein Ausdruck ihrer Oma in den Sinn: Luurig! Der Herr Bankdirektor wurde luurig! Misstrauisch, vorsichtig, lauernd antwortete er: „Sagen wir mal so. Sie hatte einen kleinen Bekanntheitsgrad am Ort. Und selbst ging sie, auch im Gespräch mit uns, recht offen mit ihrem Beruf um. Wir hatten allerdings zusätzlich noch eine ausdrückliche Empfehlung unserer Kollegen aus Recklinghausen.“

Kattenstroht lehnte sich auf dem Stuhl zurück, legte den Kopf in den Nacken und rechnete laut: „Also, seine Durchlaucht möchte mindestens 250.000 € haben. Nebenkosten und erste Schönheitsreparaturen, sagen wir mal weitere 50.000. Frau Keiten hatte, soweit uns bekannt ist, ein Bankguthaben von 60.000 €. Wir reden also von einem Kreditbedarf von rund 240.000 €. Richtig?“ Der Bankdirektor nickte bestätigend.

Kattenstroht verharrte in seiner Haltung, so als spräche er ins Leere: „Da haben Sie also eine Frau, die einem, sagen wir mal vorsichtig, zweifelhaften Gewerbe kurzfristigen Erfolges nachgeht. Die zwar über 60.000 € Sündengeld verfügt, die keine abgeschlossene Berufsausbildung hat, einer Tätigkeit nachgeht, die keine besondere Gewähr der Dauer verheißt, die in wenigen Jahren aufgrund natürlicher Entwicklungen auf geringere Nachfrage stößt. – Und die Reckhölter Bank ist bereit, dieser Frau eine Kreditsumme in dieser Höhe zur Verfügung zu stellen? Herr Spilker, kommen wir doch mal wieder auf den Teppich!“

Der Angesprochene blieb kühl: „Ich sagte Ihnen bereits, dass ich nicht in alle Details des Geschäftes eingewiesen bin. Und meinen Kollegen können Sie am Montag sprechen. Eines sei aber klargestellt: Unser Haus bemüht sich stets um sachlich fundierte, solide, realistische Finanzierungen. Und Sie können davon ausgehen, dass das auch im Falle des

Eckenhoven'schen Forsthauses im Hagen so ist. Wenn mein Kollege Belting das Geschäft so entwickelt hat, ist das tragfähig."

Kattenstroht spürte förmlich, wie die Mauer immer höher wurde.

„Oder gibt es außerordentliche Gründe, die ein besonderes Engagement Ihrer Bank fördern könnten?", mischte sich Kathrin Eilers ein. Kattenstroht empfand so etwas wie eine atmosphärische Störung, aber dann stockte ihm vollends der Atem, denn Frau Eilers setzte nach: „Oder ist das von uns so betrachtete, besondere Engagement Ihres Hauses auf irgendeine Weise durch ein besonderes Engagement Ihres Aufsichtsratsvorsitzenden motiviert?"

Das saß. Spilker geriet leicht aus der Fassung und wurde merklich lauter: „Also, Herrn Große Drenkmann lassen wir hier direkt aus dem Spiel. Dazu könnte ich ganz viel sagen!"

Kattenstroht war platt, zeigte es aber nicht: „Warum denn aus dem Spiel lassen? Sagen Sie es uns doch! Egal um was es geht, immer wieder stoßen wir auf Herrn Ferdinand Große Drenkmann. Allmählich glaube ich nicht mehr an einen Zufall."

Bankdirektor Spilker hatte sich gefangen und holte energisch zum Gegenschlag aus: „Also, angesichts dieser offiziellen Befragung durch die Polizei – darf ich übrigens bitte mal Ihre Dienstausweise sehen –, möchte ich etwas klarstellen. Herr Ferdinand Große Drenkmann ist unser Aufsichtsratsvorsitzender – obwohl er relativ jung ist –, weil er unser wohl fähigster Landwirt in Reckhölter ist. Ein klasse Mann, ein begnadeter Kaufmann. Er hat nur ein Problem: Er hat auf dem eigentlichen Hof nichts zu sagen. Der Kotten gehört seiner Mutter. Und Regina Große Drenkmann gibt das Regiment erst ab, wenn der junge Bauer ihr die passende Frau mit der Aussicht auf Familie präsentiert. ‚Ich ziehe mich erst aus, wenn ich mich hinlege!' Das hat sie mir selbst gesagt. Mal ernsthaft: Herr Große Drenkmann kann nicht einmal hier im Haus die einfachste Rechnung von den Konten des Hofes per Überweisung bezahlen. Da hat der alte Bauer gepennt, als er sein Testament machte. Wir leiden alle mit, aber ändern können wir es auch nicht. Schminken Sie sich das also ab. Und wenn Sie weitere Fragen haben, bitte ab Montag an meinen Kollegen Belting!" Die beiden Kriminalbeamten steckten ihre Ausweise wieder ein und zogen mit kühlem Gruß ab. Als sie aus dem Bankgebäude kamen, grinste Kattenstroht: „Der Rauswurf war klasse. Eiskalt gemacht, auch die Nummer mit den Ausweisen. Dass mir so etwas passiert!“ Dann wandte er sich fast herzlich an Kathrin Eilers: „Aber die Nummer mit dem Aufsichtsratsvorsitzenden war eine Punktlandung. Direkt auf den Solarplexus, sozusagen. Wie sind Sie da nur draufgekommen? Mein Kompliment!“

Kathrin Eilers griff in ihre Jackentasche und wedelte mit einem Faltprospekt: „Hier, die Reckhölter Bank: Die Bank Ihres Vertrauens! Ihre Bank vor Ort! Alter Tipp meines Vaters: Man sollte in den Schalterhallen der Banken immer mal nach dem zeichnungsberechtigten Personal und nach den Zinssätzen gucken. Die müssen öffentlich ausgehängt werden. Zwar sind sie nicht verpflichtet, ihren Aufsichtsrat publik zu machen, viele machen es aber trotzdem, in Wort und Bild. Von wegen der Seriosität als Werbungsfaktor. So ein Prospekt ist also ganz ergiebig.“

Ein bisschen väterlich, aber doch mit einem winzig kleinen, kaum erkennbaren Hauch von Neid urteilte der Hauptkommissar: „Wissen Sie, Frau Eilers, aus Ihnen wird mal eine ganz tolle Kriminalistin. Aber Sie haben etwas übersehen, was ich mir gemerkt habe!“

Kathrin Eilers schaute überrascht auf. „Spilker geht bei Große Drenkmann zur Jagd, jedenfalls taucht er da auf den Fotos im Jagdzimmer mehrfach auf. Und im Schützenverein ist er auch im Vorstand, wahrscheinlich Kassierer.“ Kattenstroth geriet fast ins Schwärmen: „Ein wahrlich lohnender Besuch! Und jetzt haben wir noch eine weitere direkte Spur. Ist Ihnen beim Vortrag unseres Bankers bezüglich der Finanzierung des Forsthauses etwas aufgefallen?“

Kathrin Eilers überlegte, kam aber nicht weiter. Inzwischen waren sie am Auto angekommen. Kattenstroht lehnte sich an den Wagen und zückte sein Telefon: „Wie ich schon sagte: Bei Bankern genau hinhören. Er hat beim Kreditbedarf die von mir genannte Summe von 240.000 € in etwa bestätigt. Vorher sprach er aber von einem Engagement seiner Bank in Höhe von nur 100.000 €. Wer bitte, meine Liebe, bezahlt die Spesen? Wer ist für die restlichen 140.000 € gut? Wer ist der geheimnisvolle Mäzen der Frau Keiten?“

„Vielleicht doch einer ihrer Kunden?“, spekulierte Kathrin Eilers. „Da dürften auch in doppeltem Sinne potente Leute darunter sein.“

„Ganz schön frivol, was Sie da sagen, Frau Eilers", sagte Kattenstroht, „aber es gibt Näherliegendes! Zurück zu unserem Banker. Er hat uns dargelegt, dass unser Ferdi auf dem Kotten nichts zu sagen hat. Haben Sie den genauen Wortlaut noch im Kopf?"

Kathrin Eilers dachte scharf nach. „Er hat auf dem Hof nichts zu sagen. Er darf nicht unterschreiben. Er muss irgendwann heiraten. Was war da noch? Ach ja, er ist ein hervorragender Bauer und ein begnadeter Kaufmann!"

„Er hat auf dem eigentlichen Hof nichts zu sagen! Auf dem eigentlichen Hof. Das war die Formulierung von Spilker. Das ‚eigentlich' ist wichtig. Was ist mit dem uneigentlichen Hof? Gibt es Sondervermögen? Ausgrenzungen, Haus und Grundbesitz, eine Erbschaft? Irgendetwas, von dem wir bis jetzt noch nichts wissen?"

Er schloss den Wagen auf und Kathrin Eilers stieg ein. Kattenstroht aber blieb – angeblich wegen der besseren Verbindung – am Wagen stehen und ließ sich zu Stellmacher durchstellen. „Das hat er nun davon: Als Kapitaldezernent muss er immer erreichbar sein." Der Staatsanwalt war erreichbar und musste trotz seiner bekundeten Sehnsucht nach dem Feierabend eine Behörde in der Kreisstadt am Freitagnachmittag in Betrieb halten.

„Wo, bitte, fahren wir hin?", wollte die Assistentin wissen. „Ins Amtsgericht? Was wollen wir denn da?"

Kattenstroht steuerte den Wagen auf die Kreisstraße. „Der Freitag ist für uns beide sowieso im Eimer. Vorm Dunkelwerden sind wir nicht zu Hause. Stellmacher hat sich für uns um das Grundbuch gekümmert. Da liegt wahrscheinlich die Lösung für eines unserer Rätsel. Den Mörder finden wir da vielleicht nicht, aber höchstwahrscheinlich den Sponsor der Keiten. Und wenn wir den haben: Peng, Blattschuss! – ist der Fall vielleicht noch heute Abend gelöst! Und wir haben ein ruhigeres Wochenende."

Kathrin Eilers konnte sich zwar nicht recht vorstellen, wie das gelingen sollte; aber sie nahm schon einmal seufzend Abschied von der Vorstellung, an diesem Abend mit ihrem Freund ins Kino zu gehen. Kattenstroht schwadronierte, es liefe derzeit sowieso nichts Vernünftiges und von einer Fahrt mit ihm habe sie mehr als von einem Kinofilm. Da würde sie wenigstens was lernen. Kathrin Eilers stimmte dem Herrn Hauptkommissar zu, aber nur im Stillen.

In zügigem Stil fuhr Kattenstroht in Richtung Kreisstadt zur „Öffentlichen Urkunde“, wie er das Grundbuchamt bezeichnete.

Kapitel 12

Im Amtsgericht mussten sich die beiden Ermittler aus Münster erst einmal über leere Flure und durch verwaiste Bürofluchten bis zum Grundbuchamt durcharbeiten. Es herrschte eine typische Freitagnachmittagsstille. Schließlich fanden sie in einem Raum einen vor sich hin sinnierenden älteren Beamten, der auf sie gewartet zu haben schien. Der Anruf der Staatsanwaltschaft habe das Amtsgericht noch rechtzeitig erreicht, sagte er und seinem Gleitzeitkonto täten einige „Stunden übern Durst" auch mal ganz gut: „Bouillon, mein Name – wie die Suppe! Ja, ich habe französische Vorfahren. Das fragen alle, wissen Sie, da sag ich's lieber gleich!"

Der Mann wirkte auf seine Art irgendwie behäbig und langsam, was auch an seiner Körperfülle liegen mochte. Bouillon bat um Vorlage der Dienstausweise und machte sich gleich einen Vermerk dazu. „Professionell, das Ganze hier!", brummte der Kommissar vor sich hin.

„Also eine Grundbucheinsicht wollen Sie. Herr Staatsanwalt Stellmacher sagte mir, es gehe um die Bauerschaft Handrup, die Gemarkung Reckhölter überhaupt und einen einzelnen Hof. Was müssen Sie genau wissen? Wo können wir helfen?"

„Wir benötigen einmal eine Einsicht in die Eigentums- und Belastungsverhältnisse des Zippenberges, das ist ein bewaldeter Hügel im Norden von Handrup, aber südlich der Reckhölter Aa. Dann bitten wir um Durchsicht des Eigentümerverzeichnisses bezüglich des Hofes Große Drenkmann!" Kattenstroht hatte es eilig und wirkte irgendwie ungnädig. „Wir stehen ziemlich unter Druck."

„Da hatten Sie einen Mord in der Ecke, vorige Tage." Bouillon stand hinter seinem Schreibtisch auf und zeigte auf die Wand, an der die gerahmte Farbkopie einer historischen Karte hing. „Prima, da haben wir gleich den historischen Katasterübersichtsplan für Reckhölter. Und bei Große Drenkmann, da sind Sie ja gleich in der bäuerlichen Oberliga. Da wollen Sie mitspielen? Viel Vergnügen!" Der Grundbuchbeamte nahm Kattenstroht in heiter herablassendem Ton ein bisschen auf den Arm.

Kathrin Eilers brachte sich ein: „Kennen Sie denn die Bauerschaft und den Hof genauer?"

„Ach, liebe Frau Eilers!", er hatte noch mal einen Blick auf seinen Notizzettel geworfen. „Ich bin vor mehr als 30 Jahren, mit der Kreisreform, in diese Dienststelle gekommen. Wir sind ein Landkreis und da kommt es immer wieder zu landwirtschaftlich geprägten Geschäftsfällen. Das ist schon ganz schön spannend. Ich gehe draußen gern und viel spazieren und interessiere mich für die Landschaft und die alten Bauernhäuser. Man lernt dann viel von Land und Leuten kennen, vor allem, wenn man auch ein bisschen weiter zurückguckt."

„Wieso zurückgucken?" Kathrin Eilers wollte es genauer wissen.

„Schauen Sie sich den Plan von Reckhölter da mal an. Diese Karte ist vor ziemlich genau 180 Jahren entstanden. Sie zeigt unsere Kulturlandschaft, wie sie wahrscheinlich zu Beginn der Neuzeit auch schon ausgesehen hat, von wenigen Ausnahmen abgesehen. Wenn ich hier mal eine Übertragung, einen Verkauf oder sonst was im Grundbuch habe, dann leiste ich mir den Luxus und schaue tiefer in die Grundakten und die Flurbücher. Da können Sie was lernen: über Land und Leute, über Geschichte und Geschehnisse. Spannende Lektüre. Da geht es um Karrieren und Tragödien, um die menschlichen Höhen und Tiefen eben."

„Und das steht alles in Ihren alten Büchern?" Die junge Ermittlungsbeamtin zeigte Interesse, während Kattenstroht nervös von einem Bein aufs andere trat.

Herr Bouillon vom Grundbuchamt wurde zusehends agiler und lud Kathrin Eilers zu einer Betriebsbesichtigung ein: „Sie setzen sich mal hin, Herr Kommissar", schlug er vor, „studieren diese Akte und ich zeige Frau Eilers mal meine Schätze." Er führte die junge Frau durch eine dicke Stahltür in einen Nebenraum, der als Archiv zu dienen schien und keine Fenster hatte. Bewegliche Stahlschränke auf Schienen und Rollen standen hier aufgereiht, die Regalböden voll gepackt mit alten Büchern und Unterlagen. Das Alter konnte man ihnen ansehen und ein streng muffiger Geruch nach verstaubter Tinte lag in der Luft.

„Schauen Sie, als ganz Westfalen 1815 zum Königreich Preußen kam, wurde das Urkataster angelegt. Das heißt, es wurden alle Gemeinden detailliert vermessen. Das war ein Job meist für Offiziere. Die fingen mit Urkatasterhandrissen an, also dem, was sie draußen in der Flur gemessen und aufgenommen hatten, dann kamen die Reinzeichnungen und dann die Übersichtspläne. Für jede Flur wurde ein Flurbuch angelegt, in dem jedes einzelne Flurstück verzeichnet und beschrieben wurde. Und jeder Bauer musste seinen Besitz mindestens über 44 Jahre nachweisen." Er griff in die Speichen eines Stahlrades, wie sie an den Schmalseiten jedes der großen Regale angebracht waren. „Und nun zum Zippenberg! Der ist in unseren Akten natürlich auch drin. Sehen Sie hier: Reckhölter!", sagte er und tippte auf ein Etikett: „Und hier ist alles, was zu Handrup gehört." Der Stahlschrank rollte zur Seite und gab einen Blick auf sorgsam geordnete Bücher und große Mappen frei.

Die folgende Viertelstunde verging wie im Fluge. Kathrin Eilers bekam alles zu sehen, was den Zippenberg betraf. Die ersten Handrisse, die Reinzeichnungen, die Übersichtskarten. Sie bestaunte die fast künstlerisch ausgearbeiteten Pläne ebenso wie das Flurbuch, in das die Bauern vor 180 Jahren ihren Besitz aufgezeichnet bekamen. „Und sie mussten es auch mit eigener Hand bestätigen!", wies Bouillon auf die Unterschriften hin. „Viele Grundbesitzer konnten damals nicht einmal ihren Namen schreiben. Deshalb hier die drei Kreuze und eine notarielle Bestätigung."

„Große Drenkmann konnte damals aber auch schon schreiben!", zeigte Kathrin Eilers auf eine große, etwas schnörkelige Unterschrift unter einer mehrseitigen Eigentumsliste!"

„Der ja! Der hatte doch auf seinem Hof sogar eine Schule für die Bauerschaft eingerichtet. Da gibt es Traditionen, von denen wir oft gar nichts wissen wollen. Dumme Bauern? – Auch so ein typisches Vorurteil! Waren Sie schon mal auf dem Hof?" Kathrin Eilers nickte.

„Und haben Sie das schöne Back- und Brauhaus gesehen? Man guckt geradeaus drauf, wenn man durch das Torhaus kommt."

„Ja, hab ich, das kann man ja nicht übersehen. Es ist ganz toll renoviert worden."

„Die Pläne dazu habe ich ausgegraben. Hier bei mir und im Kreisarchiv gegenüber. Und der Chefarzt vom Kreiskrankenhaus, Dr. Roling, das ist ein Jagdfreund von Große Drenkmann, der hat das Haus auf Erbbaurecht renoviert. Ein Schmuckstück, sage ich Ihnen. In dem Haus war schon vor über 200 Jahren eine Schule für die Bauerschaft eingerichtet. Große Drenkmann bezahlte übrigens den Lehrer, der im Sommer bei ihm auf dem Feld mithelfen musste. Unterricht gab's nur im Winter."

Gerade wollte sich Bouillon in der Bedeutung des Denkmalschutzes auf dem Land verlieren, als der Hauptkommissar erschien: „Mein lieber Herr Bouillon, erst mal Dank für die Akte, aber ohne Ihre Erläuterung komme ich da nicht durch."

„Das machen wir besser vorne am großen Tisch: Ich habe auch die Urkatasterkarte schon rausgesucht. Aber Frau Eilers war doch so an unseren Schätzen hier interessiert", freute sich der Grundbuchbeamte. Dabei hatte er schon vor dem angekündigten Besuch alles Notwendige herausgelegt. Jetzt näherten sie sich den entscheidenden Details.

„Ihre Frage geht ja dahin, wem der Zippenberg gehört. Hier habe ich die Katasterkarte der Gemarkung Reckhölter, Flur 27; Sie sehen die Nummern der einzelnen Flurstücke. Hier haben wir den Zippenberg. Der ist natürlich zu groß, um nur ein einziges Flurstück zu ergeben. Die Vermesser damals haben sich am vorhandenen Wegenetz orientiert. Ihre Hauptachse ist der Markenweg, der fast genau von Süd nach Nord mitten über den Berg verläuft. Hier geht es im Norden in Richtung Roggendorf. Die Linie hier ist die Reckhölter Aa und das Zeichen am Flüsschen bezeichnet die kleine Brücke; den Übergang gibt es auch heute noch, ein schöner Wanderweg. Hier ist unsere Flur zu Ende und damit auch die Karte. Hätten wir den Anschluss im Norden, könnten Sie hier ein Anwesen sehen, die Försterei von Haus Tuskhusen, Freiherr von Eckenhoven."

„Das kennen wir, da sind wir gerade heute Morgen gewesen", warf Kattenstroht ein, dessen Aufmerksamkeit deutlich gestiegen war. „Und was sagt uns das über die Besitzer?"

„Ich habe mal auf Ihre und Herrn Stellmachers Bitte hin, um die Sache abzukürzen, eine Liste der Grundstücke ausgedruckt, die aktuell zum Hof Große Drenkmann gehören. Bitte schön, alles gehört der Familie, vertreten durch", er blätterte ein wenig und setzte seine Brille zurecht, „vertreten durch Frau Regina Große Drenkmann geb. Schulte Belting."

Kathrin Eilers war sichtlich enttäuscht: „Das wussten wir doch schon! Gibt es denn sonst keine Besonderheiten?"

„Eine einzige!" Bouillon machte es äußerst spannend. „Der westliche Teil des Zippenberges, also die Flurstücke auf unserer Katasterkarte links vom Hauptweg, die haben einen anderen Eigentümer!"

„Ferdinand Große Drenkmann; niemand anderen!", stellte Kattenstroht trocken fest. Der Grundbuchbeamte war platt. „Stimmt genau! Woher wussten Sie denn das?"

Kattenstroht zuckte mit den Achseln: „Reine Intuition! Aber fassen wir mal zusammen: Der gesamte Kotten gehört der Mama, nur der westliche Teil des Berges dem Filius. Wie geht das zusammen?"

„Da müssen wir einen Blick in die Grundakten werfen. Ich hatte Ihnen doch die Grundbuchblätter schon in die Hand gedrückt, zum Studium!" Der Hauptkommissar räumte ein, dass er das Hin und Her darin nicht verstanden habe, und bat um nähere Erläuterungen.

„Unsere Grundbuchblätter werden schon seit langem einheitlich geführt. Es gibt die Aufschrift, das Bestandsverzeichnis und drei Abteilungen mit römischen Buchstaben: I ist der Eigentümer, II notiert Beschränkungen und Belastungen des Grundstücks und die Abteilung III verzeichnet Grundpfandrechte, also Hypotheken und Grundschulden. Wir gucken jetzt mal bei römisch I und da sehen wir, dass der westliche Teil wie der gesamte Zippenberg 1912 an Theodor Große Drenkmann übertragen worden ist. Ein Erbgang, war wohl der Großvater des heutigen Besitzers. 1948 kommt Wilhelm Große Drenkmann ans Ruder. Das hier, 1958, überschlagen wir erst mal. 1976 ist dann Regina Große Drenkmann geb. Schulte Belting als Alleinerbin eingetragen. Seitdem gehört ihr der ganze Besitz. Bis auf den 1958 abgesonderten Westteil des Zippenberges."

Kattenstroht war aufgestanden und blickte dem Beamten mehr als neugierig über die Schulter: „Und was ist da los gewesen, 1958?"

„In jenem Jahr wird der Zippenberg geteilt. Die westliche Hälfte wird für 60.000 DM – stattliche Summe damals – verkauft an Theodor Drenkmann, Rechtsanwalt und Notar in Münster. Und der", Bouillon blätterte um, „vererbt seinen Anteil 1982 testamentarisch an Ferdinand Große Drenkmann."

„Da hat er aber Glück gehabt. Wenn ich an mein Gespräch heute Morgen denke, ist das der Teil des Waldes, in dem die teuren Eichen schlagreif sind. Kennen wir die Hintergründe?"

Der Beamte schlug seine Akten zu: „Nein, aber irgendwas entwickelt sich immer." Etwas schwerfällig stand Bouillon auf, ging zu seinem

Schreibtisch und griff nach einer schmalen Aktenmappe: „Und hier ist wahrscheinlich das Sahnehäubchen für die Kripo!“

Kathrin Eilers nahm die Akte an sich und schaute auf das Formular: „Eintragung einer Grundschuld?“, fragte sie erstaunt.

Der Beamte setzte sich seelenruhig wieder hin und meinte trocken: „Das kam Ende letzter Woche auf meinen Schreibtisch. Eine Kreditaufnahme bei der Reckhölter Bank, wohl weitervermittelt, aber immerhin durch die lokale Bank, über 150.000 €. Darlehensnehmer ist Ferdi Große Drenkmann. Die Grundschuld ist auf seine Flurstücke auf dem Zippenberg einzutragen. Das ist eigentlich kein Problem. Gewundert hat's mich aber doch!“

Kattenstroht ging um den Tisch, nahm Assistentin Eilers die Akte etwas zu schnell aus der Hand, um noch höflich zu erscheinen, und studierte das Formular mit seinen vielen Feldern. „Unterschrieben von Belting. Belting und ...“

„... und Spilker! Hat der uns belogen!“ Die junge Beamtin schüttelte den Kopf. „Und das will ein ehrenwerter, seriöser Banker sein!“

Kattenstroht war vor Zorn bleich geworden, aber das ließ er sich zunächst nicht anmerken: „150.000 €, genau die fehlende Summe für das Geschäft mit Haus Tuskhusen!“ Und zu seiner Assistentin: „Natürlich hat er uns nicht belogen, er hat uns nur nicht alles gesagt. Der wird sich am Montag hinter sein Bankgeheimnis verschanzen, passen Sie mal auf! Aber dem werden wir noch heimleuchten. Alles zu seiner Zeit.“

Bouillon meldete sich wieder zu Wort: „Ich habe mir gedacht, dass es wichtig ist. Egal, was mein Vorgesetzter sagt, hier geht es wohl um den Mord von Montagnacht. Ich habe Ihnen alle wichtigen Dinge mal kopiert. Hier ist alles zusammen! Ich wünsche Ihnen viel Erfolg bei Ihren Ermittlungen.“

Kattenstroht und Eilers bedankten sich, während Bouillon schon die Lampen seines Büros ausschaltete, zu einer alten Aktentasche griff, eine Jacke vom Haken nahm und anbot, die beiden Besucher aus dem Haus zu begleiten. Jetzt sei Feierabend, meinte er.

„Und nächstes Jahr, für den Fall, dass Sie mal wiederkommen müssen, bin ich in Pension. Und unsere Schatzkammer gibt es dann auch nicht mehr. Das geht alles ins Staatsarchiv nach Münster.“

„Und wie kriegen wir dann so was heraus?“ Der Besuch beim Beamten Bouillon beim Grundbuchamt hatte Kathrin Eilers doch irgendwie gefallen.

„Ganz einfach: Auch die Kripo hat Computer. Sie brauchen dann nur eine Erlaubnis, zahlen eine Gebühr und dann können Sie vom Schreibtisch aus ins Grundbuch unseres Kreises gucken. Das Elektronische Grundbuch Solumstar. Das ist die Zukunft! – Aber bitte ohne mich!“, seufzte Bouillon.

Kapitel 13

Kattenstroht war merklich verstimmt. Auf dem Parkplatz drückte er Kathrin Eilers die Wagenschlüssel in die Hand und bat sie zu fahren. Er müsse nachdenken. „Und was ist mit unserer Wochenabschlussrunde im Präsidium heute Nachmittag?“, wollte die junge Beamtin wissen. Sie hatte sich auf einen frühen Feierabend gefreut.

„Lassen wir sausen. Kommt sowieso nichts bei raus. Ich will den Sack noch heute zumachen. Also auf nach Reckhölter: Ferdi – wir kommen!“ Kattenstroht strotzte vor Tatendrang.

Während der Fahrt saß Kattenstroht jedoch stumm auf dem Beifahrersitz und brütete vor sich hin. Als sie die Autobahnauffahrt Reckhölter erreicht hatten und über die Brücke fuhren, gab er kurze Anweisung, am Pendlerparkplatz anzuhalten. Kathrin Eilers war erstaunt, als ihr Chef die Scheibe der Beifahrertür herunterließ und mit elegantem Schwung das Blaulicht aufs Wagendach setzte: „Mal nicht so schnell fahren. Engbers hat den Kram auch nicht immer in Schuss. Und jetzt mimen wir mal den Schimanski!“

Kaum sahen sie in der Ferne das Schild vom Farmhouse, schaltete Kattenstroht auch schon das Blaulicht ein und wies Kathrin Eilers an, bitte direkt auf den Platz vor der Bar zu parken und das Licht auch bitte blitzen zu lassen.

„Entspricht das denn der Dienstvorschrift?“, war deren spontane Reaktion.

„Das ist jetzt auch egal. Hier muss der Zweck die Mittel heiligen!“ Und fast amüsiert fügte Kattenstroht hinzu: „Der Spruch stammt übrigens von einem Westfalen! – Das wussten Sie auch nicht, oder?“

Natürlich sorgte das Vorfahren des Polizeiwagens für großes Tamtam. Kaum waren sie ausgestiegen, als schon Barwick in der Tür seines Etablissements stand und um Aufklärung, Ruhe und möglichst geringe Störung bat. Ob man den Wagen nicht hinter dem Haus parken könne, wollte er dringend wissen.

„Nein, das kann ich nicht. Außerdem habe ich die Absicht, Sie gleich zum Verhör nach Münster mitzunehmen. Dann haben Sie es nicht so weit zum Auto! Und von hinten kommen die SchuPos!“ Dem Bordellbesitzer fiel die Kinnlade herunter. Er sei ganz allein im Laden und was wohl aus dem Geschäft werden solle, fragte er deprimiert. Kattenstroht erwiderte gut gelaunt: „Das machen wir zu. Ob Sie anschließend überhaupt wieder aufmachen können, werden andere entscheiden. Wahrscheinlich das Landgericht mit seiner Großen Strafkammer."

Barwick war keineswegs der coole Zuhälter. Er fühlte sich völlig in die Ecke gedrängt. Kattenstroht schlenderte durch die Bar, die jetzt in ein buntes Dämmerlicht getaucht war. Es waren tatsächlich einige Gäste da, die die Auffahrt des Polizeiwagens mitbekommen hatten und einen sichtlich verstörten Eindruck machten. „Um Gottes willen keine Razzia!", flehte Barwick und versuchte, die beiden Beamten in ein ruhiges Hinterzimmer, den so genannten roten Salon, zu lotsen. Aber Kattenstroht zog es vor, mit seinem Dienstausweis in der Hand durch das Lokal zu stolzieren. Er tat so, als ob er jemanden suchte, erlaubte sich dabei einen interessierten Blick auf die spärlich bekleidete junge Dame, die sich auf der hinteren Bühne in ihrem Auftritt gestört fühlte, und sah dem einen oder anderen der männlichen Gäste ziemlich dreist ins Gesicht.

Die Herren schienen sich der Reihe nach ertappt zu fühlen.

Nach dieser beeindruckenden Vorstellung wandte sich Kattenstroht wieder Barwick zu. Er müsse ihn dringend sprechen, sagte er. Barwick war heilfroh, die Besucher in sein Hinterzimmer führen zu können, aber der Hauptkommissar bestand darauf, dass seine Assistentin im Eingangsraum Position bezog. Er wolle Barwick allein sprechen. Der sah sich hilflos um, stimmte dann aber zu. Schon schloss sich die Tür des roten Salons.

Kattenstroht gab den bösen Polizisten: „Wir wollen mal Klartext reden, Barwick." Die dem Hauptkommissar angeborene Höflichkeit schien er im Wagen zurückgelassen zu haben. „Sie haben uns seit Dienstag mehr oder weniger belogen. Ich selbst habe zweimal mit Ihnen gesprochen, am Dienstagmittag hier und vorgestern Morgen in der Gerichtsmedizin. Meine Mitarbeiter waren am selben Nachmittag hier und haben alle Aussagen aufgenommen, auch die Ihrer Mitarbeiterinnen. Sie sind zu den Verbindungen der Sandra Keiten klar befragt worden."

Der Bordellwirt hielt direkt entgegen, er habe auf alle Fragen wahrheitsgemäß geantwortet. Kattenstroht entgegnete grimmig: „Über Ihren Freund haben Sie uns aber nichts gesagt. Unterdrückung von Informationen, Verschleierung einer Straftat! Zusammen ein klarer Straftatbestand. Damit mache ich Ihnen den Laden zu." Der Kommissar machte eine Kunstpause und betrachtete scheinbar interessiert die Aktfotos an den Wänden, um schließlich beiläufig zu bemerken: „Außerdem stehen auch Sie unter Tatverdacht!"

„Ich? Wieso denn ich?" Barwick bekam einen Schweißausbruch. „Ich habe doch gar kein Motiv!"

„Klar haben Sie eins! Die Keiten drohte Ihnen doch abzuspringen. Mit ihrem Gehopse war sie eine der wichtigsten Attraktionen dieses Ladens. Dann kommt noch ihr Wissen um die Geschäfte hier oder in Essen dazu. Vielleicht hat sie Sie erpresst. Weiß ich noch nicht! Oder ihr Freund steckt mit drin, der geheimnisvolle Unbekannte aus der Bauerschaft, den alle hier decken, Sie eingeschlossen. Also, raus damit – oder wir setzen das Gespräch noch heute in Münster beim Staatsanwalt und morgen früh beim Haftrichter fort!"

Barwick saß in der Klemme. Kattenstroht spürte, dass er mit der „Methode Schimanski", mochte sie ihm selbst auch wenig liegen und innerdienstlich vielleicht noch Probleme bereiten, so gut wie am Ziel war: „Also, was wissen Sie über die Beziehung der Sandra Keiten zu ihrem Ferdi?" Er erwähnte bewusst nur den Vornamen.

Barwick rutschte auf seinem Sessel hin und her: „Also gut, was soll's. Sandra ist tot und der Kerl lebt putzmunter weiter. Der kam irgendwann im Frühjahr in unseren Laden, mit einem ganzen Haufen honoriger Leute aus Reckhölter, vom Schützenverein. War ein riesiger Abend, auch vom Umsatz her. Sandra tanzte und animierte. Wie gesagt, ein Abend mit einem spitzenmäßigen Umsatz. An diesem Abend hat Sandra diesen Ferdi kennen gelernt. Der Mann ist weder vorher noch nachher je wieder in unserer Bar gewesen. Über den Sommer müssen sich die beiden näher gekommen sein. Das hat mir Sandra jedenfalls erzählt. Auf einmal sprach sie vom Aussteigen. Sie ist nur noch selten hierher gekommen; strippen wollte sie eigentlich nur noch in Essen. Ihr eigenes Domina-Geschäft aber hat sie weiter durchgezogen. Vor ein paar Wochen schließlich hat sie davon gesponnen, mit dem ganzen Gewerbe aufzuhören und ihr Studium wiederaufzunehmen."

Kattenstroht horchte auf: „Sie wussten, dass sie mal studiert hat?!

„Ja, wusste ich, und deshalb fiel sie ja auch aus dem Rahmen hier." Barwick wirkte niedergeschlagen. „Sie haben sich einigermaßen regelmäßig gesehen, das weiß ich. Letztlich aber hat sie mir nicht viel erzählt. Ich glaube, genau wusste niemand, was mit ihr lief. Aber ich weiß, da haben Sie Recht, dass ihr Freund dieser besagte Ferdi war, angeblich ein Bauer. Ausgerechnet ein Bauer aus Reckhölter."

Es herrschte eine Stille, in der nur die Tanzmusik aus dem Gastraum leise zu hören war; Barwick fragte vorsichtig nach: „Muss ich jetzt mit nach Münster?"

Kattenstroht seufzte. „Sie melden sich am Montagmittag gegen 14.00 Uhr zur Einvernahme im Präsidium. Hier, noch mal meine Karte, da steht alles drauf. Wir müssen alles zu Protokoll nehmen. Das mit dem Motiv werden wir weiter klären. Ich kann Ihnen nur raten, sich zu unserer Verfügung zu halten. Raus sind Sie aus der Nummer noch lange nicht."

Mit diesen markigen Worten stolzierte Kattenstroht aus dem Salon direkt in den Gastraum, wo Kathrin Eilers an der Theke auf einem Hocker saß und eine Cola trank. Neben ihr saß eine junge Frau im knappen bunten Zweiteiler und unterhielt sich angeregt mit der Polizistin. Der Kopf mit der voluminösen, blonden Wuschelfrisur bewegte sich hin und her und die feinen Hände gestikulierten lebhaft. Der Hauptkommissar riskierte nun doch einen Blick und registrierte nicht nur eine hübsche Figur – auch aus der rückwärtigen Perspektive –, sondern außerdem eine bestimmt solariengestützte gesunde Bräune.

„Wenn ich die Damen einmal stören darf: Frau Eilers, wir müssen leider weiter!"

„Macht nix, Herr Kommissar", meldete sich die Barwick'sche Mitarbeiterin, die auch aus der Frontansicht akzeptabel wirkte. „Wir hatten das Thema ‚Sandra' sowieso gerade durch. Ich darf mich vorstellen: Jacqueline! Aber das ist mein Künstlername. Für die Behörden heiße ich Marga Bodrowski!"

Kattenstroht musste lächeln. Er fand das Mädchen irgendwie nett. Trotzdem drängte er zum Aufbruch. Vor dem Bordell stellte er fest, dass das Blaulicht bereits vom Dach des Autos verschwunden war. Als er fragend guckte, meinte Kathrin Eilers nur: „Ich weiß ja nicht, wie viele Vorschriften Sie eben verletzt haben. Aber ich bin in der Probezeit. Und da bin ich mal lieber vorsichtig!"

Kattenstroht, jetzt wieder sichtlich oben auf, bat um den Wagenschlüssel. Er wolle wieder selbst fahren, wenn die Eilers derart vorsichtig sei, erklärte er. Und dann, als der Wagen schon auf die Landstraße rollte: „Immerhin habe ich von Barwick die Bestätigung, dass die Keiten einen Freund hatte, dass der aus Reckhölter stammt, Landwirt ist und Ferdi heißt. Und dass sie ein neues Leben anfangen wollte!" Er gab Gas und steuerte den Wagen in Richtung Dorf. „Glauben Sie mir, wir machen noch heute den Sack zu. Ich hole mir jetzt den großen Große Drenkmann."

„Gibt's jetzt den Showdown?", fragte Kathrin Eilers fast amüsiert. „Der Sonnenuntergang bietet genau die passende Kulisse!", fügte sie keck hinzu.

Tatsächlich ging hinter Reckhölter gerade die Sonne unter und ein paar Schleierwolken glühten in den verschiedensten Farbschattierungen. Auch die Handruper Hügel leuchteten in der Röte der untergehenden Sonne und in den Niederungen standen schon die ersten Nebelbänke. Es dämmerte bereits, als der Dienstwagen mit den beiden Ermittlungsbeamten auf den stattlichen Hof fuhr und einmal die Eiche umrundete, um schließlich direkt vor der Haustür des Erbes Große Drenkmann anzuhalten.

Kapitel 14

Nach mehrmaligem Läuten drehte sich der Schlüssel im Schloss und Ferdi Große Drenkmann selbst öffnete die Tür. Er war noch in Arbeitskleidung. Seine Füße steckten in Wollsocken und einfachen Lederschlappen. Über der dicken Manchesterhose trug er eine der typischen grünen Jacken, darunter einen Strickpullover.

„Guten Abend, Frau Eilers! Herr Kommissar! Was kann ich für Sie tun?“ Er bat die Besucher ins Haus und bot ihnen einen Platz am Herdfeuer an, in dem einige Holzscheite vor sich hin glühten. Die große Flettküche war nur schwach erleuchtet. Eine Lampe gab nur schwaches Licht und über einer Tür flackerte unter einem altertümlichen Kreuz eine künstliche Kerze. „Meine Mutter ist nicht da. In dieser Zeit jagt in unserer Verwandtschaft ein Kaffeeklatsch den nächsten.“

Kathrin Eilers zog ihre Jacke aus und legte sie in den bequemem Lehnstuhl zur rechten Seite der Herdfeuerwand, während Kattenstroht seinen Mantel über einem Stuhl am Mitteltisch abgelegt hatte. Große Drenkmann war in einen Seitenraum verschwunden und kam mit einigen Kloben Holz zurück, von denen er gleich zwei auf die Glut legte. Dann zog er noch einen Stuhl ans Herdfeuer und bat die Besucher, in den altehrwürdigen Sitzgelegenheiten zu beiden Seiten des Feuers Platz zu nehmen.

„Herr Große Drenkmann“, begann Kattenstroht sehr förmlich das Gespräch, „ich möchte Sie eindringlich bitten, sehr genau zu überlegen, was Sie uns jetzt sagen. Wir haben gestern Nachmittag, hier im Jagdzimmer, mit Ihnen über das Mordopfer gesprochen und Sie gefragt, ob Sie Sandra Keiten kannten. Sie haben uns gesagt, Augenblick, ich hab es mir notiert: ‚Ich und eine solche Frau, ich bitte Sie!‘ Das waren Ihre Worte. Richtig?“

Der Bauer nickte stillschweigend.

„Sie werden unsere Verwunderung darüber verstehen, dass wir im Laufe unserer Recherchen feststellen mussten, dass Sie seit etwa einem halben Jahr ein Verhältnis mit Frau Keiten hatten, ein sehr enges sogar, das offenbar sogar auf eine gemeinsame Zukunft ausgerichtet war.“

Große Drenkmann reagierte gar nicht. Er starrte nur ins Feuer, das langsam höher züngelte.

„Sie machen es sich und uns unnötig schwer, Herr Große Drenkmann, wenn Sie jetzt schweigen. Wir wissen, dass Sie und Frau Keiten bereits seit längerem ‚zusammen waren', wie das die jungen Leute heute nennen. Wir haben säckeweise Spuren: Fingerabdrücke im Auto und in der Wohnung in Recklinghausen. DNA-Tests werden zeigen, dass Kamm und Rasierzeug, die wir in der Wohnung gefunden haben, von Ihnen benutzt worden sind. Sie haben sogar ein Wäschedepot dort angelegt: Größe 6, weiß, Feinripp. Für so etwas", und Kattenstroht konnte sich einen Blick auf seine junge Assistentin nicht verkneifen, „haben gerade jüngere Ermittlerinnen einen geschärften Blick."

Das Gesicht des Bauern hatte sich zusehends gerötet: „Wenn Sie das alles schon wissen, warum fragen Sie mich denn dann?", stieß er hastig hervor.

Kathrin Eilers schaltete sich ein. In eindringlichem Ton sagte sie: „Wir müssen wissen, wie eng Ihre Beziehung zu Frau Keiten war und was Sie gemeinsam geplant hatten. Wir haben uns mit dem Forsthaus und der Güterverwaltung, mit der Reckhölter Bank und sogar mit dem Katasteramt herumgeschlagen, bis wir endlich klar gesehen haben, dass Sie in allen Verbindungen, die zwischen Sandra Keiten und Reckhölter bestanden haben, eine Rolle gespielt haben. Wir sind es einfach leid, uns noch länger an der Nase herumführen zu lassen."

„Tja, und wenn Sie selbst auch nicht der Mörder sein sollten, dann ist es doch unsere Aufgabe, die Gesellschaft vor ihm zu schützen und ihn hinter die Tralljen zu setzen!"

Große Drenkmann reagierte prompt. „Ich, der Mörder? Sie spinnen wohl, Herr Kommissar. Sie sind doch komplett verrückt. Ich habe Sandra geliebt. Wir wollten uns was Gemeinsames aufbauen. Wir hatten noch was vor in diesem Leben!" Plötzlich wirkte der starke, unbeugsame Ferdi Große Drenkmann sehr niedergeschlagen.

„Gestatten Sie mir als Frau, Ihnen mal etwas zu sagen, Herr Große Drenkmann." Kathrin Eilers wurde sehr deutlich: „Sie sagen, Sie lieben diese Frau. Dann wird sie auf grausame Weise auf einem Ihrer Felder ermordet. Sie kommen zwar zum Tatort, aber nach dem Opfer erkundigt haben Sie sich nicht. Am Mittwoch sehen wir Sie mit Ihren Saufkumpanen ziemlich angetrunken in einer Dorfkneipe. Am Donnerstag sind wir hier und sprechen mit Ihnen. Sie hätten viele Gelegenheiten gehabt, Ihre Trauer auszudrücken, sich nach Ihrer Freundin zu erkundigen, uns zu helfen, den Mörder zu finden. Nichts dergleichen ist geschehen. Sie zeigen keine Trauer, kein Mitgefühl. Sie ignorieren, was Sandra Keiten zugestoßen ist. Und Sie planten ein gemeinsames Leben?"

Kattenstroht ergänzte in eisigem Ton: „Sie nötigen uns den Schluss auf, dass Sie zumindest kein echtes, ehrliches Interesse an Frau Keiten hatten. Und wenn doch, dann insofern, als ihr Tod Ihnen sehr gelegen zu kommen scheint. Also sehen wir ein Motiv. Sie wollten sie loswerden! Wurde sie Ihnen lästig, die kleine Stripperin? Oder hat Sie der Mut verlassen: Der Großbauer und die Tänzerin – klingt nach Boulevardblatt. Und ist in Reckhölter bestimmt kein kleiner Skandal."

Große Drenkmann sagte eine Weile gar nichts und schien nachzudenken. Kattenstroht gab ihm Leine, wie er das zu nennen pflegte, und auch Kathrin Eilers schwieg. Schließlich räusperte sich der Bauer und fing zu reden an.

„Sie haben doch keine Ahnung, wie das hier auf dem Lande läuft, und erst recht nicht davon, wie das in unserer Familie läuft. Ich lebe allein auf dem Hof – mit meiner Mutter. Sie sucht seit Jahren eine Frau für mich, aber eine nach ihren Vorstellungen; sie führt mich überall vor wie einen Zuchtbullen. Doch der Sohn zeigt sich widerspenstig. Und dann begegne ich in diesem Frühjahr der Sandra. Es hat geknallt, und zwar auf beiden Seiten. Aber das hatte komischerweise mit ihrer Arbeit, wenn wir das mal so nennen wollen, nichts zu tun. Wir haben uns angeguckt und wussten beide, dass etwas Besonderes zwischen uns war."

Kattenstroht wurde ungeduldig: „Bitte keine Romanzen im Mais!", sagte er. „Und zügig die Fakten auf den Tisch, damit wir hier weiterkommen."

Große Drenkmann schien den Hauptkommissar gar nicht wahrzunehmen. Er erzählte einfach weiter, fast so, als wäre er froh, dass ihm endlich mal jemand zuhörte: „Wir haben unsere Telefonnummern ausgetauscht und fingen an, regelmäßig zu telefonieren und uns zu treffen. Ich habe sie dann, nach einigen Wochen, auch in Recklinghausen besucht. Danach bin ich regelmäßig zum Wochenende hingefahren. Das musste ich immer mit Geschäftsfahrten oder mit angeblichen Besuchen bei irgendwelchen Freunden von der Landbauschule tarnen und mit den Zeiten hier auf dem Hof abstimmen, besonders mit dem Füttern. Ganz schön hektisch war das, das können Sie sich gar nicht vorstellen. Es gibt ja kaum Helfer."

„Doch, das kann ich mir gut vorstellen." Kattenstroht gab sich verständnisvoll. „Wenn man so ein Lügengebäude konstruiert, wird es irgendwann kompliziert!"

„... Lügengebäude konstruiert?" Große Drenkmann wiederholte Kattenstrohts Formulierung: „Sie haben ja keine Ahnung, wovon Sie reden, Herr Kommissar. Sie kennen meine Mutter nicht. Das ist eine geborene Schulte Belting. Hier im Kreis weiß jeder, was das heißt."

Kathrin Eilers meldete sich forsch zu Wort: „Also gut, Wir müssen anscheinend annehmen, dass selbst 45 Jahre alte Männer hierzulande unter einem derartigen Familiendruck stehen, dass sie sich nicht in der Lage sehen, zu einer Frau ihrer Wahl – Entschuldigung! Ich meinte natürlich ihrer Liebe – zu stehen. Wie wollten Sie denn auf diese Tour weiter klarkommen? Was hat es mit dem Forsthaus auf sich? Sollte es Ihr Lusthaus werden?"

Der Bauer wirkte traurig und resigniert: „Ich sag's noch mal: Sie haben keine Ahnung! Sie, Frau Eilers, schon mal gar nicht. Sie sind zu jung!" Er wandte sich an Kattenstroht: „Lusthaus, wenn ich das schon höre!"

„Augenblick", setzte der Hauptkommissar nach. „Wie gestaltete sich denn die sexuelle Seite dieser Liaison? Tut mir Leid, aber wir müssen das ansprechen!"

„Ich wiederhole mich: Sie haben beide keine Ahnung." Große Drenkmann zog ein Taschentuch aus der Jackentasche, schnäuzte sich die Nase und sprach dann fast tonlos weiter: „Sie meinen wohl, weil so ein Mädchen sich vor anderen auszieht und ihr Geld damit verdient, dass sie Männer demütigt, sei sie bereits total kaputt. Das mag meistens stimmen, aber nicht bei Sandra. Die hatte sich den Glauben an ein besseres Leben bewahrt." Der Bauer straffte die Schultern und sagte mit fester Stimme: „Ja, wir haben miteinander geschlafen. Nach Monaten erst. Es war gar nicht einfach. Wir sind vorher sogar zu einer Beratung gegangen. Das können Sie sogar überprüfen. Wir waren bei einem Psychologen."

Kathrin Eilers gab sich ganz cool: „Ich habe am Montag früh einen Termin bei Dr. Petry. Wir lassen uns die Geschichte schon bestätigen! Da machen Sie sich mal keine Sorgen." Spätestens jetzt schien Große Drenkmann zu begreifen, wie weit die Kriminalbeamten bei ihren Ermittlungen bereits gekommen waren, und er schien fast erleichtert zu sein, als Kattenstroht das Gespräch wieder auf das Forsthaus brachte.

„Wir machen da gleich weiter, Frau Eilers", sagte er. „Mich interessieren, Herr Große Drenkmann, Ihre Pläne mit der Frau Keiten und dem Forsthaus. Sie sehen, wir wissen sowieso schon das meiste, inklusive der Grundschuldeintragung über 150.000 €. Nun kommen Sie endlich raus mit der Sprache und halten Sie uns nicht länger auf!"

„Wir wollten da auf die Dauer gemeinsam wohnen. Ganz einfach, Herr Kommissar. Wohnen, leben, vielleicht sogar eine Familie haben. Mehr nicht. Und das Forsthaus erschien uns dafür ideal zu sein. Ruhig gelegen, auf dem Lande, dicht am Zippenberg. Die Chance auch für Sandra, wieder zu sich zu finden und ihr Studium wiederaufzunehmen." Und nach einer Pause: „Jetzt ist sie fort!" Der Bauer starrte vor sich hin. Kattenstroht und Eilers schien es, als würde er endgültig die Fassung verlieren.

„Ich hatte Verwandte, die sind auch Bauern", sagte Kathrin Eilers ruhig. „Die haben ähnliche Vorstellungen vom Leben wie die Leute hier. Und hätten bei solchen Plänen auch kein Verständnis für den Bräutigam – und schon gar keins für die Braut."

„Sehen wir es mal nüchtern und gelassen!" Große Drenkmann wurde erstaunlich sachlich: „Den Kotten wäre ich losgewesen. Meine Mutter hätte genügend Anwälte und Gründe gefunden, mich zu enterben. Aber dann hätte ich Forderungen gestellt: Meine Arbeitsleistung über mehr als 25 Jahre, für die ich nie regelmäßig entlohnt worden bin, vom Taschengeld mal abgesehen. Kennen Sie den Spruch: Du kriegst später ja mal alles!? Dann wäre mir mal der erbrechtliche Anspruch geblieben. Mein Pflichtteil, immerhin ein Viertel des Hofwertes. Und ein paar eigene Einkünfte habe ich ja auch noch."

„Gut, dass Sie darauf zu sprechen kommen", lenkte Kattenstroht das Gespräch in eine andere Richtung: „Was hat es mit dem Zippenberg auf sich und Ihrem Recht daran?"

„Eine lange Geschichte! In unserer Gegend sagt man oft: Auf dem Lande hat jedes Haus sein eigenes Kreuz! Ich will es kurz machen. Mein Großvater Theodor Drenkmann hatte vier Söhne. Der Älteste war mein Onkel Heinrich, der sollte eigentlich Drenkmanns Erbe übernehmen. Nach allem, was man von dem hört, war das ein richtiger Bauer. Er ist mit Onkel Hubert, das war der dritte Sohn, in Russland geblieben. Wir haben draußen am Hofkreuz noch heute die Gedenksteine stehen. Dieser Krieg und die Nazis, das war die eigentliche Katastrophe in unserer Familiengeschichte. Der zweite Sohn, mein Onkel Theo, konnte gut lernen. Der Lehrer im Dorf hat die Familie so lange bekniet, bis der ins Internat nach Münster geschickt wurde und dort aufs Gymnasium ging. Er hat nach dem Abitur – das war noch weit vorm Krieg – Jura studiert und ist ein ganz bekannter Rechtsanwalt und Notar geworden. Spezialisiert aufs Höferecht und bei den Bauern überall sehr beliebt. Der soll als Notar bis zu 1.000 Urkunden im Jahr gemacht haben. Stellen Sie sich das mal vor! Er wurde ein wohlhabender Mann, aber im Herzen war der immer auf dem Land, im Wald und auf der Jagd."

„Und wieso haben ausgerechnet Sie ihn beerbt?" Kathrin Eilers blätterte in ihrem Notizbuch. „Wie ist er 1958 überhaupt an den halben Zippenberg gekommen?"

Große Drenkmann schüttelte traurig den Kopf: „Mein Vater Wilhelm war der jüngste Sohn. Er hat nach dem Krieg den Hof eigentlich nur deshalb bekommen, weil kein anderer mehr da war. Onkel Theo lebte in der Stadt und wollte natürlich seine Kanzlei dort nicht mehr aufgeben. Also kam mein Vater an die Reihe; der war von den vier Drenkmann-Söhnen wohl derjenige, der am wenigsten hermachte. Er war als Bauer und als Kaufmann höchstens dritte Kreisklasse. Nur zehn Jahre hat er gebraucht, um mit Hilfe meiner Mutter, die sich ja als Herrscherin von Handrup versteht, den Hof fast vor die Wand zu fahren. Dazu kamen 1957 oder 1958 echte Finanzprobleme durch den Neubau eines großen Stalls auf der anderen Hofseite. Onkel Theo, übrigens mein Patenonkel, hat sich dann mit 60.000 DM, das war damals eine Riesensumme, eingekauft und dafür meinen Eltern den halben Zippenberg abgeluchst. Schon damals hat er mich als Erben eintragen lassen, so als ob er meinen Eltern nicht vertraute."

„Wie hat Ihr Onkel Theo es denn mit der Nutzung und Instandhaltung des Berges gehalten?“, wollte Kattenstroht wissen.

„Die hat er geschickterweise dem Haus Tuskhusen übertragen. Er kannte den Baron Eckenhoven gut, hat den, glaube ich, auch anwaltlich mal vertreten. Die Erträge des Waldes aber hat er für sich genutzt, eine Rücklage für die Erbschaftssteuer gebildet und mir den ganzen Besitz mit seinem Tode völlig lastenfrei vererbt. Ich erinnere mich noch gut, dass meine Mutter mich jahrelang gedrängt hat, ihr den Anteil zurück zu übertragen, weil angeblich alles im Grundbuch unmittelbar beim Hof stehen sollte. So ein Quatsch!“

Kattenstroht erinnerte sich an das Gespräch mit Förster Dabeck: „So können Sie also zu einer Auktion für fast 30.000 € Holz aus dem Wald holen. Beachtlich.“

„Ja, das gab einen ganz schönen Erlös dieses Jahr. Aber Sie müssen natürlich die Kosten und die Steuern sehen. Da geht allerhand runter. Und nicht jedes Jahr hat man so viel Glück mit den Stämmen und so engagierte Käufer“, argumentierte Große Drenkmann kaufmännisch.

„Konnten Sie nicht Rücklagen in das Geschäft mit dem Forsthaus einbringen? 150.000 € sind doch kein Pappenstiel“, wunderte sich Kattenstroht.

„Rücklagen habe ich“, meinte der Bauer, „aber die sind langfristig angelegt. Ich wollte diese Anlagen auch beleihen. Also tatsächlich ging es bei der Summe von 150.000 € Grundschuld nur um etwa 80.000 € echten Kredit. Der Rest ist angelegt und sollte als Sicherheit mit in das Geschäft eingebracht werden.“

„Lassen wir jetzt mal das Thema Zippenberg“, meinte Kattenstroht, „und wenden wir uns wieder dem Opfer und Ihrem Verhältnis zu. Darf ich mal fragen, wer von Ihrer Beziehung gewusst hat? Ich vermute, dass Sie und Sandra Keiten sie geheim gehalten haben.“

„Ich jedenfalls habe kaum darüber gesprochen, vielleicht mal im Vertrauen mit engsten Freunden. Das sind zwei oder drei. Dr. Roling zum Beispiel. Vertrauenswürdige Leute sind sie alle. Ich weiß aber von Sandra, dass der Betreiber vom ‚Farmhouse‘, der Barwick, durch einen dummen Zufall von uns erfahren hat. Und natürlich kannten Spilker und Belting von der Bank grob den Hintergrund . Spilker sitzt mir schon lange im Nacken, die Probleme mit meiner Mutter zu lösen. Er hat mir immer zu einem Schiedsgericht geraten. Aber dann säße auch meine Schwester mit am Tisch. Die ist noch nicht vom Erbe abgefunden. Und gegen dieses Doppel hätte ich keine Chance."

„Es hilft alles nichts", Kattenstroht rutschte unbehaglich auf seinem Stuhl herum, „wir müssen auf die Nacht vom letzten Montag auf Dienstag zurückkommen. Was haben Sie da gemacht, wo waren Sie abends, wo waren Sie in der Nacht? Überlegen Sie genau, bevor Sie antworten!"

Große Drenkmanns Antwort kam wie aus der Pistole geschossen, klar und selbstsicher: „Wir haben am Montag auf der Sutgeist mit unserem Lohnunternehmer den Mais geschnitten. Jupp Löckener, so heißt er, kam aber spät. Wir mussten zusehen, dass wir das Silo zurecht bekamen, und wollten am Abend eigentlich Stoppelland haben und fertig sein. Das hat nicht geklappt. Wir haben bis nach zehn Uhr abends gearbeitet. Der Rest am Büschken ist leider stehen geblieben."

„Und danach, in der Nacht?" Kattenstroht war noch nicht zufrieden.

„Dr. Roling, unser Untermieter im Backhaus, kam raus und lud uns zu einem Bier ein. Es war noch ein Freund da, Dr. Ross. Dann kam Jupp Löckener dazu. Wir haben noch lange gesessen und uns ordentlich einen getrunken. Ross hat sich von seiner Frau abholen lassen, das war nach zwei Uhr, und die hat den Löckener gleich mitgenommen. Da kam gerade dieser gewaltige Regen runter. Also vor drei Uhr war ich auch nicht im Bett."

Kattenstroht rieb sich das Kinn und schien zu grübeln, während Große Drenkmann zur Tür ging, sie öffnete, seinen Kopf heraussteckte und meinte: „Im Backhaus ist Licht. Dr. Roling ist da. Wir können gleich rübergehen und mein Alibi überprüfen, wenn Sie wollen."

Die Kriminalbeamten wollten. Der Bauer ging los, um seine Hofschuhe zu holen, während Kattenstroht in seinen Mantel schlüpfte und vor der Haustür von einem Bein aufs andere trat: „Mir war trotz des Feuers ziemlich kalt", meinte er zu Kathrin Eilers. „Sie haben es richtig gemacht und Ihre warme Jacke mit in den Lehnstuhl gelegt."

Kathrin Eilers nickte: „Bei der Oma gelernt: Das ist ein Problem auf alten Bauernhöfen. Vorne ist einem oft warm und hinten klappert man mit den Zähnen."

Draußen hatte der Bauer inzwischen das Licht eingeschaltet. Mehrere Scheinwerfer erhellten die Hoffläche bis in die Ecken. In der Zwischenzeit war Nebel aufgezogen – dicke Schwaden standen vor den großen Gebäuden. Die Äste der mächtigen Eiche in der Mitte des Hofplatzes ragten in die Dunkelheit. Durch den feuchten Dunst leuchteten von der Schmalseite des Hofes die Fenster des Brauhauses auf. Große Drenkmann und die beiden Beamten stapften auf das Fachwerkhaus zu und traten dabei hin und wieder in Lehmplacken, die sich im Zuge der Feldarbeiten über die Fahrwege verteilt hatten.

„Noch mein Großvater hat hier Bier gebraut", erläuterte der Landwirt, „immer in der Karwoche, tonnenweise, für die Familie und die Erntehelfer. Im Zweiten Weltkrieg wurde der Kupferkessel dann beschlagnahmt. Nach dem Krieg hat man das Bierbrauen aufgegeben, war wohl zu umständlich für die immer weniger werdenden Leute. Der Backofen dagegen ist noch einige Jahre betrieben worden. Die ganze Anlage steht unter Denkmalschutz. Deshalb konnten wir das Brauhaus auch nicht abreißen lassen, was mein Vater lange vorhatte. Die jetzige Lösung ist natürlich besser!"

Im Scheinwerferlicht betrachtete Kattenstroht die Front des schönen, klar gegliederten Fachwerkbaus, der ein Hohlziegeldach mit Krüppelwalmen besaß. Der rechte Teil des Hauses mit seinen Sprossenfenstern schien kleinteiliger gebaut zu sein, während die linke Seite ein großes, nachträglich mit Fenstern versehenes Einfahrtstor aufwies: „Ist aber nicht sehr groß. Reicht das denn überhaupt für eine Familie?", wollte der Hauptkommissar wissen.

„Dr. Roling ist Junggeselle und lebt allein. Er ist einer meiner Jagdfreunde. Gut, dass ich den hier habe!" Der Bauer läutete an der Tür, die umgehend von einem rundlichen Mann in einem bunten Norwegerpullover geöffnet wurde: „Hallo Ferdi! Hast du Besuch? Kommt rein, das Herdfeuer brennt! Und einen Klaren haben wir auch in der Pulle", begrüßte Dr. Roling seine Besucher munter. Sie betraten den Kaminraum des Brauhauses, das auch im Innern offensichtlich nach allen Regeln des modernen Denkmalschutzes saniert worden war. Der Hauptkommissar, der draußen noch sehr gefröstelt hatte, genoss die wohltuende Wärme und vermutete unter den dünn gesägten Bodenplatten aus Sandstein eine Fußbodenheizung. Der Kamin, in dem ein Feuer loderte, war ein verkleinertes Exemplar des Bosens im Haupthaus. Große Drenkmann stellte Kattenstroht und Eilers vor und kam direkt zur Sache.

„Du kannst dir vorstellen, Paul, dass es um Sandra geht." Der vorhin so aufgeräumte Doktor wurde schlagartig ernst und zurückhaltend. „Und um den letzten Montagabend. Würdest du den beiden hier mal schildern, wie der Abend verlaufen ist?", bat Große Drenkmann seinen Jagdfreund.

„Na, dann nehmen Sie bitte erst einmal Platz," forderte der Doktor seine Besucher auf und rückte Stühle zurecht. „Am Montagabend haben Ferdi und Jupp Löckener, das ist der Lohnunternehmer, noch bis nach 22.00 Uhr abends Mais siliert", begann er. „Krach ohne Ende und jede Menge Dreck auf dem Hof. Jo Ross, das ist ein Kollege, hatte sich mit mir zum Schachspielen verabredet. Daraus wurde an dem Abend aber nicht viel. Denn ihr wolltet ja unbedingt am Montag noch fertig werden und Stoppelland haben. Ja, und dann habe ich Ferdi und Jupp zu uns auf ein Bier hier ins Haus gebeten! Da ging es schon auf halb elf zu", beendete Dr. Roling seinen Bericht.

„Bitte Dr. Roling, überlegen Sie noch einmal ganz genau. Wir werden Ihre Aussage offiziell zu Protokoll nehmen." Kattenstroht streckte seine Beine wohlig dem Herdfeuer entgegen.

„Da Ferdi um die Zeit wohl nichts Warmes mehr in den Magen bekommen hätte, habe ich noch mehr Reitersuppe aus dem Kühlschrank geholt und wir haben mit ihm und Jupp Löckener erst mal was gegessen und hinterher auch tüchtig einen getrunken. Das ging bis nach zwei Uhr, denke ich. War ein ordentlicher Stiefel!", griente Dr. Roling.

„Na, für Sie und Herrn Große Drenkmann war das wohl kein Problem. Sie wohnen hier. Aber Ihr Kollege und der Unternehmer mussten doch noch fahren. Oder ist das in der Bauerschaft noch üblich, unter Alkohol über die Verkoppelungsstraßen zu schleichen?", wollte Kathrin Eilers wissen.

Dr. Roling quittierte Kathrin Eilers' Kenntnisse der Gepflogenheiten auf dem Lande mit einem breiten Lächeln: „War ein wirklich schöner Abend. Und Jo Ross ist von seiner Rita abgeholt worden, da war es schon weit nach zwei Uhr und es goss wie aus Eimern! Sie hat dann auch den Löckener mitgenommen. Aber das kann sie Ihnen selbst bestätigen. Sie war etwas gereizt, war ja auch reichlich spät!

Kattenstroht merkte auf: „Sind Sie eigentlich niedergelassen oder am Krankenhaus?"

„Ich bin Chirurg, Chefarzt am Kreiskrankenhaus. Über die Jagd habe ich Ferdi kennen gelernt. Und seit ein paar Jahren bin ich hier sein Untermieter. Da ich allein stehend bin, reicht das kleine Brauhaus für mich völlig aus. Ich fühle mich hier sauwohl!"

„Dann hatten Sie am Dienstag wohl Spätdienst oder kann man nach einer durchzechten Nacht operieren?", fragte Kattenstroht beiläufig.

Der kleine Mediziner blies sich sichtlich auf und deklamierte: „Ne sacrificet chirurgus Veneri et Baccho! Im Ernst, ich habe die Woche Urlaub. Und am Samstag ging's mit der Jagd bei Ahlmers los. Die Wochen im Herbst sind für mich die schönsten. Da brauche ich die ruhige Hand an der Büchse. Ich bin aber jetzt vierzehn Tage nicht im OP, da kann man die Zügel schon mal etwas schleifen lassen! Jo Ross hat diese Woche auch dienstfrei."

Kattenstroht lächelte verschlagen: „Venus und Bacchus wird's gefreut haben. Haben Sie denn, Dr. Roling, trotz Ihres Opfers an den Gott der Trunkenheit, eine genaue Vorstellung, wie lange das Gelage hier gedauert hat?"

Roling wirkte absolut sicher, als er antwortete: „Wie ich schon sagte, gegen zwei Uhr hat Rita Ross ihren Jo und den Löckener abgeholt. Die blieb aber auch noch etwas am Feuer sitzen. Gefahren sind sie dann vielleicht gegen halb drei. Bis Ferdi und ich sauber ausgetrunken hatten, kann es kurz vor drei gewesen sein." Nachdenklich setzte er hinzu: „Wenn es hier um ein Alibi für Ferdi geht: Von uns beiden war keiner mehr in der Lage, überhaupt noch eine Waffe in die Hand zu nehmen und sie zu laden. Vom Anlegen und Zielen rede ich mal gar nicht!"

Kattenstroht wurde sehr dienstlich: „Herr Dr. Roling, was Sie hier bezeugen, kann für Herrn Große Drenkmann sehr bedeutsam sein. Mein Kollege Schücking wird sich bei Ihnen, Familie Ross und Herrn Löckener, melden und Ihre Aussagen zu Protokoll nehmen. Überlegen Sie sich also gut, worum es hier geht!"

„Es geht um Mord, Herr Kommissar, um einen grausamen, schlimmen Mord. Und es geht um eine Sache, die meinem Freund Ferdi zutiefst an die Seele geht. Mehr möchte ich jetzt eigentlich nicht sagen. Nur so viel: Für die Zeit von etwa 22.30 Uhr am Montagabend bis gegen 3.00 Uhr in der Nacht kann ich für ihn geradestehen. In der Zeit saß er hier bei mir am Herdfeuer, auf Ihrem Stuhl, auf dem Sie jetzt sitzen – und noch drei weitere Leute können das bezeugen!" Der Mediziner sprach klar und entschieden, so als wollte er der Befragung ein Ende setzen. Große Drenkmann hatte die Ausführungen seines Mieters mit Schweigen und gelegentlichem Kopfnicken kommentiert.

Kattenstroht und Eilers brachen dann auch direkt auf und ließen die beiden Männer am Kamin zurück. Sie tappten über den Hof zum Haupthaus und stiegen in den Wagen.

„Ein Alibi, ausgerechnet von einem Doktor, Chefarzt auch noch!" Kattenstroht knurrte vor sich hin. „Aber knapp mit der Zeit. Der Mord wurde vielleicht gegen 1.30 Uhr verübt, vor dem Regen, Ferdi hier bis drei Uhr auf Schluck! Mist!" Der Hauptkommissar wirkte deprimiert.

Kathrin Eilers schnallte sich an: „Das war wohl nichts mit unserem Showdown. Es ist Freitagabend. Der Hauptverdächtige hat ein Alibi. Wir haben nicht einmal eine richtige Spur. Mein Kinobesuch ist im Eimer und Hunger habe ich auch. Schöne Bilanz von mehr als drei Tagen Arbeit!" Die Assistentin war offensichtlich reichlich sauer auf ihren Chef.

Kattenstroht hatte beide Arme auf das Lenkrad gelegt und stützte seinen Kopf darauf ab. Er räusperte sich: „Die halten hier auch alle zusammen. Was haben wir allein an Zeit gebraucht, um den Große Drenkmann auf sein Verhältnis zu der Keiten festzunageln. Und jetzt entwischt der uns wieder wie ein Stück Seife in der Badewanne. Ich sage es Ihnen, da sitzt noch mehr dahinter. Ich spüre das. Das Ding dreht sich hier in der Bauerschaft, auf den Höfen. Das kommt nicht von außen. Ich meine, die Sachen in Recklinghausen oder den Puff, das können wir vergessen. Denken Sie an die Tat! War das nicht vielleicht eine Treibjagd?" Er richtete sich auf. „Und Hunger habe ich auch. Gott sei Dank gibt es eine Alternative zur Pommesbude. Ich lade Sie zum Essen ein, bevor wir nach Münster zurückfahren. Der Abend ist sowieso hinüber."

Er startete den Wagen und ließ ihn vom Hof in die Bauerschaft rollen. Dabei folgte er kleinen Straßen und Wegen, so dass Kathrin Eilers, die in ihrer Verstimmung schweigsam blieb, bald jede Orientierung verloren hatte. „Wo fahren wir denn eigentlich hin?“, fragte sie nach einiger Zeit ziemlich mürrisch.

„Es geht zu Tante Gis und an ihre Fleischtöpfe. Die freut sich immer, wenn sie mich sieht.“ Kattenstrohts Laune schien sich merklich zu bessern und er führte seine junge Assistentin wortreich in die eigene Familiengeschichte ein: „Tante Gis ist die jüngste Schwester meiner Mutter und so etwas wie das schwarze Schaf der Familie. Als Einzige aus der Generation nach dem Zweiten Weltkrieg geboren, sozusagen die fleischgewordene Wiedersehensfreude meiner Großeltern. Opa kam im Sommer 1947 aus der russischen Kriegsgefangenschaft zurück – und just zur Währungsreform 1948 kam die kleine Gerlindis auf die Welt. So heißt die offiziell, sie hasst den Namen aber und hat ihn schon als Schülerin auf Gis abgekürzt. Ein Unikum, als Kind, in der Schule und erst recht im Studium. Von heute ganz zu schweigen!“

„Was hat sie denn studiert?“, fragte Kathrin Eilers, die zunächst wenig Interesse an den Kattenstroht'schen Familienverwicklungen hatte.

„Offiziell Anglistik, Sozialwissenschaften und Geographie. Ab 1967 in Göttingen. In Wirklichkeit hat sie das Leben studiert. Ich glaube, die hat nichts ausgelassen, was junge Leute zwischen 1965 und 1975 in Deutschland angeblich alles tun mussten. Unsere Oma hat darüber graue Haare gekriegt: Hasch, Kommunen, rote Fahnen, Demos, Sit-Ins, Teach-Ins – und was da sonst noch alles angesagt war. Am Ende ist sie mit einem Freund den Spuren irgendeines Gurus in Indien gefolgt. Und im hintersten Hinterindien hat dann ihr langjähriger Lover sie krank auf einem Marktplatz stehen lassen. Da war sie dann restlos bekehrt!“

„Wieso bekehrt?“, wollte Kathrin Eilers wissen.

„Tja, sie kam zurück, hat allem Lotterleben abgeschworen, ein Bombenexamen gemacht und bekam auch noch am Gymnasium eine Stelle. Oberstudienrätin ist sie inzwischen. Meine Betty ist ja auch Anglistin und die beiden fachsimpeln manchmal miteinander. Tauschen Arbeiten, Tests und Abiturthemen und solchen Kram. Alles war also im Lot. Für Oma blieben nur zwei Probleme.“ Und Kattenstroht ergänzte auf den fragenden Blick seiner Assistentin: „Sie ist in die Reckhölter Mühle eingezogen, in eine Art Kommune – und hat den Männern völlig abgeschworen. Lebt nur mit Frauen zusammen. Ein paar Jahre lang trug sie nur lila Latzhosen. Aber inzwischen ist sie bei biologischem Anbau und englischem Cottage-Style angekommen. Und unter den Reckhölter Landfrauen hat sie einen Sauna-Club gegründet. Da ist sie sehr hoch angesehen. Jetzt hat sie die Mühle alleine mit ihrer Freundin und es ist ein Schmuckstück geworden. Die ganze Anlage ist heute gut in Schuss. Können sie sich auch leisten. Sie hat immerhin A 14 und ihre Freundin A 13. Und das ganze übrige Volk, das damals dem Baron Eckenhoven die Mühle abgeluchst hat, ist nach und nach weg." Kattenstroht bremste: „Und jetzt muss ich aufpassen, sonst übersehe ich die Einfahrt. Ah, da sind wir schon!"

Kattenstroht ließ die Scheinwerfer aufblenden und den Wagen einen schmalen Weg herunterrollen. Der führte auf einen kleinen Platz, fast ein Rondell, dessen Grenze an einer Seite aus einem Mühlenkolk bestand. Offenbar durch die Bewegungen des Wagens ausgelöst, tauchten Bewegungsmelder das Gelände in ein dämmeriges Licht, das durch den feuchten Dunst etwas unheimlich wirkte. Ein kleines Gebäude aus Bruchsteinen, offensichtlich eine Mühle mit Stauwehr, erhob sich aus dem Kolk. Dahinter stand auf der Höhe des Mühlenfalls ein größeres Haus aus Sandstein, hinter dessen Fenstern Licht brannte. „Aha, Tante Gis ist also zu Hause!", stellte Kattenstroht erleichtert und zufrieden fest. „Natürlich ist so eine auch oft genug unterwegs: Aber heute bleibt uns die Pommesbude erspart!"

Gis Hoygering stand in der Tür und begrüßte den Neffen als ihren lieben Klausi-Mausi, wofür sie mit ihrem vollen Namen Gerlindis bestraft wurde. Kattenstroht stellte seine Assistentin vor, auf die Gis einen ebenso freundlichen wie neugierigen Blick warf. Beide wurden ins warme Haus gebeten und bald saß man in der Küche am großen Tisch zusammen, der gemütlichste Platz in der alten Mühle, wie Kattenstroht fand. Beide ließen sich nicht lange nötigen, einem kleinen Abendessen zuzustimmen: „Ich habe die letzten Pflaumen heute gepflückt und schon entsteint. Wie wäre es mit einem Pflaumenpfannekuchen?" Die Gäste waren begeistert und nur kurze Zeit später stand eine große, heiße Pfanne auf dem Herd, in der der erste Pfannekuchen brutzelte. Der Tisch wurde schnell gedeckt und Kathrin Eilers fühlte sich an Omas Küche in Lahsum erinnert. Zucker und ein bisschen Zimt rundeten den besonderen Geschmack des Pfannekuchens ab. Gis Hoygering freute sich an dem Appetit ihrer Gäste. Sie sah aus wie die Herrin einer großen Küche in ihrem weit fallenden, blauen Baumwollkleid und der großen, weißen Schürze.

Zufrieden grunzend lehnte sich Kattenstroht nach dem Essen zurück, als Gis noch ein Bier anbot: „Übrigens alkoholfrei! Damit das klar ist!" Die Gäste wussten, dass das Abendessen traditionell mit einem Schwätzchen bezahlt werden musste. Gis Hoygering fragte sie sofort nach dem Mordfall in der Bauerschaft Handrup.

„Ihr seid doch bestimmt wegen des Mordes an dem jungen Mädchen unterwegs! Sonst würdest du doch nicht um diese Zeit mit Begleitung hier aufkreuzen, Klaus", meinte sie. Kattenstroht nickte, druckste aber ein bisschen herum, weil er keine Lust hatte, sich nach dem köstlichen Abendessen mit dienstlichen Angelegenheiten zu beschäftigen. Immerhin war er seit dem frühen Morgen unterwegs. Kathrin Eilers, die das traditionelle Abendessen aufgemuntert hatte, sah eine Chance, doch noch etwas über Große Drenkmann und seine Lebensumstände zu erfahren. Sie lenkte das Gespräch geschickt in diese Richtung.

„Und die Mutter hat es da immer noch zu sagen!" Ganz offensichtlich hatte sie ein Lieblingsthema von Gis Hoygering angesprochen. Die legte nämlich richtig los und selbst Kattenstroht war plötzlich wieder hellwach und sehr aufmerksam.

„Stellt euch das mal vor, die ist hoch in den Siebzigern und lässt nicht los. Ferdi hat auf dem Kotten nichts zu sagen. Ihren Mann, den alten Wilm Große Drenkmann, den habe ich selbst nicht mehr kennen gelernt. Der starb, da war ich gerade hier in die Mühle eingezogen; der hatte auch schon nichts zu sagen. Und das Dolle ist, Regina sucht unverdrossen seit 25 oder 30 Jahren nach einer Frau für ihren Ferdi. Der arme Kerl kann nur als Bauer auffahren, wenn er ihr eine Frau präsentiert, die sie sich ausgesucht hat. Meine Saunadamen sagen immer, die würde noch heute alles nach dem Güter-Adress-Buch einordnen. Das läge bei ihr an Stelle einer Bibel auf dem Nachtschränkchen."

Kattenstroht runzelte fragend die Stirn: „Güter-Adress-Buch, was ist denn das?"

„Siehst du, Klausi, da kannst du bei deiner Tante mal wieder was lernen. Ich habe noch ein Exemplar, das lag hier im alten Müller-Büro. Originelle Lektüre." Gis Hoygering stand auf, verschwand in Richtung Arbeitszimmer und kam nach wenigen Augenblicken mit einem dicken Wälzer zurück. „Hier hast du alle größeren Bauern der Provinz Westfalen: Adressen, Einheitswert, Größe, Flächenverteilung, also Acker, Wiesen, Weiden, Holzungen. Das Vieh nach der letzten Zählung und auch Besonderheiten wie Maschinen, Industrie, Brennereien oder Verbandszugehörigkeiten."

Kathrin Eilers hatte nach dem Buch gegriffen und fand schließlich das Örtchen Lahsum und den Hof ihrer Großeltern. „Die Zahlen sind aber bestimmt siebzig Jahre alt: Die Fläche mit 101,2 Hektar mag ja noch stimmen, aber mein Cousin hat keine sechs Pferde mehr und aus den 30 Schweinen sind mindestens 2500 geworden!", meinte sie.

„Klar, aber darauf kommt es ja nicht an! Leute wie die alte Große Drenkmann gucken ja nur danach, ob das in der gewachsenen Struktur zueinander passt. Und eine Schwiegertochter auf ihrem Hof muss doch nach den Regeln der 600 Großbauern hier im Münsterland von einem ihr adäquat erscheinenden Hof stammen. Sonst kann das ja nichts werden, meint sie nämlich. Bei einem Kaffeeklatsch in der Nachbarschaft, das habe ich von einer meiner Saunadamen, hat sie einer jungen Bäuerin erklärt, wie sie am Morgen alle ihre Leute an die Arbeit kriegen müsse. Und danach dürfe sie selbst sich einen Bohnenkaffee kochen, von dem die arbeitenden Leute dann nur den Duft mitbekämen! Vollkommen daneben, so etwas!" Die Mühlenbesitzerin ereiferte sich geradezu. „ Welcher Hof hat denn heute noch Personal? Soll sie doch froh sein, dass es wirtschaftlich bei ihr dank ihrem Ferdi so gut läuft. Aber der ...", sie machte eine Pause, „der kommt ja auch nicht aus dem Quark."

Kattenstroht erinnerte sich an das Gespräch in der Bank am Mittag: „Wir haben so etwas Ähnliches schon mal gehört. Aber der Mann wirkt doch eigentlich stark und selbstbestimmt. Du willst mir doch nicht erzählen, dass der niemals versucht hat auszubrechen. Immer nur braver Sohn seiner Mutter, das gibt es doch gar nicht. Sein Erfolg als Bauer passt nicht zu seiner angeblich schwachen Persönlichkeit."

Der Kommissar hatte beim Stichwort „Ausbrechen" an alles Mögliche gedacht und sogar auf einen neuen Hinweis in Richtung Farmhouse spekuliert. Was seine Tante daraufhin zu erzählen hatte, gab dem Abend eine Wendung.

„Ausbruch, nein! Ferdi hat nur einmal gewagt, sich der Dominanz seiner Mutter zu widersetzen. Das muss 20 Jahre her sein; ich kenne auch diese Geschichte nur aus der Bauerschaft. Jedenfalls war er mal für kurze Zeit verlobt mit der jetzigen Inhaberin der Gärtnerei Wortmann oben in Handrup, der Gertrud Wortmann. Und die hat er sitzen lassen, besser gesagt, auf Druck seiner alten Dame sitzen lassen müssen. Das war natürlich ein Riesenskandal hier in der Gegend. So etwas vergessen die Leute nicht."

Kattenstroht und Eilers schauten sich nur an und standen gleichzeitig auf. Gis Hoygering stutzte: „Hab ich was Falsches gesagt?"

Die beiden Kriminalbeamten hatten es plötzlich eilig. Die Tante schaltete schnell: „Ihr seid doch wohl bekloppt! Die Wortmann ist eine ganz vernünftige Frau. Denkt ihr etwa, dass die wegen einer so alten Geschichte in der Gegend herumschießt?"

Aber der Hauptkommissar wirkte plötzlich, als stünde er unter Strom. Er hatte eine neue Spur. Kathrin Eilers war von der Idee eines neuen Tatmotivs mindestens ebenso angetan. Sie erinnerte sich an den Besuch am Mittwoch in der Wortmann'schen Gärtnerei. Da war doch alles schlüssig, dachte sie.

Forsch steuerte Kattenstroht den Wagen auf die Straße, die nördlich zum Zippenberg verlief. Er musste an die Wegbeschreibungen des Güterdirektors Wickensack denken: umständliche Verbindungen, in der Tat. Es dauerte trotz seines zügigen Fahrstils fast eine halbe Stunde, bis der Wagen endlich auf den Hof der Gärtnerei rollte. Im Wohnhaus war schon alles dunkel, auf der Tenne schlug der Hund an: „Die liegen hier früh im Bett", sagte Kathrin Eilers, „wenn sie morgen auf dem Markt stehen wollen, werden sie ab drei oder halb vier Uhr ihren Wagen packen müssen."

Sie klingelten Sturm, das Außenlicht flammte auf und tatsächlich erschien die Gärtnerin schon im Morgenmantel. Sie öffnete die Tür erst, nachdem sie sich von der Identität ihres späten Besuches überzeugt hatte. Im Flur konfrontierte Kattenstroht die ziemlich verschlafen wirkende Frau mit den neuen Erkenntnissen. Die schaute gequält drein, setzte sich schließlich an den Tisch im Flur und sah sich zur Aussage genötigt.

„Sie haben es also herausgekriegt, Herr Kommissar!", stellte sie mit müder, fast resignierender Stimme fest. Von ihrer eigentlichen Energie war nicht viel zu spüren.

„So schwer war das nicht. Wenn die Menschen auf dem Land einmal reden ...!", bemerkte Kathrin Eilers. „Aber es dauert eben seine Zeit, bis sie damit anfangen!"

Gertrud Wortmann setzte sich zurecht: „Es stimmt: Ferdi Drenkmann hat sich mal mit mir verlobt. Das ist mehr als 20 Jahre her. Wir waren jung und wir taten's heimlich. Bis Ferdi und ich dann zum Schützenfest zur Bruderschaft ins Dorf gegangen sind. Inklusive der Polonaise am Abend durchs Dorf. Heute würden die jungen Frauen darüber lachen. Aber damals war das noch was. Das Dorfgespräch!" Sie hielt inne. Dann schaute sie auf: „Sie können sich das Theater nicht vorstellen, das Regina Große Drenkmann geb. Schulte Belting veranstaltet hat. Sie ist bei uns auf dem Hof aufgetaucht und hat uns unsere Freundschaft verboten! Sie hat ihren Mann, den alten Wilm, Ferdis Vater, dazu gekriegt, meiner Familie Pachtverträge zu kündigen. Sie hat dafür gesorgt, dass man meinem Vater die Jagdaufsicht wegnahm. Ich war nur noch der ‚raude Deibel'! Das war noch das Mindeste." Sie machte wieder eine Pause, holte tief Luft und fuhr fort: „Ferdi hat ein halbes Jahr lang durchgehalten. Stellen Sie sich mal vor: Ich kriegte vom Anwalt ein schriftliches Verbot, Grundstücke oder das Haus von Große Drenkmanns zu betreten. Es wurde nichts, aber auch gar nichts ausgelassen. Und Vater Wilm, auch so ein Schluffen wie sein Sohn, hat treu und brav das getan, was Regina wollte."

Kattenstroht ermunterte Gertrud Wortmann: „Und wie ging das mit Ihnen und Ferdi dann weiter?"

„Ferdi ist irgendwann eingebrochen. Nach einem halben Jahr wurden unsere Treffen seltener. Er wurde immer mutloser und eines Tages kam er gar nicht mehr. Dafür kam ein Brief des Anwalts seiner Familie: Kontaktverbot seinerseits. Wollen Sie die Akte sehen? Ich habe alles aufbewahrt."

Der Hauptkommissar überlegte. „Die können Sie später meinen Kollegen mitgeben, Frau Wortmann", entschied er. „Wahrscheinlich wird Sie der Kollege Schücking für eine Aussage zur Kreispolizei bestellen. Aber: Wie geht so etwas, ein Kontaktverbot? Ihre Höfe liegen mal gerade zwei, zweieinhalb Kilometer auseinander. Vor Ihrem Garten liegt Große Drenkmanns Feld. Da ackert der Ferdi doch vor Ihren Augen. Er sieht Sie doch. Da ist die Kirche in Reckhölter, der Arzt, die Apotheke, der Supermarkt. Die Gemeinde ist viel zu klein, dass man sich nicht über den Weg läuft. Das kann nicht funktionieren. Oder doch?"

„Nein, es funktionierte auch nicht. Wir haben uns einige Jahre darauf konzentriert, uns aus dem Weg zu gehen. Ich habe für zwei oder drei Jahre noch im Emsland in einer Gärtnerei gearbeitet und da auch gewohnt. Später starb meine Mutter und ich bin wieder nach Handrup zurückgekommen. Meine Schwestern haben weggeheiratet und ich kriegte den Kotten. Wir hatten damals schon den Standplatz auf dem Markt in Münster und am Ende wurde eine richtige Gärtnerei daraus."

„Und Ferdi Große Drenkmann?" Kathrin Eilers ließ nicht locker.

„Haben Sie das Schemm über den Bach gesehen, den kleinen Steg?", fragte die Gärtnerin. Und als Kathrin Eilers nickte, sagte sie: „Irgendwann konnte er mit seinem schlechten Gewissen umgehen, manches erklären. Und ich habe ihn ja immer gemocht. Und auch einiges zu verstehen gelernt. Seit bestimmt zehn Jahren kommt er, wenn er auf der Sutgeist arbeitet, zum Kaffeetrinken zu mir. Bei schönem Wetter offen im Garten, mal in der Laube, sonst bei uns in der Küche. Er arbeitet hier an den Tagen, an denen wir bestimmt da sind und nicht so viel Umstände haben."

„Das heißt also, Sie haben ihm die Geschichte verziehen?" Kathrin Eilers guckte etwas ungläubig.

Gertrud Wortmann überlegte intensiv, ihre Mimik zeigte ihre Gefühlsregungen: „Ferdi Große Drenkmann hat mich in der ganzen Gemeinde – und weit drüber hinaus unmöglich gemacht. Er trägt wahrscheinlich mit die Schuld daran, dass ich nie geheiratet habe. Aber – ob das wirklich das Schlimmste ist? Hätte er sich durchgesetzt und wären wir verheiratet worden, drüben auf Große Drenkmanns Erbe, dann wäre das für mich die Hölle auf Erden geworden. Ich wäre heute entweder tot oder an der Flasche. Und Regina regiert noch immer. Und die geht so schnell noch nicht auf Uphoffs Kamp!“ Und auf den fragenden Blick der beiden Beamten hin ergänzte sie: „Uphoffs Kamp ist der bei uns übliche Name für den Reckhölter Friedhof, weil der damals auf dem Land eines Bauern namens Uphoff angelegt wurde! Und ehe Regina Große Drenkmann dort Ruhe gibt, fließt noch viel Wasser durch unsere Aa.“

„Sie, Frau Wortmann, wussten von dem Verhältnis Ferdi Große Drenkmanns zu der jungen Frau aus dem ‚Farmhouse'. Und von seinen Plänen mit ihr.“ Eine Feststellung. Kattenstrohts Tonfall war nüchtern und kühl.

Die Gärtnerin schaute auf und ihr Blick blieb fest: „Ja, er hat es mir erzählt. Er hat auch von seinen Plänen gesprochen. Er war das erste Mal seit 20 Jahren wieder verliebt. Und jetzt erinnern Sie sich mal an Ihren Besuch am Mittwochnachmittag, an den Blick aus meinem Garten. Sie können oben am Hügel den Ort sehen, wo das arme Ding umgekommen ist! Da haben die beiden sich oft, fast regelmäßig getroffen. Jedenfalls wenn sie zum, na ja, zum Arbeiten in dem Lokal hier in Reckhölter war. Vorher am Spätnachmittag oder hinterher am Abend oder tief in der Nacht. Und dann denken Sie sich mal weiter nach links, nach Osten rüber. Da ist doch auf der Höhe der schmale Patt, der Feldrain. Der führt zu der kleinen Flurbereinigungsstraße in der Senke am östlichen Rand der Sutgeist. Da parkte Ferdi seinen Wagen im Gebüsch und lief über den Hügel, damit man ihn nicht mit der Kleinen zusammen sah. Ich sag's Ihnen: Regina regiert noch immer!“

Kathrin Eilers bemerkte an Kattenstroht eine bohrende Verbissenheit, die sie bisher noch nicht an ihm festgestellt hatte. „Und das hat er Ihnen erzählt?“, fragte er.

„Ja, klar! Ich war doch die Einzige, der er vertraute!“, antwortete Gertrud Wortmann ohne jede Furcht.

„Und Sie konnten das kontrollieren. Mit dem Fernglas aus dem Lehnstuhl drüben am Fenster!“ Kattenstroht glaubte, eine Punktlandung geschafft zu haben. „Sie haben doch kontrolliert, oder?“

„Gute Augen haben Sie, Herr Kommissar! Respekt. Das Glas steht da seit Vaters Zeiten. Es gibt keinen schöneren Platz, um die ganze Sutgeist bis zum Hügel hin zu beobachten. Das stimmt. Es führt ein wichtiger Wildwechsel durch den Schlag." Sie hielt kurz inne: „Und ich weiß auch, wie Ihre nächste Frage lautet."

Kathrin Eilers stellte sie. „Haben Sie Frau Keiten umgebracht, aus Eifersucht vielleicht? Oder aus Rache?"

Gertrud Wortmann lächelte: „Nein, bestimmt nicht. Ich habe Ferdi sein neues Glück gegönnt. Benutzen Sie doch mal Ihren Verstand. Das ist ein Mann, den man mal geliebt hat, der einen enttäuscht hat, der aber nicht raus kann aus seiner Haut. Nein, nein!" Sie schüttelte den Kopf: „Er war glücklich. Dieses Mädchen muss irgendetwas gehabt haben, was ihm gut getan hat. Ich wäre mit ihm unter den gegebenen Umständen damals unglücklich geworden." Und nach einer kleinen Pause sagte sie: „Aber ich gebe zu, ich habe es auch Regina gegönnt! Das bisschen Schadenfreude werden Sie mir doch zugestehen. Frau Eilers, Herr Kattenstroht!"

„Trotzdem muss ich Sie als Verdächtige in Betracht ziehen", entgegnete Kattenstroht. „Hier gibt es zu viel, was mich stutzig macht. Immerhin hätten Sie – je nach Sichtweise – ein Motiv wie aus dem Lehrbuch der Kriminalistik."

Er beriet sich kurz mit Kathrin Eilers und sie einigten sich darauf, den Inhalt des Waffenschrankes komplett zu beschlagnahmen und die Gärtnerin ansonsten zunächst nicht weiter zu behelligen.

Kathrin Eilers holte neue Gummihandschuhe aus dem Wagen. Die Gärtnerin stellte für die Langwaffen einige Plastiksäcke zur Verfügung und gemeinsam räumten sie den Waffenschrank aus. Sie verpackten die einzelnen Gewehre und die Munition umständlich für die Waffentechnik und fuhren dann ab.

Auf dem Rückweg informierte Kattenstroht Staatsanwalt Stellmacher, er habe eine neue Spur und eine Verdächtige. Als Kattenstroht das Gespräch beendet hatte, schaute er verdutzt drein: „Stellmacher hat gelacht. Warum das denn?"

Kapitel 16

Kattenstroht schlief schlecht in dieser Nacht. Am Morgen verzichtete er auf sein gewohntes Jogging, lungerte missgelaunt am Frühstückstisch herum und verweigerte seiner Betty den gewohnten Marktbummel, sonst eine heilige Kattenstroht'sche Familientradition. Gegen 9.00 Uhr machte er sich auf den Weg ins Büro. Er wusste genau, warum er nicht die Marktstände abklappern wollte und sogar das genussvolle Probieren am Käsestand für diesen Tag abschrieb: Er hatte einfach keine Lust, bei den Gemüseständen auch noch der verdächtigen Gärtnerin zu begegnen und auf diese Weise an die ergebnislose Arbeit der letzten Tage erinnert zu werden.

Im Präsidium war es ruhig. Kattenstroht machte es sich im Besprechungsraum 3 bequem, nachdem er zuvor in der Teeküche eine Kanne Kaffee aufgebrüht hatte. Dann zog er einen Lehnstuhl vor die große Mind-Map, verschränkte die Arme hinter den Kopf und betrachtete die „Landkarte der Gedanken und Ideen", die in den letzten Tagen bunt und bunter geworden war. Ausgehend von Sandra Keitens Pin-up-Foto hatten sich verschiedene Arbeitsfelder herauskristallisiert, die von Kunsleben, Austrup und Pötter in den Besprechungen mehr und mehr mit Hinweisen angereichert worden waren. Auf der linken Seite fand sich oben der Komplex „Recklinghausen". Velmerich und seine Leute hatten wirklich fleißig gearbeitet. Die Felder „Wohnung, Kontakte in RE, Familie, Finanzen, Freizeit" waren mit Querverweisen auf die entsprechenden Berichte und Vermerke versehen. Unter großen Schlagworten waren die Bereiche „Arbeit / Farmhouse / Hotels", „Pers. Kontakt / Freund(?)", „Forsthaus " sowie „Tatort / Spuren" notiert.

Kattenstroht griff zum Zettelklotz und brachte die nächsten dreißig Minuten damit zu, die Mind-Map um die Erkenntnisse des Vortages zu ergänzen. So fanden sich nach seinen Aktivitäten nicht nur Ferdi Große Drenkmann und sein Untermieter Dr. Roling, Gertrud Wortmann und Güterdirektor Wickensack, sondern auch die Reckhölter Bank samt Vorstand verzettelt wieder. An der äußersten rechten Seite klebte Kattenstroht eine Spalte mit Markierungsband ab und befestigte dort die Namen seiner Verdächtigen: Ferdi Große Drenkmann und Gertrud Wortmann. Nachdem er auf diese Weise ansatzweise Ordnung in seine Gedanken gebracht hatte, wandte er sich dem Aktenstudium zu und griff als Erstes Velmerichs Berichte aus Recklinghausen heraus. Das meiste war ihm schon bekannt. Aber Kattenstroht wurde bei der Durchsicht der Recklinghausener Berichte noch einmal deutlich, wie abgeschottet Sandra Keiten in den letzten Jahren gelebt hatte. Außerhalb ihrer Wohnung hatte sie nur zu ihrem Vater einen regelmäßigen Kontakt gepflegt, selbst die täglichen Einkäufe hatte sie unterwegs in immer wechselnden Geschäften erledigt. Das ließ sich anhand der Kassenzettel nachvollziehen, die sie mit einer bemerkenswerten Akribie aufbewahrt hatte. In den Urlaub fuhr sie allein. Die Buchungen dokumentierten überwiegend Ziele im europäischen Ausland, auffallend viele Städte- und Kulturreisen waren darunter. Als Unterkunft hatte sie stets Einzelzimmer in guten Mittelklasse-Hotels gebucht. Ständige Reisebegleiterinnen oder -begleiter konnten nicht ausfindig gemacht werden.

Die wirtschaftlichen Verhältnisse des Opfers erwiesen sich als geordnet. Die Steuererklärungen hatte sie stets pünktlich abgegeben. Die Kontenführung bei der Bank war unauffällig. Kattenstroht fühlte sich an Jahresberichte im Sportverein erinnert: Das Journal treffend und zeitnah geführt, die Buchungen nachvollziehbar und geordnet, die Belege in nummerischer Reihenfolge abgeheftet!

Auf eine gewisse Art fühlte sich der Hauptkommissar trotz dienstlicher Notwendigkeit bei einer solchen Durchleuchtung nicht wohl in seiner Haut. Ihm kam es vor, als stöbere er im Privatleben anderer herum. Gewiss, letzte Klarheiten hatten weder Velmerichs Leute noch die eigenen Techniker schaffen können. Wesentliche Speicherbereiche des Laptops blieben unzugänglich, da ganze Ordner von Dateien passwortgeschützt waren, die sie bisher noch nicht hatten „knacken" können. Ein handgeschriebenes Tagebuch war ebenfalls nicht aufgetaucht. Ihre persönliche Korrespondenz hatte Sandra Keiten offensichtlich regelmäßig vernichtet – oder vielleicht gab es auch gar keine. Damit blieb das Tätigkeitsfeld der jungen Frau als Edel-Domina in teuren Hotels der Rhein-Ruhr-Schiene im Dunkeln. Sollte ihr Mörder aus diesem Umfeld gekommen sein, würde es aufgrund fehlender Informationen sehr schwierig werden, ihm auf die Spur zu kommen. Die sorgfältig abgehefteten Wochenkalender, sie waren über mehrere Jahre archiviert worden, waren voller Kürzel, die aufzudröseln Ewigkeiten dauern konnte.

Kattenstroht seufzte tief und warf einen aufopferungsvollen Blick auf die Aktenstapel, die seine Mitarbeiter inzwischen aufgetürmt hatten.

Gerade wollte er sich noch eingehender mit dem des kleinen Haushalt in Recklinghausen beschäftigen, als sich hinter seinem Rücken unvermittelt die Tür öffnete und Kathrin Eilers erschien. Sie wirkte ausgeruht und guter Dinge, hatte eine frische Gesichtsfarbe und trug ihre blonden Haare zu einem Pferdeschwanz zusammengebunden. Der modische Sportanzug und die Sportschuhe verrieten, dass sie offensichtlich die in dieser Woche versäumten sportlichen Aktivitäten nachholen wollte. Und richtig, in der Hand trug sie die große Sporttasche, die seit dem letzten Dienstag unberührt an ihrem Schreibtisch gestanden hatte.

Der Hauptkommissar fühlte einen kleinen Stich. Er freute sich über die Begegnung mit seiner jungen Assistentin, die er im Verlauf der letzten Tage schätzen gelernt hatte. Ganz Gentleman der alten Schule beeilte er sich, die Kaffeekanne zu holen, und servierte Kathrin Eilers erst einmal einen frischen Kaffee.

„Ich habe heute aber nicht vor, großartig zu arbeiten!“, betonte Kathrin Eilers. „Wir kommen im Augenblick sowieso kaum weiter. Und irgendwas oder irgendwer erinnert mich dunkel daran, dass es gesetzlich festgelegte Arbeitszeiten gibt. Wenn ich richtig gerechnet habe, waren Sie gestern mehr als 14 Stunden unterwegs! Und ich wohl auch nicht viel weniger.“

„Und vor lauter Land sehen wir dabei kein Land. Die Kollegen sind sauer und der Chef hat mir eine Mail auf den Rechner geschoben, die hat es so richtig in sich. Er will einen persönlichen Bericht. Um elf Uhr kommt er extra dafür hierher. Dabei hätte er uns von Anfang mehr Leute geben sollen. Wenigstens können wir weiter auf Velmerich und Schücking mit ihren Teams zurückgreifen“, moserte Kattenstroht.

„Haben Sie denn unsere Ergebnisse von gestern schon verzettelt?“, fragte Kathrin Eilers und wandte sich der Pinnwand zu.

„Das schon, jedenfalls zum Teil. Gleich wollte ich an den Computer und die Berichte über die Komplexe ‚Forsthaus‘ und ‚Bank‘ und die besondere Rolle unseres Freundes Ferdi schreiben.“ Kattenstroht seufzte mutlos. „Eigentlich müssten wenigstens Pötter oder Austrup hier sein, aber die haben wohl die Nase voll von uns! Dann muss ich auch noch eine Liste unserer weiteren Vernehmungen inklusive Verhörstrategien aufstellen."

„Einige Herrschaften sind für Montag bestellt. Aber der große Wurf wird das nicht werden. Ich sehe noch kein Netzwerk um das Opfer herum und vor allem kein richtiges Motiv." Kathrin Eilers schnappte sich nun auch einen Stuhl und gemeinsam gingen sie die Positionen durch. Hin und wieder zogen sie die Akten zu Rate und gerieten letztlich doch in eine intensive Diskussion, über die Kathrin Eilers ihr geplantes sportliches Engagement völlig vergaß.

„Für mich gibt es zwei interessante Fragen. Die erste ist die, wer denn aus dem Tod dieser Frau einen Vorteil ziehen könnte. Gehen wir sie doch einmal durch!" Kattenstroht zeigte auf die Pinnwand: „Fangen wir mit Barwick und seiner Bar mal an!"

„Wenn persönliche Rache oder Enttäuschung eine Rolle spielen, frage ich mich, ob die so bedeutsam waren, dass der Mann zu einer solchen Tat schreitet." Kathrin Eilers schüttelte den Kopf. „Der ganze Kerl ist nicht danach. Ich kann mir den als harten Loddel überhaupt nicht vorstellen. Außerdem hat er ein Alibi, sogar mehrfach bezeugt. Die Waffe? Ein Jagdgewehr ist bei dem so schnell nicht zu erwarten. Das hätte er anders angestellt. Und einen Auftragsmord? Hätte Barwick nicht mehr Interesse daran, die schöne Quelle seiner Einkünfte zu behalten, statt sie zu vernichten?"

„Das haben Sie aber sehr sachlich formuliert, Frau Kollegin: ‚Die Quelle seiner Einkünfte'! Aber ich gebe zu, dass der Barwick nicht der Typ für so etwas zu sein scheint. Und die Berichte aus Essen über seinen Kollegen passen auch nicht dazu. Die Struktur ist zwar unseriös, aber wohl nicht kriminell. Gehen wir sie mal weiter durch!"

Kattenstroht wandte seine Konzentration dem Komplex „Freund" zu: „Na, Sandras Ferdi haben wir ja wenigstens identifiziert. Ich denke an etwas, was Sie gestern gesagt haben. Der Mann trauert mir zu wenig. Er behauptet, diese junge Frau, immerhin etwa 20 Jahre jünger als er selbst, geliebt zu haben. Ich sehe keine richtige Trauer. In dieser Richtung zeigt sich nichts, was mich überzeugt. Oder?"

Kathrin Eilers wandte ein, Kattenstroht müsse die Situation des Mannes bedenken: „Der lebt unter einem unheimlichen Druck. Wenn das so stimmt, was Große Drenkmann selbst angedeutet und Ihre Tante Gis uns erzählt hat – was noch zu überprüfen ist –, kriegt der Mann in der Familie kein Bein auf die Erde. Unterstellen wir mal, er wollte sich mit der jungen Frau selbständig machen, im Forsthaus, hier oben im Reckhölter Hagen. Die Sandra steigt aus ihrem einträglichen Gewerbe aus und will ihr Studium wiederaufnehmen. Wovon wollten die denn eigentlich leben? Ihm gehört zwar der halbe Berg, er hat gewisse Ersparnisse und einmal im Jahr Erlöse aus dem Holzverkauf, aber reicht das? Wenn es einen gemeinsamen Plan des Paares Ferdi & Sandra gegeben hat, dann haben wir den noch nicht komplett gesehen! Der Schlüssel dazu könnten tatsächlich die Finanzen sein."

Kattenstroht war aufgestanden und vor den vergrößerten Ausschnitt der Kreiskarte getreten, die im Hintergrund an die Wand gepinnt war. „Die Finanzen – ja bestimmt, aber vielleicht auch etwas anderes." Er tippte auf den Zippenberg: „Der Wald, der Wald spielt irgendeine Rolle, die wir noch nicht scharf genug sehen. Wir haben mit Glück und mit Bouillon die Besitzverhältnisse herausgekriegt. Aber erstens wissen wir noch nicht alles und zweitens erzählen sie uns in Handrup nicht alles." Der Kommissar wandte sich von der Karte ab und ging grübelnd durch das Besprechungszimmer. „Ihre Idee, Frau Kollegin, mit dem gemeinsamen Lebensunterhalt ist gar nicht so ohne. Schauen Sie, wie zäh waren gestern die Verhöre. Die Leute auf dem Lande reden nicht gerne mit uns. Denken Sie mal an Omas und Opas schönes Lahsum! Bestimmte Themen werden in der Bauerschaft nicht diskutiert. Und auf der anderen Seite ist man solidarisch: Man hält den Mund, wenn es gegen den Nachbarn geht."

Kathrin Eilers lächelte. „Meine Oma sagt immer auf Platt: Triäd äs eenen Buern up den Stiärt, dann quiekt de heele Buerschopp! Die Bauern halten zusammen, weil sie Jahrhunderte lang gedeckelt wurden. Adel, Kirche, Grundherren! Gut ging es ihnen eigentlich nur im 19. Jahrhundert und bis 1914, sagt jedenfalls mein Opa. Und heute hockt das Gespenst der Bürokratie auf ihren Höfen!"

„Also müssen wir noch mal an unseren Ferdi ran. Gut! Aber was ist mit der Gärtnerin? Wie sehen Sie das?"

Kathrin Eilers wurde nachdenklich und schien ihre Worte genauestens abzuwägen: „Wenn ich ehrlich bin, tat sie mir gestern Abend Leid.

Ich habe das Gefühl, dass sie uns die Wahrheit gesagt hat. Dass sie zu einem solchen Mord fähig ist, glaube ich nicht. Natürlich mussten wir trotzdem die Waffen mitnehmen, aber für mich kommt sie als Täterin nicht in Frage. Was sie uns über ihre Gefühle gesagt hat, kann ich als Frau sehr gut nachvollziehen."

Kattenstroht wies mit dem Daumen über die Schulter. „Ich habe die Knarren noch gestern Abend hier abgegeben. Die Laborheinis waren entzückt, dass sie heute Morgen antanzen mussten. Ich rechne jeden Augenblick mit einem Ergebnis der Waffenschau. Sollte mich nicht wundern, wenn aus den Waffen der Wortmann seit Jahren kein Schuss mehr herausgekommen ist. Wir werden sehen."

„Und bei den Förstern vom Haus Eckenhoven scheint mir auch nichts zu holen zu sein. Deren Interessenlage ging eher dahin, der Keiten das Haus zu verkaufen. Jedenfalls war das bei den Herren Wickensack und Dabeck sehr deutlich. Mit der Keiten hätten sie ein gutes Geschäft erschossen. Das ergibt keinen Sinn!"

Kattenstroht unterbrach seine Kollegin, beugte sich kurz vor und fragte ironisch: „Den Förster fanden Sie aber doch ganz toll, oder? Dieser Dabeck scheint mir ein Frauenversteher zu sein!"

Ein kleiner Anflug von Röte zeigte sich auf Kathrin Eilers' Wangen, aber sie wehrte gezielt ab: „Sie kennen meinen Thomas noch nicht! Um Himmels willen, der wartet ja auf mich!"

Der Kommissar guckte auf die Uhr: „ Und auf mich wartet der Herr Polizeipräsident. Nur ganz kurz noch ein Blick auf die anderen handelnden Personen. Was ist mit dem Umfeld von Ferdi Große Drenkmann? Viele Leute sind das ja nicht. Die Mutter und der Doktor Roling. Was fällt Ihnen denn zu denen ein?"

Die junge Frau hatte schon ihre Jacke angezogen und griff eilig nach der Sporttasche. „Sie dürfen die Banker nicht vergessen. Die sind ziemlich wichtig. Mir ist übrigens etwas aufgefallen. Die Mutter Drenkmann ist eine geborene Schulte Belting. Wer sagte das noch? Richtig, Ihre Tante. Und wie heißt der zweite Banker: Belting! Sollte mich nicht wundern, wenn die miteinander verwandt sind. Denken Sie an das komplizierte Namensrecht bei den alten Bauernfamilien! Jetzt muss ich aber los! Übrigens: Wie war noch Ihre zweite große Frage am Anfang?"

Kattenstroht, etwas verwirrt von der Eile ihres Aufbruchs, reagierte nicht darauf und verabschiedete seine junge Assistentin. Er ging mit ihr auf den Flur, und während Kathrin Eilers in Richtung Treppenhaus flitzte, begab sich der Hauptkommissar gemessenen Schrittes zu seinem Dienstvorgesetzten, allerdings machte er einen kleinen Umweg über das Labor.

Der Polizeipräsident war nicht unfreundlich, äußerte aber seine dringenden Sorgen bezüglich des Mordfalls Sandra Keiten. Offensichtlich hatte es am Vortag eine Beschwerde aus der Kommission gegeben, etwa in der Richtung, Kattenstroht treibe sich zu viel auf dem Lande herum. Dass der Hauptkommissar und seine Assistentin nicht zur Besprechung am Freitagnachmittag erschienen waren, sich auch nicht weiter gemeldet hatten, sei nicht gerade sehr kollegial, meinte er. Zudem müsse Kattenstroht, auch wenn Stellmacher noch am Freitagmorgen im Präsidium gewesen sei, den Kontakt zu ihm halten.

Kattenstroht verteidigte sich, behauptete, noch am Wochenende eine Verabredung mit Stellmacher zu haben, und dröselte dann lückenlos die Kontakte des Vortages auf. Immerhin habe man auf diesem umständlichen Wege die Verbindung des Mordopfers zu dem Bauern Ferdinand Große Drenkmann aufgeschlüsselt. „Für mich“, so schloss Kattenstroht, „liegt die Lösung des Falles unmittelbar im Umfeld von Große Drenkmann. Sein Verhalten und seine Beziehungen zu unserem Opfer müssen das Motiv begründen. Aber nur der Skandal einer Freundschaft von Bauer und Prostituierter allein führt, denke ich, nicht unmittelbar zur Tat.“

„Vergessen Sie nicht, Herr Kattenstroht, dass es in bäuerlichen Gesellschaften manchmal um sehr tief verwurzelte Vorstellungen und Gewohnheiten geht. Da gibt es Abgründe, in denen unglaubliche Motive verborgen sind. Furcht, Sorgen, Verlustängste, Einstellungen, mit denen so mancher Stadtmensch gar nicht umgehen kann. Da wird ein Wandel, eine Änderung, eine Reform schon als Gefährdung des Selbstwertes verstanden. Aus solch überzogenen Ängsten kann so manches Motiv wachsen.“

Der Polizeipräsident ließ sich von Kattenstroht über seine letzten Überlegungen informieren. Zugleich musste der Kommissar berichten, dass die zur Untersuchung gegebenen Waffen aus dem Hause Gertrud Wortmann zum Teil über Jahrzehnte nicht mehr benutzt worden waren. Von den Waffen und insbesondere einem Teil der Munition gehe Gefahr für Leib und Leben aus – allerdings eher für den potenziellen Schützen, so lautete das Urteil der Waffentechnik. Man einigte sich darauf, eine ausführliche Vernehmung der Gärtnerin durch Schücking von der Kreispolizei durchführen zu lassen.

Kattenstroht war inzwischen wieder eingefallen, welches zweite Problem er mit Kathrin Eilers hatte erörtern wollen. „Wir wissen bis heute nicht, was Sandra Keiten in der Nacht zum Dienstag auf der Sutgeist wollte – und wer sie auf welchem Wege dort hingelockt oder hinbestellt hat. Vorausgesetzt, das Alibi für den Bauern steht – ich habe aus diesem Grund noch den meteorologischen Bericht des Wetteramtes angefordert –, muss ein Dritter im Spiel sein, der die Zusammenhänge kannte. Und dass der Große Drenkmann die Geschichte klein gehalten hat, das nehme ich ihm ab. Der Kreis der Informierten kann nicht groß gewesen sein. Wir nähern uns dem Täter, wenn wir diese Leute ausfindig machen. Nur“, seufzte Kattenstroht, „viel zu viele halten uns gegenüber den Mund! Eine hohe Belohnung dürfte da auch kaum weiterhelfen.“

„Ach wissen Sie, Herr Kattenstroht“, bekannte der Polizeipräsident, „ich bin ja unterm Strich froh, dass ich Sie für die Fälle auf dem Lande habe. Zum Glück kommen solche Geschichten ja nicht alle Tage vor, das entspricht auch nicht dem Stil unserer Landbevölkerung, möchte ich mal so sagen! Aber wenn so etwas passiert, will ich wenigstens jemanden schicken können, der was von den Leuten auf dem Land versteht.“ Er schlug den Aktendeckel mit den Notizen zu. „Wie macht sich übrigens die Frau Eilers?“, fragte er zum Schluss.

Kattenstroht hob zu einem Lobgesang an, wurde aber direkt von seinem Chef augenzwinkernd unterbrochen. „Dass Ihnen die junge Dame sympathisch ist, wissen wir inzwischen. Kein Wunder, dass Ihre Landpartien so ausufern. Ich will wissen, ob die junge Dame denken kann.“

Das bestätigte der Hauptkommissar und gestand sich insgeheim zu, dass er gerne noch mehr über Kathrin Eilers gesprochen hätte.

Kapitel 17

Im eigenen Büro hing Kattenstroht seinen Gedanken nach, schob eine Akte nach der anderen von der einen Seite des Schreibtisches auf die andere und tippte endlich seine Vermerke kurz und knapp in den Rechner. Die Mittagszeit war vorbei, als er die Ausdrucke für die einzelnen Mitarbeiter sortierte und die Kommission per E-Mail über seine Ergebnisse, die weiteren Planungen, Detailaufgaben und Termine informierte. Der Montagmorgen würde es in sich haben. Da sie aber keine wirklich aktuellen und brandheißen Spuren hatten, war wenigstens ein ruhiger Sonntag zu erwarten.

Er war schon im Aufbruch, als das Telefon klingelte und seine Frau Betty sich mit der Frage meldete, wie es denn der Herr Hauptkommissar mit der weiteren Gestaltung des Tages zu halten gedächte. Es gebe gefüllte Paprika. Diese Nachricht hob Kattenstrohts Stimmung deutlich. Ohne Umschweife regte Betty an, am frühen Nachmittag nach Reckhölter rauszufahren. Einmal könne man ja mit den Jungs und Snoopy eine Wanderung durch den Wald machen, über den er ständig herumspinne, zum anderen wäre es schön, unterwegs noch ein Tablett Kuchen zu besorgen und bei Gis Hoygering Kaffee zu trinken. Mit ihr müsse sie sich sowieso wegen der anstehenden 12er-Klausuren über Shakespeare und das Elisabethanische Theater abstimmen. „Mit Gis habe ich schon gesprochen, wir sind heute Nachmittag willkommen!“, meinte Betty Kattenstroht abschließend.

Kattenstroht war von dieser Idee nicht so begeistert, er hatte eigentlich vorgehabt, sich nach fünf aufreibenden Tagen rund um Reckhölter mal wieder auf das schöne Münster zu konzentrieren. Also schob er seine Söhne vor: „Was halten denn Basti und Benne davon?“

„Das weißt du doch genau. Tante Gis hat keinen Fernseher und auf ihrem Computer gibt es keine Baller-Spiele! Aber Snoopy muss auch mal wieder raus. Die wird mir zu fett. Ich will nicht auf die Dauer einen Rollenhund ausführen. Wir fahren gegen halb drei Uhr los. Abgemacht?“

Kattenstroht wusste aus fast 20-jähriger Erfahrung, wann bei Betty jeder Widerstand zwecklos war, und fügte sich. Als er dann vom Präsidium aus auf seinem Rad zurück nach Hause fuhr, freute er sich doch auf den Ausflug. Denn das Herbstwetter war immer noch mild und sonnig.

„Die Sommerzeit hat gerade im Herbst auch was Gutes!“, dachte er bei sich.

Bei Familie Kattenstroht wurde zügig gegessen. Die kleine Jack-Russell-Hündin Snoopy bellte vor Freude, als ihre Transportkiste bereitgestellt und Halsband und Hundeleine verstaut wurden. Die beiden Jungen aber quengelten und trödelten so lange herum, bis der Vater ein Machtwort sprach. Endlich saßen alle im Wagen und sie fuhren auf den Landstraßen das schöne Reckhölter an, nicht ohne vorher in Roggendorf beim Konditor am Kirchplatz ein großes Tablett Kuchen besorgt zu haben. Gegenüber dem Forsthaus parkte Kattenstroht die Familienkutsche und zeigte seiner Betty über Tor und Hecken das freiherrliche Anwesen. „Das ist ja wirklich ein Paradies!“, meinte sie beeindruckt. „Wenn es nicht so abgelegen wäre, könnte es auch ein Alterssitz für uns sein. Guck dir nur mal den schönen Garten an. Was könntest du da Rasen mähen!“

Der Hauptkommissar verstand den Seitenhieb seiner Frau bezüglich seiner nicht vorhandenen Leidenschaft fürs Gärtnern und schwieg. Längs der hohen Weißdornhecke gingen sie dann gemächlich das Pättchen durch die Wiesen hinunter zum Bach. Die Jungen waren längst an der Brücke über die Aa angekommen und saßen auf dem Geländer. Das fröhliche Kläffen der kleinen, lebhaften Hündin war deutlich zu hören. „Natürlich, Snoopy ist wieder im Wasser. Wie die wohl heute Abend aussehen wird?“, sorgte sich Frau Kattenstroht um ihre Teppiche.

„Lass sie doch, das Tier kommt viel zu wenig raus. Du weißt genau, weshalb ich dagegen war, einen Hund anzuschaffen!“ Kattenstroht wagte sich aus der Deckung, wusste aber, dass diese Diskussion völlig überflüssig war. Er wurde einfach ignoriert. Zusammen schauten sie dem Hund zu, der sich im Wasser freute, hin und her paddelte, Schlamm aufwühlte und in Wasserpflanzen biss.

Als Snoopy endlich aus dem Wasser flitzte, schüttelte sie sich kräftig, sprang emsig hin und her und war offensichtlich noch voller Tatendrang. „Sebastian! Benedikt! Ihr nehmt sie jetzt bitte an die Leine! Ich habe keine Lust, den Köter ausgerechnet hier im Wald zu verlieren.“ Vater Kattenstroht wurde energisch. Tatsächlich ließ sich die Jack-Russell-Hündin nur ungern bändigen, aber die Jungen schafften es schließlich, sie anzuleinen. Sie liefen auf den ansteigenden Weg zu und ließen Snoopy dabei an der langen Leine laufen. Fröhlich bellend schoss das Tier den Jungen voraus in Richtung Wald. Die Eltern Kattenstroht wanderten gemächlich hinterher.

Der Weg stieg in zwei Kehren ziemlich steil an und Klaus Kattenstroht war schon ein bisschen aus der Puste. Er musste tief durchatmen und war froh, als er die Anhöhe erreicht hatte. „Ich sollte doch häufiger mal joggen!“, gestand er seiner Frau.

„Oder walken! Das wäre doch was für uns beide!“, entgegnete Betty fröhlich, obwohl sie die Antwort ihres Mannes schon kannte: „Skilaufen ohne Skier und Schnee ist albern! Das mache ich, wenn überhaupt, nur im Dunkeln, wenn's keiner sieht!“, sagte er.

Der Weg teilte sich. An den Bäumen waren die Wegemarkierungen des Heimatbundes angebracht. Geradeaus ging es in südlicher Richtung über das Plateau des Zippenberges nach Handrup hinunter. Links führte ein Weg in die jüngeren Waldabschnitte, die aber immer wieder von einzelnen hohen Bäumen überragt wurden, auf der rechten Seite staffelte sich der Hochwald, dessen Eichen immer noch ihr Laub trugen, das jetzt in der Nachmittagssonne herbstlich bunt gefärbt leuchtete. Kattenstroht zog eine Wanderkarte aus der Jackentasche. „Nach den Zeichen auf der Karte können wir einen Rundgang machen, immer am Waldrand und am Abhang des Berges entlang. Und hier an diesem Ort“, er tippte auf das Blatt, „haben wir sogar einen tollen Aussichtspunkt. Also lass uns im Uhrzeigersinn einmal rumgehen!“

Ihre Söhne mit der kleinen Hündin mussten sie zurückpfeifen, denn das Trio war schon wieder eigene Wege gegangen. Nur widerwillig kamen Basti und Benne zurück und schlugen den vom Vater vorgegebenen Weg ein. Der Hund war völlig aufgekratzt und wollte seinem Stöbertrieb folgen. Es ging mal hier und mal da hin und ab und zu wickelte das lebhafte Tier seine Begleiter in die lange Leine ein.

Je weiter sie in östliche Richtung spazierten, desto deutlicher nahmen sie die geordnete Waldpflege wahr. Einzelne Schläge waren als Schonungen eingezäunt, andere behutsam ausgelichtet. In einem Jagen hatte bereits das Fällen und Spalten eingesetzt und trotz der Jahreszeit waren noch mehrere Stapel Klafterholz auszumachen, die sorgfältig mit

Planen abgedeckt waren und offensichtlich den Sommer über im Wald hatten trocknen können. Insgesamt machte der Wald einen sehr gepflegten Eindruck.

„Bei uns im Dorf gab es früher einen alten Kötter, der hatte eine Nase für natürlich gedrehte Knotenstöcke. Er fand sie im Wald, bearbeitete sie ein bisschen und verkaufte sie für teures Geld." Kattenstroht hing seinen Kindheitserinnerungen nach. „Ich war mal dabei, als mein Vater ihn fragte, wieso ausgerechnet er immer diese schönen Stöcke finden würde. Da hat der alte Lünker gesagt, er würde nur in den Wäldern der Bauern stöbern, die es insgesamt nicht so ordentlich hätten. Da würden sich Efeu und wilder Hopfen ausbreiten. Das sind nämlich Schlingpflanzen und produzieren eben jene Knotenstöcke. Hier bei Große Drenkmann wäre der alte Anton aber nicht fündig geworden!"

Nach einiger Zeit schlängelte sich der Weg nach Süden und schließlich gelangte Familie Kattenstroht an einen Aussichtspunkt, der einen wunderbaren Blick fast über die gesamte Bauerschaft erlaubte. Nach Bettys Meinung ein Plätzchen zum Stöhnen! Erst vor kurzem schien dieser Ort auch die moderne Telekommunikation angelockt zu haben, denn ein neu aussehender, hoher Antennenmast hatte sich hier breit gemacht. Eine Bank lud zur Pause ein und Klaus und Betty setzten sich.

„So müssen wir wenigstens nicht die Antenne bewundern. Ich verstehe nicht, warum die ihre Masten an den schönsten Stellen in die Landschaft knallen dürfen. Warum nicht gleich 150 Meter hohe Windräder!", knurrte der Kommissar. Dann erklärte er seiner Frau die Bauerschaft, mit der er sich in den letzten Tagen hatte beschäftigen müssen. „Den Tatort können wir aber von hier aus nicht sehen. Dafür müssten wir auf die andere Seite des Hochwaldes. Aber es wird langsam Zeit. Wir wollen doch pünktlich zum Kaffee bei Gis sein!"

Also brachen sie wieder auf, der Hündin und den Söhnen hinterher, die sich längst davongemacht hatten. Schließlich überquerten sie den Weg, der sie wieder zum Forsthaus führen würde, und gelangten in die älteren Jagen des Zippenberges. Die Bäume wurden höher, der Wald wurde langsam lichter. Sie kamen über schöne Wiesenplane, aus denen sich vereinzelte Eichen mit voller Kronenentwicklung erhoben. „Das sind ja wirklich grüne Patriarchen!", staunte Betty Kattenstroht und versuchte, deren Höhe und Umfang zu schätzen. Sie konnte sich nicht erinnern, je einen so malerischen und stolzen Wald gesehen zu haben. Sie fühlte sich an englische Landschaften und Parks erinnert: „Und die Bilder in der Tate-Gallery in London nicht zu vergessen! Reynolds und seine Leute, die haben so etwas Schönes vorgemalt." Kattenstroht meinte, er wolle lieber Eichendorff zitieren, wenn er das denn noch auf die Reihe bringen könnte: „Wie ging das doch noch mal: ‚O Täler weit, o Höhen, o schöner, grüner Wald'. Ich kriege es nicht mehr hin. Da war noch ein anderes Gedicht: ‚Es ist schon spät, es wird schon kalt, Was reit'st du einsam durch den Wald? Der Wald ist lang, du bist allein, du schöne Braut! Ich führ dich heim!' Den Rest weiß ich nicht mehr. Wir kommen zu spät zum Kaffee, du schöne Braut!"

Kattenstroht atmete tief durch und ließ seine Blicke noch einmal durch den prächtigen Hochwald streifen: „Ich glaube ja unbesehen, was der Förster Dabeck mir erzählt hat; der alte Drenkmann soll auf dem Totenbett dem Sohn das Versprechen abgenommen haben, den Zippenberg nie kahl zu schlagen und nie zu verkaufen."

Am westlichen Rand des Hochwaldes angekommen, zeigte der Hauptkommissar seiner Frau den Lauf der Reckhölter Aa, die Wortmann'sche Gärtnerei und dann am Fuß der sacht ansteigenden Höhe den Ort, wo die schöne Sandra Keiten einen so grausamen Tod gefunden hatte.

Die Zeit drängte und sie gingen eilig zurück. Wieder rannten die Jungen mit der kleinen Hündin voraus. Ein heiseres Kläffen signalisierte, dass Snoopy etwas aufgestöbert hatte. Als Kattenstroht und seine Frau die Söhne einholten, fanden sie sie kniend vor einem Bau. Unmittelbar vor dem Loch hatte sich Snoopy in Angriffshaltung aufgebaut, das Fell gesträubt, den Schwanz aufgereckt und die Schnauze witternd nach vorne geschoben. Hätte Sebastian nicht die Leine so kurz und fest gehalten, wäre die kleine Jack-Russell-Hündin in die Röhre geschossen, um das aufgespürte Wild zu stellen und aus dem Bau zu treiben.

Der Hund ließ sich nicht beruhigen und Kattenstroht machte sich gerade daran, Snoopy ganz kurz an die Leine zu nehmen und wegzutragen. Da fragte eine markante Stimme mit Schärfe: „Was ist denn hier los? Wissen Sie nicht, wie Sie sich im Wald zu benehmen haben?"

Wie auf Kommando drehten sich die Kattenstrohts um. Vor ihnen stand eine Frau, eine Jägerin, etwa 40 Jahre alt und in voller Montur. Das Gewehr hatte sie quer vor der Brust: „Sie wissen doch, dass ich den Hund, wenn ich ihn im Revier beim Wildern erwische, erschießen darf!“

„Snoopy erschießen? Die ist doch wohl verrückt!“ Die beiden Jungen schnappten den zappelnden Terrier und versuchten, sich hinter den Eltern zu verstecken. Kattenstroht erhob sich, schlug erst mit der Hand Laub und Erde von den Knien und erwiderte unterkühlt-höflich:

„Ich bitte um Zurückhaltung! Mir wird in Handrup sowieso zu viel geschossen, sehr verehrte gnädige Frau! Der Hund hat nicht gewildert, er ist vorschriftsmäßig angeleint und ist nur seinem Stöbertrieb gefolgt. Übrigens bin ich mindestens halb dienstlich hier.“ Er zückte seinen Ausweis: „Hauptkommissar Klaus Kattenstroht, Kripo Münster.“

Die so forsche Dame nahm sich zurück und wunderte sich noch mehr, als Kattenstroht hinzufügte: „Ferner bin ich zufällig über die Besitzverhältnisse informiert. Der Wald gehört zumindest nicht einer Frau und soweit ich weiß, macht der Besitzer die Jagdaufsicht selbst! Sie gestatten mir also die Frage, warum Sie hier im Wald mit dem Püster herumlaufen?“

„Ich habe einen Auftrag – und es bleibt eh alles in der Familie!“, blaffte die sehr verehrte, gnädige Frau zurück. „Passen Sie das nächste Mal besser auf den Köter auf.“ Grußlos drehte sie sich um und marschierte schnellen Schrittes davon, wobei sie sich das Gewehr mit ärgerlichem Schwung über die Schulter warf.

„Was war denn das für eine Nummer?“, fragte Betty Kattenstroht ziemlich betreten.

Ratlos schauten sie alle der dunkelgrünen Gestalt hinterher. „Na, das werde ich aber noch klären!“, kommentierte Kattenstroht. „Und siehst du, Betty, was ich immer sage, es ist doch nie falsch, seinen Ausweis dabeizuhaben! Kattenstroht ist eben immer im Dienst!“

Zügig wanderten sie mit der bald ruhiger gewordenen Snoopy zum Markenweg zurück, stiegen die Kehren hinab zur Brücke über die Aa und liefen über die weiten Matten zurück zum Forsthaus. „Guck mal, Klaus, da sind jetzt Leute auf der Terrasse. Hast du nicht gesagt, dass das

Forsthaus unbewohnt ist?" Tatsächlich schlenderte ein junges Paar durch den verwilderten Garten. Völlig überrascht stellte Kattenstroht seiner Frau seine neue Assistentin Kathrin Eilers vor. „Was machen Sie denn hier?", fragte er erstaunt.

„Wir interessieren uns für das Forsthaus! Ich habe mir von Herrn Wickensack heute Morgen die Schlüssel abgeholt. Darf ich vorstellen: Thomas Boner, mein Verlobter!" Der schlaksige junge Mann entpuppte sich als frisch gebackener Architekt und Dozent. Voller Begeisterung wollte er sofort mit einer Vorlesung über das Haus loslegen. Doch fiel ihm Betty Kattenstroht, die auf die Zeit drängte, ins Wort: „Wir haben eine Einladung zum Kaffee in der Reckhölter Mühle. Das Beste ist, Sie schließen hier ab und kommen einfach mit. Dann können Sie uns das alles beim Kaffee erzählen. Kuchen haben wir genug! Außerdem: Die Mühle ist auch ein sehenswertes Denkmal!"

Die beiden jungen Leute guckten sich zögernd an. Dann waren sie doch einverstanden und machten sich daran, das Forsthaus wieder abzuschließen. Eine halbe Stunde später duftete der Kaffee in der Reckhölter Mühle, wo Tante Gis Hoygering in weiser Voraussicht noch einen Obstboden vorbereitet hatte.

Allmählich rückte die „blaue Stunde" näher und der Kaffee wurde mit Gis' geliebtem Braunen abgerundet. Sebastian und Benedikt hatten sich, nachdem sie ihren Kuchenhunger gestillt hatten, in die alte Mühle und an den Mühlenkolk verkrümelt; Snoopy hatte keine Lust mehr herumzutoben und einen schönen Platz am wärmenden Kamin gefunden. So wie sie in der Mühle gemütlich zusammensaßen und plauderten, kam das Gespräch doch noch auf den Mordfall Sandra Keiten und nach einigen Runden mehr auch auf den Wald. Kattenstroht berichtete von der Wanderung und von der Begegnung mit einer wild gewordenen „Amazone", wie er sich ausdrückte. „Hast du eine Ahnung, Gis, wer das gewesen sein könnte?", fragte er.

Gis lehnte sich zurück: „Sagen wir mal: Anfang 40, etwa 1,70 groß, schlank mit blonden, mittellangen Haaren. Richtig? Perlen im Ohr und um den Hals? Gesichtsausdruck? Für die Anglisten unter uns will ich mal sagen, Betty, sie guckt wie Camilla Parker-Bowles!

„Perfekt, Gis, perfekt! Genau das war sie. Und sie muss mit Drenkmann verwandt sein. Als ich ihr mit der Jagdaufsichtsberechtigung kam, sagte sie nämlich, das bliebe alles in der Familie!"

„Johanna Ahlmer geb. Große Drenkmann. Die Schwester von Ferdinand. Auch so ein spezieller Fall. Die hat fast 20 Jahre den richtigen Bauern gesucht und ist dann in der Nachbarschaft bei Jupp Ahlmer hängen geblieben. Da hat das Studium des Güter-Adress-Buches auch keine reichere Ernte eingefahren."

Kattenstroht wollte mehr wissen. „Was ist das denn für eine Type?", fragte er neugierig.

Bei diesem Thema fühlte sich Gis pudelwohl. Sie setzte sich gemütlich im Sessel zurecht, nippte noch einmal an ihrem Braunen und legte los: „Johanna ist ganz Moders Naolaot, wie man hier auf Platt sagt, Mutters Erbe. Hat total ihre Art geerbt mit Teilen und Herrschen. Jupp Ahlmer, ihr Mann, hat nichts zu sagen zu Hause. Die beiden wirtschaften gut und sind erfolgreiche Milchviehbauern. Hanna hat diesen Tick mit der Jagd und den Pferden, sie sind aber ansonsten sehr zielstrebige Leute. Aber auch da gibt es ein dickes Problem. Sie hat keine Kinder bekommen können, das sagen zumindest meine Saunadamen. Jetzt haben wir zwei dicke Höfe in der Bauerschaft, unmittelbar nebeneinander und direkt verwandt, die beide mittelfristig ein Nachfolgeproblem haben. Aber wie ich die Schulte-Belting-Sippe kenne, lösen die das auf originelle Weise."

Kathrin Eilers steuerte bei, dass es derartige Nachfolgeprobleme auch in Lahsum gebe: „Zum Glück sind die Anzeigen im Wochenblatt nicht so teuer und meistens auch erfolgreich. Und außerdem gibt es ja immer noch den einen oder anderen Mischehen-Verhütungsball!"

„Stimmt genau!", kommentierte ihr Verlobter fröhlich. „Ich komme auch aus der Landwirtschaft und Kathrin und ich haben uns wo kennen gelernt? Auf dem Bullenball!" Kathrin Eilers reagierte etwas säuerlich und ihr fröhlicher Thomas kriegte für seine unpassende Bemerkung einen deutlichen Stoß in die Rippen.

Kattenstroht blieb beharrlich beim eigentlichen Thema: „Was geschieht denn dann mit dem Erbe? Zwei so schöne Höfe, die gehen doch nicht einfach über den Deister!", meinte er.

Gis erwiderte, da solle er sich mal keine Sorgen machen: „Erstens sind sowohl bei Drenkmanns als auch bei Ahlmers mit Ferdi und Johanna

Leute am Ruder, die noch mindestens für 20 oder 25 Jahre gut sind. Ich meine natürlich nicht Regina!", fügte sie lachend hinzu. „Und bis die jungen Leute in Rente gehen, fließt noch viel Wasser durch die Aa. Hinzu kommt, dass man auf dem Lande auch mal später heiratet. Wer weiß, vielleicht entdeckt Ferdi Große Drenkmann noch einmal die Leidenschaft. Ist doch möglich, wenn seine Mutter mal abgetreten ist. Wer weiß? Gemunkelt wird ja immer mal was."

„Und wenn die Leidenschaft sich nicht mehr einstellt, wie stellst du dir dann die Lösung vor?" Kattenstroht wollte mehr hören. „Rundheraus gefragt, Gis: Ich möchte wissen, wer noch realistische Interessen und auch Chancen auf solche ländlichen Besitztümer hat. Die bleiben doch nicht liegen!"

Kathrin hatte einen Tipp parat: „Bei uns in Lahsum hat ein älteres Ehepaar einen jungen Mann aus einer Nachbarsfamilie adoptiert. Die haben sich das Jahre überlegt, haben zeitweise zusammen gewohnt und zusammen gearbeitet. Schließlich haben sie zueinander ja gesagt. Die waren, wohl gemerkt, nicht verwandt. Ich kenne aber auch einen Fall, da hat das nicht so funktioniert und man hat schließlich auf die Adoption verzichtet. Der Hof ist noch zu haben. Wäre das nicht was für dich, Thomas?"

Gis brachte sich wieder ein in dieses interessante Gespräch: „Bei den Schulte Beltings würde ich mir da keine Sorgen machen, die hatten in einer Vorgeneration mal elf oder zwölf Kinder. Von denen rennen im Münsterland bestimmt ein paar Dutzend Neffen und Großneffen herum. Und ein Junge muss es natürlich sein!"

„Sag mal, Gis, weißt du denn, ob der Belting von der Reckhölter Bank über die alte Regina mit den Große Drenkmanns verwandt ist?" Kattenstroht war der Hinweis seiner Assistentin vom Vormittag wieder eingefallen. „Das wäre doch eine wirklich interessante Variante!"

Das wusste Gis nicht, aber auszuschließen sei es nicht, meinte sie: „Die von Droste-Hülshoff hat mal irgendwo geschrieben, dass hier bei uns, wie bei den schottischen Clans, das verwandte Blut bis in den entferntesten Familienzweig und bis zum Ärmsten herunter geachtet wird. Guck dir mal so einen richtigen Familientag an. Da kommen bis zu 500 Leute zusammen, die alle miteinander verwandt sind. Von denen haben sich viele noch nie zuvor gesehen. Die müssen sich erst über riesige Stammbäume, die sie vor dem Festzelt aufhängen, identifizieren. Aber die halten zusammen. Kurz gesagt, sowohl bei Drenkmanns wie bei Ahlmers wird es, wenn die wirklich kinderlos bleiben sollten, Erbfälle über die Verwandtschaft geben, mit Sicherheit. Und mit der gleicher Sicherheit behaupte ich, dass das schon längst aus der zweiten Reihe genau beobachtet wird."

„Wenn das so ist, sollten wir uns die zweite Reihe mal genauer begucken!", brummte Kattenstroht. Da er aber kurz zuvor mit Betty hatte regeln können, wer das Auto am Abend nach Münster zurückfahren würde, wandte er sich nun intensiver dem Braunen und dem jungen Architekten zu. Man müsse als Dienstvorgesetzter sich doch um das Wohl seiner Dienstuntergebenen sorgen. Und jedem X-beliebigen könne er seine junge Assistentin doch wohl nicht anvertrauen.

Kapitel 18

Wie üblich war es der eine Braune zu viel, der Kattenstroht einen ausgewachsenen Kater bescherte und seine Laune am frühen Sonntagmorgen merklich beeinträchtigte. Noch vor seiner Familie war der Hauptkommissar aufgestanden und hatte im Garten geschaut, ob der Himmel noch gerade war. Nachdem er sich eines neuen schönen Herbstmorgens versichert hatte, griff er zur Leine und machte sich mit Snoopy auf einen ausgedehnten Morgenspaziergang, der ihn am Ende zum nahe gelegenen Bäcker führte. In deutlich besserer Stimmung und mit einer gefüllten Brötchentüte im Arm erreichte er schließlich wieder das traute Heim, wo ihn Betty und die Jungs schon zum Frühstück erwarteten.

Auf seinem Spaziergang hatte Kattenstroht über den Mordfall Keiten gegrübelt, der ihn mehr und mehr in Bedrängnis brachte: Er hatte bis jetzt keine brauchbare Spur. Die am Vorabend in der Reckhölter Mühle diskutierten familiären Zusammenhänge der großen Bauernfamilien schienen zwar einige neue Ansätze zu bieten, aber eine heiße Spur konnte der Hauptkommissar nicht entdecken. Unterbewusst spürte er, dass er etwas ganz Naheliegendes, etwas völlig Banales übersehen haben musste. Er zermarterte sich den Kopf und ging Schritt für Schritt alle Gespräche seit dem letzten Dienstag durch. Eine schlüssige Lösung fand er aber nicht. Dabei erinnerte er sich noch haargenau an Grundsätze aus seiner Ausbildung und an die Ratschläge älterer Kollegen, wonach die meisten Aufklärungserfolge aus der akribischen Aneinanderreihung auch der kleinsten Spuren und Hinweise, kombiniert mit Logik und intensivem Aktenstudium, resultierten. War er vielleicht doch zu viel auf dem Lande herumgeschwirrt und dabei einem Hirngespinst aufgesessen? Wäre er nicht besser am Schreibtisch geblieben? Hätte er sich nicht mehr auf Koordinierungsaufgaben konzentrieren sollen? Hatte nicht auch Mia Kunsleben völlig überflüssige Termine eingebaut, die er geschickt hätte umgehen können? Aber diese Grübeleien hatten ihn auch nicht viel weitergebracht.

Nach dem Frühstück machte sich Betty Kattenstroht mit ihren beiden Söhnen auf den Weg zum Kindergottesdienst.

Kattenstroht selbst blieb mit Hund Snoopy zu Hause. Er entschuldigte sich, nach der anstrengenden Ermittlungswoche in puncto Kindergottesdienst indisponiert zu sein, und freute sich insgeheim auf ein sonntägliches Boule-Spiel.

Vorher räumte er den Frühstückstisch ab, bestückte die Geschirrspülmaschine und erledigte einige Hausarbeiten. So hoffte er, seiner Betty eine Freude zu machen.

Nach getaner Arbeit holte er die Boule-Kugeln heraus, sperrte die jaulend protestierende Snoopy in die Küche und schwang sich aufs Rad. Sein Ziel war die Twickel-Schanze an der Altstadt-Promenade. Dort trafen sich die passionierten Boule-Spieler von Münster, seit man vor einigen Jahren die Autos in ein nahe gelegenes Parkhaus verbannt hatte. Unter den schönen Platanen der zur alten städtischen Festung gehörenden Schanze fühlte man sich fast wie in Südfrankreich, würde da nur nicht ständig an den zwei Längsseiten des ehemaligen Parkplatzes der dichte Verkehr vorbeirauschen.

Aber jetzt am Sonntagmorgen war es noch recht ruhig. Kattenstroht fuhr von der Promenade herunter, bewunderte wie immer die schöne Rickey-Plastik, die schon seit 30 Jahren von den Tauben heimgesucht wurde, und stellte sein Fahrrad ab. Stellmacher war schon da. Er saß in seinem beigen Staubmantel auf einer Bank und rauchte ein teures holländisches Cigarillo. Sie begrüßten sich und beschlossen, zuerst ein Spiel zu machen und dann in eines der Cafés einzukehren.

Obwohl mehrere Spieler da waren, verspürten beide keine große Lust, in Zweier- oder Dreier-Mannschaften miteinander zu spielen. Außerdem zeigte sich, dass Kattenstrohts Konzentrationsfähigkeit sehr zu wünschen übrig ließ. Stellmacher gewann ein Spiel nach dem anderen und zeigte bald echtes Mitgefühl mit dem guten Freund: „Betty – oder Sandra Keiten? Wer liegt dir mehr auf der Seele? Du spielst heute lausig! Hat eigentlich gar keinen Zweck."

„Entschuldige, Jochen, ich komme einfach nicht weiter! Lass uns aufhören und was trinken gehen", schlug Kattenstroht vor. Sie putzten ihre Kugeln, verstauten sie in die Tragetaschen und steuerten das Eiscafé auf der gegenüberliegenden Straßenseite an. Sie bestellten beide einen großen Cappuccino und beobachteten draußen die Passanten. Nur sehr zögerlich näherten sie sich dem heiklen Thema, das sie beide bedrückte.

Kattenstroht versuchte im Laufe ihrer Unterhaltung, dem Herrn Staatsanwalt die Gärtnerin Wortmann als wichtige Tatverdächtige unterzujubeln. Er legte noch einmal die möglichen Verbindungen zum Tatort dar, die günstige Lage des Hofes, den problemlosen Zugang zu den Waffen. „Leider ist aus den Knarren ihres Vaters seit Jahrzehnten nicht mehr geschossen worden! Aber vielleicht hatte sie ja einen anderen Püster zur Verfügung!", spekulierte Kattenstroht hoffnungsvoll.

„Lass doch die Gärtnerin in Ruhe!", brummte Jochen Stellmacher und zog genüsslich an seinem Cigarillo. „Die kann es doch gar nicht gewesen sein!"

„Wieso kann sie es nicht gewesen sein? Sie hat ein Motiv wie aus dem Lehrbuch: Eifersucht und Rache. Das passt!" Kattenstroht redete sich in Rage. „Schon der Gerichtsmediziner, der das Opfer obduziert hat, meinte, eine solche Hinrichtung wie die von Sandra Keiten könne nur auf das Konto einer Frau gehen. So viele Frauen, die Jagdgewehre im Schrank haben, gibt es schließlich auch nicht." Er stutzte, zögerte, als hätte er einen Geistesblitz, hüllte sich aber doch in Schweigen.

„Die Gärtnerin loche ich dir nicht ein, weil ich sonst nur Theater kriege!", grinste der Staatsanwalt und rührte in seinem Cappuccino. „Meine Mutter kauft seit 40 Jahren nur Gemüse aus der biologischen Gärtnerei Wortmann. Ich kenne den Stand auf dem Markt am Dom schon eine Ewigkeit. Der Alte lebte noch und die Gertrud hatte den Laden noch gar nicht übernommen, da musste Familie Stellmacher schon Wortmann'schen Salat essen. Hätte ich übrigens auf meine Mutter gehört und mehr Gemüse aus der biologischen Gärtnerei gefuttert, hätte ich heute nicht so einen dicken Bauch. Schlag dir das mal aus dem Kopf. Für die Wortmann kriegst du keinen Haftbefehl."

Kattenstroht seufzte, widersprach Stellmacher aber nicht, denn eigentlich glaubte er auch nicht an eine Täterin Gertrud Wortmann. Ausführlich referierte er noch die Ergebnisse des Freitags und die so mühsam gewonnenen Erkenntnisse über die Beziehung Ferdinand Große Drenkmanns mit Sandra Keiten.

„Aber ich muss den Leuten da in Reckhölter jedes Wort mühsam aus der Nase ziehen. Die ganze Gemeinde hält dicht. Ich stehe ständig vor neuen Mutmaßungen und sehe einfach nicht klar. Opfer, Täter, Motive,

Interessen! Alles im Dunkeln." „Ich würde die Bandagen etwas härter binden!", empfahl Stellmacher. „Greif zu schärferen Methoden. Du hast sowieso nur eine einzige Chance, das weißt du selbst."

„Klar, weiß ich wohl!", seufzte Kattenstroht. „Ich muss den schweigsamen Bauern auf die Folterbank spannen. Das meinst du doch." Er holte sein Portemonnaie heraus, übernahm großzügig die Rechnung und meinte als er aufstand: „Zum Glück habe ich den Große Drenkmann wegen seiner Aussagen, die zum Teil nicht ganz stimmig sind, für morgen ins Präsidium bestellt. Wir wollen jetzt den ganzen Hokuspokus mit erkennungsdienstlicher Behandlung und so weiter starten. Da kippt er zwar nicht aus seinen Holzschuhen, aber etwas bringt's vielleicht doch. Wir haben dann eine konkrete Grundlage für die Spurenüberprüfung in der Recklinghausener Wohnung und im Mini. Vielleicht ist da doch mehr drin, als wir bis jetzt vermuten. Je mehr wir ihm aufpacken können, desto nervöser wird er vielleicht."

Stellmacher nickte: „Aber abgesehen davon, dass er dir nur alles bröckchenweise erzählt, immer schön deinem Ermittlungsstand folgend, hast du bisher nichts gegen ihn in der Hand." Stellmacher holte seinen Autoschlüssel aus der Manteltasche. „Ich ziehe ab ins Parkhaus. Halte mich auf dem Laufenden, bitte auch offiziell. Ich habe keine Lust mehr, zu anberaumten Terminen in dein Präsidium zu kommen, und du bist mal wieder auf einer Landpartie. Dein Chef war am Freitag ganz schön brastig."

„Kann schon sein!", tat Kattenstroht verständnisvoll. „Aber unser Briefing am Freitagmorgen hast du für die Presseleute genutzt. Und, mein Lieber: Gebracht haben sie nichts davon. Die Sonntagszeitungen sind auch nicht besonders originell. Und dann", Kattenstroht wurde richtig garstig, „solltest du nur zu Terminen kommen, die auch mit mir abgestimmt sind. Ich springe nämlich nicht, wenn Kunsleben oder der Präsident Termine machen, ohne mich zu fragen. Außerdem war ich vorgestern Abend dicht dran. Hab ich jedenfalls gemeint."

Die beiden trennten sich und Kattenstroht radelte in aller Ruhe nach Hause. Kurz hatte er überlegt, doch ins Präsidium zu fahren und noch einen Blick in die Akten zu werfen. Aber er entschied sich dagegen.

Zu Hause erwarteten ihn Betty, die Jungen, ein gutes Mittagessen, ein Schläfchen und danach die Englischvokabeln von Sebastian. Der sollte am Montagmorgen, ausgerechnet in der ersten Stunde, eine Arbeit schreiben. Kattenstroht machte es Spaß, mal wieder im Geiste und auf dem Stadtplan durch die Londoner Straßen zu streifen, die berühmten Baudenkmäler im Bild zu bewundern und seinem Sohn die Vokabeln abzufragen. Dabei ärgerte ihn enorm, dass Sebastian unbedingt wissen wollte, warum Scotland Yard eigentlich so berühmt sei.

Kapitel 19

Wie verabredet brach Kathrin Eilers an diesem Montagmorgen zu dem Psychiater und Neurologen auf, dessen Gutachten Austrup und Pötter bei den Unterlagen von Sandra Keiten gefunden hatten. Sie nahm das Fahrrad – ein bisschen Frühsport tat ihr gut – und fand nach kurzer Suche die kleine Praxis am südlichen Rand der Altstadt. Der sehr frühe Termin um 7.30 Uhr erklärte sich aus dem Andrang, der bereits dort herrschte: „Wir kriegten dich da nur ganz früh auf die Couch – oder erst am späten Abend", hatte Austrup gelästert. Sie dürfe sich aussuchen, was ihr lieber sei.

Die Sprechstundenhilfe begrüßte sie freundlich. Der Doktor habe gleich Zeit für sie, meinte sie und führte Kathrin Eilers in ein Sprechzimmer, dessen Wände in freundlichen Farben gestrichen waren. Ein Foto fiel ihr ins Auge. Es zeigte in der Vergrößerung das Ziel eines Laufwettbewerbs, offensichtlich vor dem Colosseum in Rom. Der Arzt kam herein, registrierte das Interesse seiner Besucherin und sagte lächelnd: „Der 23. von links, das bin ich! Ich habe es immerhin zum Finisher beim Rom-Marathon gebracht!"

Kathrin Eilers stellte sich vor und zeigte ihren Dienstausweis. Der Arzt griff zu einer Akte auf seinem Schreibtisch und schlug sie auf. Obenauf lagen Ausschnitte von Zeitungsartikeln, die sich in den letzten Tagen mit dem Mord an Sandra Keiten beschäftigt hatten. „Haben Sie die Identität des Mordopfers direkt mit einer Ihrer Patientinnen in Zusammenhang gebracht, Dr. Petry?", wollte Kathrin Eilers wissen.

„Nein, nein! Darauf haben mich meine Helferinnen gebracht. Sie lesen die richtigen Zeitungen und halten mich auf dem Laufenden!", antwortete der Arzt und lächelte durch seine feine Goldrandbrille. „Ich selbst wäre da so schnell nicht drauf gekommen, aber dass dieses Leben leicht aus der Spur geraten könnte, war mir eigentlich immer bewusst."

Kathrin Eilers forderte Dr. Petry auf, mehr von dem zu erzählen, was er über das Opfer, seine Patientin, wusste: „Seit wann war eigentlich Sandra Keiten Ihre Patientin?", fragte sie.

Der Arzt blätterte in der Akte und sagte: „Sie kam vor knapp fünf Jahren zu mir in die Praxis. Ein Kollege aus dem Landeskrankenhaus hatte sie zum Ende der stationären Behandlung an mich weitergereicht. Ich sollte die ambulante Betreuung übernehmen. Damals wollte sie zunächst eigentlich in Münster bleiben und hier weiterstudieren. Sie kam dann etwa ein halbes Jahr sehr regelmäßig zur Gesprächstherapie. Später wurden die Besuche dann seltener, sie kam nur noch sporadisch. Erst seit diesem Frühjahr hat sie sich wieder regelmäßig vorgestellt."

„Sie wissen, welches Leben sie führte?"

„Nun, zunächst lange Zeit nicht. Später hat sie mir einmal in einer Sitzung ausführlich darüber berichtet. Es kam mir vor wie eine Beichte, bei der sie etwas loswerden wollte. Ich glaube", er blätterte in seinen Unterlagen, „das war nach dem Tod ihrer Mutter. Erst da hat sie mir von ihrem Lebenswandel und ihrer Tätigkeit berichtet."

„Ist dieser Weg, den Sandra Keiten eingeschlagen hat, für Sie eigentlich schlüssig? Uns scheint das Ganze nicht zueinander zu passen. Wir haben recht viel aus dem Leben von Sandra Keiten zusammentragen können. Berücksichtigt man die Herkunft, den Bildungsgrad und Werdegang dieses Mädchens, dann ist mir die Entwicklung hin zu einer jungen Frau, die als Prostituierte und Edel-Domina ihr Geld verdiente, doch sehr rätselhaft. Denn andererseits führte sie privat ein sehr kultiviertes Leben mit schönen Reisen und anspruchsvoller Literatur. Sie richtete sich eine sehr geschmackvolle Wohnung mit edelsten Möbeln ein und lebte ein Leben auf offensichtlich hohem Niveau. Wie passt das zusammen?", fragte Kathrin Eilers.

Der Arzt spielte mit seiner Brille und antwortete ernst: „Wir wissen nie genau, wie es in der Seele eines Menschen wirklich aussieht. Im Leben dieses jungen Mädchens gibt es zunächst keinen Bruch: Familie, Kindergarten, Schule: Alles läuft nach Plan. Sie wird von allen gemocht und ist wahrscheinlich vielen Menschen, die ihr begegnet sind, in angenehmer und guter Erinnerung. Ein Mädchen wie ‚aus dem Bilderbuch', das im Mittelpunkt einer kleinen Familie steht. Sie hat keine Geschwister. Die Eltern konzentrieren sich auf ihr einziges Kind, das sie lieben und dem sie alles ermöglichen und bieten. Das Abitur macht sie natürlich mit Bestnoten. Sie studiert und erhält ein Stipendium. Bald stellen sich die Erfolge ein, sie besteht alle Zwischenprüfungen mit Glanz und Gloria. Sie ist Mittelpunkt eines kleinen Kreises von Studienfreundinnen in Göttingen. Recklinghausen liegt schon weit hinter ihr.

Und dann kommt es zur Katastrophe. Ein älterer Mann, ein Hochschullehrer, lässt sich mit dem jungen, unerfahrenen Mädchen ein. Sie wird schwanger, er nötigt sie zu einer Abtreibung, dann lässt er sie fallen. Nichts ist mehr wie vorher, sie kann es psychisch nicht verkraften und der Suizidversuch scheint die logische Konsequenz zu sein."

„Dann ist die Arbeit als Domina vielleicht auch irgendwo logisch: Sie rächt sich an den Männern, die ihr so etwas angetan haben! Jeder Kunde steht stellvertretend für den Mann, der sie benutzt, verletzt und ihr Leben zerstört hat", folgerte Kathrin Eilers nachdenklich.

„Vorsicht! Vorsicht, liebe Frau Eilers! Nicht so voreilig! Was auf den ersten Blick so offenkundig erscheint, ist sehr oft vielschichtig und kompliziert. Schauen Sie sich mal Sandras Leben vor dem Studium und in ihrer Familie an. In diesem Leben gibt es keine Brüche, keine Krisen und damit auch keine Möglichkeiten für sie zu lernen, wie man mit ihnen umgeht. Der Vater beschützt und dominiert die Familie. Er garantiert ein behütetes Leben. Ihr Männerbild ist völlig klar. Wen hat die junge Sandra Keiten eigentlich in ihrem Professor da in Göttingen gesehen? Und dann wird sie mit einer Wirklichkeit konfrontiert, die es für sie aus ihrer bisherigen Lebenserfahrung so überhaupt nicht gibt. Im Grunde ist das Mädchen völlig überfordert. Gerade das, was bis dahin ihren Erfolg ausmachte, die Geradlinigkeit in ihrer Entwicklung, wird ihr letztlich zum Verhängnis. Sie begegnet einem Bekannten, der eine Tanzbar betreibt. Sie stellt fest, dass sie auf Männer wirkt. Langsam erobert sie sich ein neues Terrain und gibt das Studium auf. Sie verdient Geld wie Heu und kann sich bald alles leisten, was man für Geld kaufen kann. Ich bin mir übrigens gar nicht sicher, wie weit sie als Domina ging. Richtig dahintergeblickt habe selbst ich nicht."

Die junge Kriminalbeamtin wechselte das Thema und fragte den Psychiater: „Was geschah im letzten Frühjahr? Seitdem scheint sich doch im Leben von Sandra Keiten einiges verschoben zu haben!"

„Richtig, sie kam wieder in meine Praxis; seit ihrem letzten Besuch war fast ein Jahr vergangen. Das war", wieder blätterte Dr. Petry in seiner Akte, „in der letzten Aprilwoche. Sie hatte sich verliebt. Sie wollte Beratung, Lebenshilfe und am Ende fachlichen Rat und Hilfestellung fürs Studium, das sie im Frühsommer wiederaufnehmen wollte. Bis dahin kam sie wieder regelmäßig einmal die Woche. Ich hatte Mühe, die Termine einzurichten, aber ich war an ihrem Fall natürlich sehr interessiert."

Kathrin Eilers hob über ihren Notizen den Kopf: „Haben Sie denn was über ihren Freund erfahren? Das war doch auch ein ganz besonderer Fall!"

Der Arzt lehnte sich in seinem Sessel zurück: „Natürlich ist es Ihnen auch aufgefallen. Wieder ein Mann, der fast ihr Vater hätte sein können. Und außerdem jemand mit schwerwiegenden eigenen Problemen. Sie hat ihn einmal unangemeldet und spontan in die Sprechstunde mitgebracht. Nach meiner Einschätzung hätte sich diese Beziehung möglicherweise in eine problematische Richtung entwickelt."

„Kann man denn nach einigen Jahren als Prostituierte überhaupt wieder normal oder", Kathrin Eilers suchte nach den passenden Worten, „richtig lieben? Ich kann mir das gar nicht vorstellen."

„Lieben?" Dr. Petry lächelte nachsichtig und antwortete: „Die Wissenschaft zeigt uns in empirischen Studien, dass Menschen, die sich über einen längeren Zeitraum prostituieren, Teile ihres eigenen Ichs in gewisser Weise narkotisieren. Wir bezeichnen das als die Anästhetisierung der Gefühle. Auf der anderen Seite muss jeder Mensch Lebensbereiche haben, über die er ganz allein und autark bestimmen kann. Deswegen lassen Prostituierte ja auch keineswegs alles mit sich machen, das Gegenteil ist richtig. Sie grenzen gewisse Praktiken aus, bestimmen Tabus und achten sehr auf den eigenen Selbstwert. Man kann also entgegen landläufiger Meinung eben nicht mit ihnen machen, was man will. Allerdings haben wir keine empirischen Daten darüber, wie Prostituierte, Frauen und Männer, wieder zu einem normalen Leben mit Gefühlen und Beziehungen zurückfinden. Nicht einfach; problematisch ist so etwas auf jeden Fall."

„Und wie beurteilen Sie die Rückkehr zu einem normalen Leben bei Sandra Keiten?", fragte Kathrin Eilers.

„Ich glaube, dass sie auf einem erfolgversprechenden Weg war. Ich glaube gar nicht einmal, dass die Beziehung zu diesem Mann und das Lebenskonzept mit ihm auf jeden Fall erfolgreich geworden wären. Aber immerhin gab es eine realistische und auch kurzfristig umzusetzende Perspektive. Wir können nur spekulieren, ob sich Sandra Keiten mit all ihren Problemen und Traumata auf Dauer im alltäglichen Leben wieder zurechtgefunden hätte. Aber sie selbst wollte ihr Studium wiederaufnehmen und sich neu orientieren. Leider wurden ihre Pläne", der Arzt schüttelte bedauernd den Kopf, „auf grausame Weise zunichte gemacht."

Kathrin Eilers kam noch ein Gedanke: „Was meinen Sie denn, wer ein Motiv gehabt haben könnte, Sandra Keiten umzubringen?"

„Liebe Frau Eilers! Da sind Sie gefragt, nicht ich!" Dr. Petry schaute auf die Uhr und stand auf. „Wenn wir einen Zufall ausschließen können, der die arme Frau zum Opfer dieser grausamen Tat machte, dann bleiben meiner Meinung nach nicht viele mögliche Täter übrig. Der Mann, dieser Bauernsohn, hat sich wahrscheinlich mit seinem Verhältnis zu ihr absolut überfordert. Vielleicht hat es ernsthafte Spannungen gegeben und er ist in seiner Not ausgerastet. Möglicherweise gibt es aber noch jemanden, der die schöne Sandra beneidet, der ihr das Glück nicht gönnt und deshalb zur Waffe greift. Vergessen Sie auch nicht, dass diese Liaison in den Kreisen draußen auf dem Lande bestimmt als unmögliche Verbindung empfunden wurde. Da ist vielleicht jemand, der sich zur Aufrechterhaltung einer von ihm so empfundenen gesunden Ordnung verpflichtet fühlte und dann sein Gewehr geladen hat."

Sie verließen das Sprechzimmer und standen an der Rezeption im Vorraum der Praxis.

Dr. Petry griff zu der Akte seines nächsten Patienten. „Sie sollten aber auch die Möglichkeit in Betracht ziehen", sagte er, „dass sich jemand um den Mann sorgt, ihn als Opfer dieser ‚schlechten Frau' versteht, ihn deshalb vor Fehlern bewahren will, die selbst einzusehen man ihm nicht zutraut."

Kathrin Eilers bedankte sich bei Dr. Petry für die Auskünfte und für den kurzen, mit Daten gespickten Vermerk, den der Arzt vorbereitet hatte. Dann machte sie sich auf den Weg zum Präsidium. Dort herrschte Verwirrung. Kattenstroht hatte bei der entspannten Lektüre der Morgenzeitung endlich seine innere Blockade überwunden und seinen Fehler entdeckt. Es war ein unverzeihlicher Anfängerfehler, den er bei seinen bisherigen Ermittlungen begangen hatte.

Kapitel 20

Kattenstroht saß bleich hinter seinem Schreibtisch. Der Computer lief, der Kaffee war kalt geworden und er kaute nervös an seinen Fingernägeln. Kathrin Eilers setzte sich ihm gegenüber. Auf ihre Frage, was denn los sei, warf ihr Chef einen Teil der großen Boulevardzeitung über den Tisch: „Da, schauen Sie selbst!"

„Fall Sandra K.: Mörderjagd noch immer ergebnislos!", titelte das Blatt und wiederholte in weiten Teilen die Nachrichten der Vorwoche, ergänzt um ein paar Spekulationen über vermögende und angesehene Kunden der Edel-Domina. Immerhin hatten sie diesmal ein Pin-up-Foto von Sandra Keiten abgedruckt. Kathrin Eilers überflog den Artikel gleich ein zweites Mal und meinte, Kattenstroht könne sich doch nicht beklagen. So schlecht käme die Polizei dabei doch gar nicht weg.

„Auf den Artikel kommt es doch gar nicht an. Der ist völlig unerheblich. Kattenstroht flog fast aus seinem Sessel. Er beugte sich weit über den Schreibtisch und tippte mit dem Zeigefinger auf den unteren Teil der Seite. „Ich meine diese Abteilung da unten. Was sehen Sie denn da, Frau Kollegin?", fragte er gereizt.

Die junge Beamtin folgte dem Zeigefinger ihres Chefs und konzentrierte sich auf das untere Viertel der Seite, wo Barbetriebe, Freudenhäuser und auch einzelne Damen ihre Liebesdienste anboten. Sie stutzte etwas ob des Kattenstroht'schen Interesses an diesen Anzeigen, kapierte aber immer noch nicht.

„Nun lesen Sie doch mal vor, was Sie da sehen! Greifen Sie einfach mal was raus!", forderte der Hauptkommissar sie ungeduldig auf.

Die junge Frau räusperte sich: „‚Gemütlich in familiärer Atmosphäre entspannen!' Oder hier: ‚Wir bieten keine Dienste an, wir nehmen Wünsche entgegen!' Und jetzt: ‚Mia verwöhnt dich in nur 30 Minuten. Der Treff für unvergessliche Stunden!' – Ja nun, das sind halt übliche Anzeigen!" Kathrin Eilers schüttelte den Kopf. „Was ist daran so ungewöhnlich? Was sollen wir da finden?"

Mit der Kattenstroht'schen Geduld war es vorbei und nicht gerade freundlich ahmte er ihre Stimme nach: „Was sollen wir da finden? – Nun lesen Sie doch mal weiter, was in jeder Anzeige steht: Los, was steht da überall?"

Genervt und lustlos leierte Kathrin Eilers herunter: „Adresse, Internet-Auftritt, Telefon und – ja natürlich, Handynummern!“ Und nach einer Pause: „Oh, Mist, Handynummern!“

„Ein schöner Mist ist das!“ Zum ersten Mal verlor Kattenstroht in Gegenwart seiner jungen Mitarbeiterin die Contenance. „Wir haben Telefon und Handy von Sandra Keiten völlig ignoriert. Wie dämliche Anfänger ignoriert! Aber das ist meine Schuld, Frau Kollegin, ausschließlich meine Schuld.“

Kathrin Eilers blies die Wangen auf und atmete hörbar aus: „Wie konnte uns das passieren? Verflixt! Lassen Sie uns rekapitulieren: Am Mittwochnachmittag waren wir in der Wohnung. Da stand das Telefon. Velmerich sollte die örtlichen Daten aufnehmen, wir haben alle Akten über den Anschluss und die Telefonrechnungen mitgenommen. Die Unterlagen waren doch bei Austrup und Pötter, oder?“

„Richtig, bei Austrup und Pötter, in ihren Dienstzimmern! Aber die beiden trifft keine Schuld. Die haben den Festnetzanschluss durchgesehen. Die Keiten hat alle Rechnungen über Jahre hinweg aufgehoben – vermutlich mit Einzelverbindungsnachweis. Und auch die Rechnungen fürs Handy, tippe ich.“

„Handy?“ Kathrin Eilers schaute auf. „Ich habe kein Handy bei der Keiten gesehen. In ihrer Wohnung in Recklinghausen war keins; das hätte ich sonst gefunden. Auch in den Jacken- und Hosentaschen war nichts!“ Sie stand auf und ging einen Tick zu schnell zum Fenster, um noch Gelassenheit auszustrahlen. „Der Wagen steht noch auf dem Hof, weiß Engbers Bescheid?“, fragte sie.

„Der hat schon vor einer Stunde begonnen, den Mini noch einmal komplett auseinander zu nehmen. Bisher hat er nichts gefunden. Bei den übrigen Asservaten ist nichts. Im ganzen Umfeld nicht eine Spur dieses Handys. Ich habe – Ihre Sorgfalt in Ehren – Velmerich in Recklinghausen noch einmal gebeten, die Wohnung auf den Kopf zu stellen, und zwar bis auf den letzten Winkel. Der ruft mich gleich an. Dann habe ich bereits bei der Polizeischule anfragen lassen, ob wir eine Hundertschaft für die Suche draußen in Handrup kriegen können. Wir müssen jeden Quadratmeter rund um den Tatort absuchen.“ Kattenstroht seufzte tief und lehnte sich mit einem Anflug von Verzweiflung in seinem Schreibtischstuhl zurück. „Ich kann Pötter überhaupt keinen Vorwurf machen. Er war mit der Analyse und allem Übrigen am Freitagmorgen noch nicht so weit. Da hat er schlicht und ergreifend vergessen, das Thema vorzutragen. Am Freitagnachmittag sind wir beide nicht aufgetaucht, weil ich unbedingt den Django spielen musste. Danach haben wir Pflaumenpfannekuchen gegessen. Kunsleben und die beiden Herren wurden prompt bockig und haben die Besprechung am späten Nachmittag boykottiert. Nur der Alte und Stellmacher haben sich dann gegenseitig angegrunzt. Dabei hatte Pötter am Freitagnachmittag den Antrag an das Gericht über die Staatsanwaltschaft schon fertig, das Fernmeldegeheimnis für die Anschlüsse der Keiten aufheben zu lassen. Stellmacher hätte den Antrag mitnehmen, weiterleiten und mich dann informieren können, sogar noch am Sonntag beim Boule! Aber alles ist auf Pötters Schreibtisch liegen geblieben. Deshalb habe ich das Papier auch am Samstagmorgen nicht gesehen. Und am Sonntag war ich nicht hier. Wir haben fast drei ganze Tage vertan!“ Kattenstroht war restlos bedient.

„Augenblick mal!“ Kathrin Eilers war wie elektrisiert. „Können wir das Handy nicht noch orten lassen?“ Sie warf einen Blick auf den Kalender. „Im günstigsten Fall ist das Ding am letzten Montagnachmittag noch aufgeladen worden. Das sind, mal sehen, etwa sechseinhalb Tage im Stand-by-Modus. Vielleicht ist noch Strom drauf. Wir müssen versuchen, das festzustellen.“

„Ist schon alles angeleiert. Pötter ist mit den Anträgen für das Handy und die Telefonanlage in Recklinghausen zur Staatsanwaltschaft gefahren. Zum Glück war Stellmacher da. Beide sind gleich ab zum Gericht. Ich habe Austrup zur Mobil-Gesellschaft vorausgeschickt, damit die gleich loslegen können, sobald Pötter mit dem Beschluss rüberkommt. Ich fahre jetzt auch dahin. Ich wollte Sie aber vorher noch abfangen. Gleich kommt nämlich der Bauer, unser Ferdi. Den wickeln Sie erst einmal ein. Halten Sie mir den Mann fest. Nehmen Sie ihn in die Mangel, egal wie. Kunsleben ist ja auch dabei. Zögern Sie die erkennungsdienstliche Prozedur etwas hinaus. Ich habe da so ein ganz bestimmtes Gefühl. Wir bleiben in Kontakt.“ Schon rauschte Kattenstroht aus dem Büro und ließ Kathrin Eilers mit ihren Gedanken allein.

Vor Aufregung hatte die junge Frau rote Wangen bekommen. Jetzt war wieder Bewegung in den Fall gekommen. Sie entschied sich, in Kattenstrohts Zimmer zu bleiben und Ferdi Große Drenkmann dort zu vernehmen. Das Gerät für den Mitschnitt ließ sie herübertragen. Dann wartete sie in der Gewissheit, der Bauer werde pünktlich kommen, und behielt Recht. Um 9.30 Uhr wurde Ferdinand Große Drenkmann von einem Beamten in den Raum geführt.

Kathrin Eilers begrüßte ihn, orderte Kaffee und begann die Vernehmung mit ein paar belanglosen Sätzen über die Ernte und das Stoppelland. Inzwischen sei wohl auch in Reckhölter alles unter Dach und Fach, meinte sie. Die letzte Woche habe ja schließlich gutes Wetter gebracht. Aber dann kam sie zur Sache.

Das Gespräch ließ sich zäh an, denn Ferdi Große Drenkmann wirkte unlustig und war an diesem Montagmorgen noch wortkarger als sonst. Kathrin Eilers stocherte zunächst planlos in den Berichten herum, fand aber nirgendwo einen guten Einstieg, bis sie sich ihr Gespräch mit Kattenstroht vom Samstagvormittag in Erinnerung rief: „Sagen Sie mal, Herr Große Drenkmann, wie ist das eigentlich genau mit Ihren Verwandtschaftsverhältnissen? Ihre Mutter ist doch eine geborene Schulte Belting, nicht wahr?“, fragte sie ihn.

Große Drenkmann, der auf alles Mögliche, aber nicht auf eine Frage zu seiner Verwandtschaft gefasst war, nickte trocken und fügte hinzu, wegen der Herkunft seiner Mutter sei er mit dem halben Münsterland verwandt: „Wir haben in fast jedem Kirchspiel einen Cousin oder eine Cousine wohnen“, sagte er. „Beim letzten Familientag der Schulte Beltings waren wir fast 300 Mann im Zelt!“

„Und der Herr Belting von der Reckhölter Bank, was ist mit dem? Der ist doch nicht mit Ihnen verwandt, oder doch?“, präzisierte sie die Frage.

„Johannes Belting, doch, das ist ein Vetter zweiten Grades. Mein Großvater mütterlicherseits und Johannes' Opa waren Brüder. Wie üblich hat der Ältere den Hof gekriegt und Johannes' Opa musste den Schulten-Titel vor dem Namen streichen.“

„Wie eng ist denn die Verwandtschaft in der Praxis, so gelebt, meine ich?“, bohrte Kathrin Eilers nach und registrierte, dass Große Drenkmann zögerte. Nach einiger Überlegung meinte er schließlich: „Sagen wir mal so: Man ist verwandt, man kennt sich. Johannes und ich sind in der Bruderschaft und im Vorstand der Bank. Wir gehen auch zusammen auf die Jagd. Belting ist von Beruf Banker, im Herzen aber Bauer geblieben. Es ist kein Zufall, dass sein jüngerer Sohn Jens nach der Schule eine landwirtschaftliche Ausbildung gemacht hat. Der studiert jetzt Landwirtschaft und will gerne mal einen richtig großen Hof übernehmen."

Das wollte Kathrin Eilers genauer wissen und sie blickte – sich rückversichernd – auf Mia Kunsleben, die das Gespräch aufmerksam verfolgte. „Hat der Junge denn Chancen auf so einen Hof?", fragte sie schließlich.

„Ach sicher", erwiderte Große Drenkmann mit einer Spur Nachlässigkeit im Tonfall. „Wer gut ausgebildet ist und sich engagiert, der findet was." Er zögerte: „Wenn ich mal zu viel Mist baue, hat mir meine Mutter mehr als einmal gesagt, dann enterbt sie mich und der junge Jens Belting kriegt Große Drenkmanns Erbe und möglichst den Schultentitel dazu."

Kathrin Eilers stand langsam auf: „Was Sie nicht sagen!"

„Na klar!", sagte Große Drenkmann in bissigem Ton: „Sie setzt mich aufs Pflichtteil, riskiert einen Prozess um meine fast 30-jährige Jahre Arbeit und der Hof ist futsch oder als Restbetrieb im Schoß der Familie Schulte Belting! Natürlich erst, nachdem meine Schwester ihren Anteil bekommen hat! So sieht das heutzutage aus mit den jungen Bauern und den großen Höfen!"

Auf Kattenstrohts Schreibtisch läutete das Telefon.

Kapitel 21

Es war Kattenstroht selbst, der sich hastig meldete und Kathrin Eilers einige kurze Anweisungen durchgab; die hörte intensiv zu, stellte dann die Freisprechfunktion ein und teilte Große Drenkmann mit, der Hauptkommissar würde jetzt mithören.

Kathrin Eilers legte los: „Also mal der Reihe nach, Herr Große Drenkmann. Besitzen Sie selbst ein Handy?"

Der Bauer nickte: „Ja, seit einigen Monaten. Ich habe mir dasselbe Ding zugelegt wie Sandra, von derselben Firma. Damit wir leichter Verbindung halten konnten."

„Können wir Ihre Nummer erfahren?"

„Natürlich, aber merken kann ich mir die nicht. Das Handy ist ja auch nur für Sandra und mich" – er machte eine Pause – „gewesen!"

Er griff in seine Gesäßtasche, zog ein Portemonnaie heraus und klappte es auf. Er suchte nach einer Karte mit der Nummer. Kathrin Eilers fiel auf, wie groß Drenkmanns Hände waren und wie abgearbeitet sie wirkten.

„Hier! Da ist sie. Hat elf Stellen, das Ding!"

Kathrin Eilers griff nach der Karte und gab ihrem Chef langsam und deutlich die Ziffern durch, zur Sicherheit wiederholte sie die Nummer anschließend noch einmal. Danach stellte sie die Freisprechfunktion wieder aus und nahm noch einige Anweisungen des Hauptkommissars entgegen.

Es war offensichtlich, dass sie Zeit schinden sollte.

„Wir haben erst um elf Uhr einen Termin beim Erkennungsdienst!", sagte sie beiläufig zu Ferdi Große Drenkmann. „Bis dahin können wir uns noch einmal etwas anderem zuwenden." Kathrin Eilers machte es sich hinter Kattenstrohts Schreibtisch bequem.

„Wir haben uns einige Gedanken über Ihre Zukunft gemacht, Herr Große Drenkmann. Wir haben mitbekommen, dass Sie Besitzer des halben Zippenberges sind. Sie haben offensichtlich jährliche Einkünfte aus dem Holzverkauf und verfügen über Rücklagen. Trotzdem fragen wir uns, wovon Sie wohl hätten leben wollen, wenn Sie Ihre Pläne mit Sandra Keiten umgesetzt hätten. Immerhin wollte sie wieder anfangen zu studieren. Mit Einkünften von ihrer Seite war also fürs Erste nicht zu rechnen."

„Schon richtig“, gab der Bauer zu. „Ich musste mir was überlegen. Den Hof wäre ich los gewesen, und bis ich meine Ansprüche durchgesetzt hätte, wären Jahre vergangen. Obwohl, ich habe meine Buchführung auch privat in Ordnung. Die hätten sich umgeguckt, meine Mutter und meine Schwester!“

„Wovon wollten Sie Ihren Lebensunterhalt bestreiten? Und außerdem, die Geschichte hier ist ja auch noch nicht geklärt. Den Hof können Sie immer noch verlieren, auch wenn Sandra Keiten tot ist.“

Der Bauer schaute die junge Frau an: „Sagt Ihnen Pecuvital was?“, fragte er.

Kathrin Eilers runzelte die Stirn. „Machen die nicht Futtermittel? Sind das nicht die großen grün-weiß-roten Silowagen, die durchs Land rollen?“, fragte sie.

Große Drenkmann nickte: „Stimmt genau. Mit denen habe ich einen Vertrag als Berater abgeschlossen. Ich bekomme ab Neujahr einen festen Bezirk, ein gutes Fixum und eine Umsatzbeteiligung. Ich bin ein erfolgreicher Bauer, ich kenne das Geschäft, die Betriebe im Umland kenne ich auch gut. Außerdem habe ich eine Menge Kontakte. Und da schien mir das eine gute Möglichkeit zu sein!“

„Das heißt doch“, Kathrin Eilers schaute auf einen Wandkalender, „dass der Einstieg als Berater für Sie eigentlich perfekt ist und Sie ihn schon länger vorbereitet haben. Können Sie denn da so einfach einsteigen?“

„Ich habe Vorbereitungstagungen besucht, an Seminaren und auch einigen Besichtigungen teilgenommen. Am Computer muss ich wohl noch mehr lernen. Meine alte Dame durfte davon natürlich nichts merken. Zum Glück hat Pecuvital einen Betrieb in Recklinghausen. So habe ich dann auch noch Zeit für Sandra gehabt.“ Er stockte und Kathrin Eilers hatte das Gefühl, dass die Vernehmung wohl wieder unterbrochen würde.

Prompt wurde die Tür aufgerissen. Kattenstroht kam mit Pötter hereingestürzt, grüßte den Bauern nur kurz und bat Kathrin Eilers vor die Tür. Den Kollegen Pötter wies er an, im Raum zu bleiben.

„Was ist denn los?“, fragte Kathrin Eilers, erstaunt über den ungestümen Auftritt Kattenstrohts.

Der Hauptkommissar berichtete atemlos über seine Erfolge bei der Telefongesellschaft. „Wir haben die Daten des Handys Keiten komplett. Die meisten Telefonate hat sie tatsächlich mit Große Drenkmann geführt. Den haben wir jetzt. Ich habe sofort Stellmacher zum Gericht gejagt. Austrup begleitet ihn, so dass wir auch an die Handy-Daten von unserem Bauern kommen. Dann haben wir das von zwei Seiten. Keine halbe Stunde dauert das mehr, dann ist der Sack zu!" Kattenstroht lehnte sich ziemlich abgekämpft an die Wand: „Und ihr, seid ihr hier weitergekommen?"

Kathrin Eilers berichtete kurz die Neuigkeiten: „Seine Lebensplanung war schon ausgefeilt. Er hat einkalkuliert, den Hof zu verlieren, und sich ganz auf eigene Füße stellen wollen. Irgendwie imponiert mir das schon! Für einen Mann seines Alters und seiner familiären Prägung finde ich das ganz schön mutig!"

„Tja, und dann hat ihn der Mut verlassen und die Kleine musste weg! Warten wir's mal ab. Schickt ihn doch erst mal zum Erkennungsdienst, veranstaltet ein bisschen Schreiberei und wartet ab, bis Austrup zurückkommt. Der kann die wichtigen Fakten im Ausdruck mitbringen."

Kattenstroht verzog sich in die Kantine, bestellte Kaffee, konnte aber keine Ruhe finden und trat nervös von einem Bein aufs andere. Etwa eine halbe Stunde später klingelte sein Handy. Austrup kündigte sich an; vorab teilte er dem Kommissar schon mal die neuen Ergebnisse mit. Der strahlte. Endlich hatte er etwas in der Hand.

Kurz danach ließ er sich von Austrup noch auf dem Flur verschiedene Computerausdrucke der Telefongesellschaft erläutern. Mit einem Marker kennzeichneten sie in der Übersicht einzelne Verbindungen. „Verdammt, Austrup, das passt wie die Faust aufs Auge!" Er hastete zu seinem Dienstzimmer, in dem sich Ferdinand Große Drenkmann zusehends wunderte, warum bei dieser Behörde Vernehmungen so unstrukturiert durchgeführt wurden. Am liebsten wäre er sofort nach Hause gegangen.

Die Tür öffnete sich und Kattenstroht und Austrup traten ein. Mit Mia Kunsleben, Pötter und Kathrin Eilers waren jetzt alle mit dem Fall betrauten Mitarbeiter versammelt. Der Hauptkommissar begrüßte Ferdi Große Drenkmann jetzt förmlich, nahm hinter seinem Schreibtisch Platz und schlug in einer etwas übertrieben wirkenden Inszenierung die Akte mit den Verbindungsdateien der Telefongesellschaft auf.

„So, Herr Große Drenkmann, jetzt kommen wir mal zum Punkt. Wir wissen inzwischen, wie Ihre ermordete Freundin an den Tatort gelockt wurde. Denn dass sie dorthin gelockt wurde, ist offensichtlich. Und diese Spur führt uns zum Täter. Können Sie mir folgen?“

„Ja! Ja sicher!“ Große Drenkmann wirkte gar nicht sicher. „Sie muss ja irgendwie dahin gelockt worden sein, denn verabredet waren wir nicht an dem Abend!“

„Ihre Freundin Sandra Keiten hat in der Nacht, in der sie ermordet wurde, um 0.37 Uhr eine SMS bekommen. Wir können leider den Inhalt nicht ermitteln, solange wir das Handy nicht haben. Danach wird aber gesucht. Es sollte mich nicht wundern, wenn sie die Botschaft gespeichert hat.“

„Ja doch! Sandra hat Botschaften gespeichert, zumindest die von mir! Aber an dem Abend habe ich ihr keine geschickt.“, beteuerte Große Drenkmann niedergedrückt.

„So weit, so gut. Aber da ist noch mehr. Um exakt 1.27 Uhr hat es einen Anruf gegeben, der nicht mal eine Minute gedauert hat. Das muss unmittelbar vor dem Mord gewesen sein. Und wissen Sie, was das Besondere daran ist?“ Kattenstroht machte – dramaturgisch nicht ungeschickt – eine Kunstpause, bis er schließlich fortfuhr: „Der Anruf kam, wie die SMS auch, von Ihrem Handy, Herr Große Drenkmann!“

Respekt einflößend lehnte sich der Kommissar auf seinem Schreibtischstuhl zurück: „Und jetzt heraus mit Ihrem Handy“, forderte er energisch. Wir wollen es uns mal ansehen. Und wir wollen Ihr Geständnis hören, Herr Große Drenkmann. Sie haben doch Sandra Keiten ermordet. Kommen Sie mir jetzt nicht mit Ihrem Alibi!“

Der Bauer blieb erstaunlich gelassen. „Drei Dinge habe ich dazu zu sagen, Herr Hauptkommissar Kattenstroht. Erstens habe ich Sandra Keiten nicht ermordet. Sie glauben es mir ja nicht, aber ich habe diese Frau geliebt. Vielleicht zeige ich das nicht deutlich genug, wie Frau Eilers hier meint, aber ich habe sie geliebt und wollte mit ihr ein gemeinsames Leben aufbauen. Zweitens habe ich zur Tatzeit mit Dr. Roling zusammen gegessen und getrunken. Ich war auf unserm Hof und nicht einsatzfähig. Dafür gibt es insgesamt vier Zeugen. Und drittens: Es tut mir Leid, aber mein Handy ist seit voriger Woche verschwunden. Ich habe erst ein, zwei Tage nach dem Mord gemerkt, dass es weg ist. Ich kann's nicht wieder finden und ich brauche es jetzt ja auch nicht mehr."

Kattenstroht lief rot an, als drohte er zu platzen, der Bauer schwieg und Kathrin Eilers war geneigt, ihm zu glauben. Es passte irgendwie nicht zusammen. Sie überlegte kurz und brachte sich wieder in das Verhör ein: „Dann kommen wir mal auf Ihren gemeinsamen Plan zurück: Das Glück im Forsthaus!", begann sie. „Sie waren oder sind doch bereit, Ihr bisheriges Leben radikal zu ändern und dafür auch Ihr Erbe zu riskieren. Eines ist doch klar: Wenn Sie auf Auszahlung drängen, ist der Hof Große Drenkmann zumindest in seiner jetzigen Besitzstruktur gefährdet!" Kathrin Eilers merkte, dass Kattenstroht über ihre Einmischung ärgerlich war, aber sie blieb dran. „Uns interessiert zu hören, wer im Detail von Ihrem Vorhaben gewusst hat. Vielleicht hilft uns das weiter. Und nun helfen Sie sich selbst und rücken Sie endlich mit allem raus, was Sie wissen!"

Große Drenkmann zögerte, antwortete aber dann: „Dr. Roling, nur Dr. Roling wusste schon lange Bescheid. Er kennt meine Situation sehr gut, er berät mich, er ist ein Freund – er ist mein einziger Freund. Er weiß alles über Sandra und die Pläne, die wir hatten, das Forsthaus, ihr Studium und meine neue Stelle bei Pecuvital!"

Jetzt kam wieder Leben in Kattenstroht: „Wenn ich Sie richtig verstanden habe, wusste nur Dr. Roling in vollem Umfang Bescheid. Was ist mit den Bankern? Mit Spilker und Belting? Oder Wickensack und Dabeck von Haus Tuskhusen oder Frau Wortmann?"

Große Drenkmann schüttelte den Kopf: „Alle Details kannten nur wir drei. Die andern wussten um die Sache mit dem Forsthaus. Das war auch schon ein Fehler von mir, dass ich Sandra da dran gelassen habe. Aber sie wollte gerne selbst mitgestalten und verhandeln. Wickensack und Dabeck wissen kaum was, Spilker und Belting nur einzelne Bestandteile der Finanzierung, mehr wussten die nicht!"

Kattenstroht war entschlossen: „Sie bleiben noch etwas hier, Herr Große Drenkmann. Sie müssen noch den Wagen und die Gegenstände aus dem Mini von Frau Keiten identifizieren. Herr Pötter, Sie gehen mit ihm zur Kantine, damit er auch einen Kaffee bekommt. Wir sehen dann hier weiter!"

Ziemlich verdutzt verließen die beiden Kattenstrohts Büro. Kaum war die Tür ins Schloss gefallen, wandte sich Kattenstroht seinen ebenso verdutzten Mitarbeitern zu: „Was haben Sie mir da eben auf dem Flur berichtet, Frau Eilers, die Mutter Drenkmann droht damit, den Sohn Ferdi zu enterben und einen Filius des Bankers als Erben anzunehmen? Habe ich das richtig verstanden?“ Das konnte seine Assistentin nur bestätigen.

Kattenstroht machte Dampf. „Also weiter. Wir können, zumindest bis jetzt, Große Drenkmanns Alibi nicht erschüttern. Wir brauchen sein Handy und wir müssen herausfinden, ob Roling irgendein Spielchen gespielt hat. Vielleicht war der Freund doch kein Freund!“

„Den haben wir vielleicht im Augenblick schon an der Leine!“, warf Kathrin Eilers ein. „Ich weiß, dass Schücking ihn für heute Morgen zur Vernehmung einbestellt hat. Unser Doktor hat noch dienstfrei. Vielleicht sitzt der jetzt gerade bei der Kreispolizei!“

Sofort griff Kattenstroht zum Hörer. Schon kurz darauf war klar, dass der lebenslustige Chirurg tatsächlich gerade vernommen wurde. Ruhig klärte der Hauptkommissar aus Münster seinen Kollegen über die genauen Zusammenhänge auf. Sätze gingen hin und her und Schücking setzte Dr. Roling unter Druck. Nach einigem Hin und Her räumte Letzterer endlich ein, dass er es zu seinem eigenen großen Bedauern leider an Diskretion habe fehlen lassen. Glücklicherweise konnte er sich noch erinnern, dass er sich nach der Jagd beim abendlichen Schüsseltreiben am vorletzten Samstag auf Ahlmers Hof total verquatscht hatte, wie er sich ausdrückte. Er konnte sich außerdem erinnern, wem er die schöne Geschichte von Ferdi und seiner Sandra brühwarm erzählt hatte.

Kattenstroht gab Anweisungen, beide Herren – Große Drenkmann und seinen gesprächigen Doktor-Freund – wenn nötig unter fadenscheinigen Vorwänden unbedingt auf den jeweiligen Polizeirevieren festzuhalten und ihnen jedes Telefonat zu verweigern. „Außer mit ihren Rechtsanwälten! Das dauert dann und hilft uns nämlich!“, ergänzte der Hauptkommissar.

Schon aus dem Wagen informierte er Stellmacher über neue Erkenntnisse und brauste dann mit Kathrin Eilers unter Missachtung sämtlicher Geschwindigkeitsbegrenzungen Richtung Reckhölter.

Kapitel 22

Kurz vor Reckhölter erreichte sie ein Anruf von Austrup. Kathrin Eilers hatte den Telefonlautsprecher hochgedreht, so dass Kattenstroht am Steuer frei sprechen und zuhören konnte. Austrups Stimme klang etwas verzerrt. „Wir haben hier einen schlechten Empfang, sprechen Sie bitte langsam und deutlich!“, bat Kathrin Eilers ihren Kollegen.

„... und das Tollste kommt noch. Das Handy von Große Drenkmann ist noch da und es ist eingeschaltet. Breken hat mir mitgeteilt, dass es in einer der Zellen seines Netzes noch immer eingebucht ist, obwohl es seit dem letzten Dienstag nicht mehr benutzt wurde.“

Kattenstroht wurde sehr fix: „Kann der es denn genau orten?“, fragte er.

Es rauschte im Lautsprecher, dann hörten sie Austrup sagen: „Wegen der Hügel um Reckhölter und vor allem nach Norden, nach Roggendorf zu, haben sie erst vor kurzem eine Antenne auf dem Zippenberg aufgestellt. Die Ausleuchtung geht überwiegend nach Süden, über die Bauerschaft Handrup hinweg bis zur Landstraße. Die nächste Antenne mit stärkerer Strahlung steht dann wieder auf dem Reckhölter Kirchturm.“

„Die Antenne auf dem Zippenberg kenne ich, die habe ich gesehen. Wenn Ferdis Handy wirklich da dranhängt, heißt das, es liegt irgendwo in der Bauerschaft; ist entweder da versteckt worden oder wird noch von jemandem durch die Gegend getragen. Immerhin gibt's das Signal noch. Ist wirklich keine genauere Ortung möglich?“ Kattenstroht sah seine Felle davonschwimmen.

Austrup meldete kurz, dass mit den technischen Möglichkeiten dieses Netzes eine genauere Ortung nicht möglich sei. Kattenstroht solle sich schon mal freuen, meinte er, dass die Keiten sich überhaupt für ein Vertragshandy entschieden hätte. Bei Pre-Paid-Geräten oder einer Flatrate würden Verbindungsdaten nur auf den Geräten selbst gespeichert, aber nicht beim Netzbetreiber. „Zudem stellt Große Drenkmann die Sache so dar, dass das Gerät nach seiner Erinnerung zuletzt auf der Ladestation stand. Es ist ein neues Modell mit über 300 Stunden Stand-by-Zeiten. Und benutzt worden ist es ja nicht seit letzten Dienstag!“

„Also müssen wir mal wieder ins Blaue halten! Aber immerhin, der Schlüssel liegt in der Bauerschaft, was ich immer gesagt habe!“ Kattenstroht wirkte zufrieden.

Wer denn dieser Breken sei, wollte Kathrin Eilers wissen.

„Breken, René Breken, ein Ingenieur bei der Mobilgesellschaft. Fixer Junge, muss ich schon sagen. Der hat uns sehr geholfen mit seinen Computern!" Der Hauptkommissar machte eine Pause. „Wenn ich mir vorstelle, wie sehr sich die Fahndung in den letzten Jahren verändert hat. Diese ganze Technik – da staune ich immer wieder Bauklötze. Aber ich glaube, auf die Dauer ist das mehr was für junge Leute wie Sie. Ach übrigens, rufen Sie doch mal bitte bei Schücking durch, er will uns einen Wagen mit zwei Leuten nach Reckhölter zur Bank schicken. Er kriegt gleich einen Verdächtigen zur Vernehmung."

Und als Kathrin Eilers fragend guckte, sagte der Hauptkommissar entschieden: „In der ganzen Geschichte wird zu viel gequatscht. Wir müssen wenigstens für einige Stunden die Kommunikation zwischen unseren Verdächtigen unterbrechen. Und Verdächtige haben wir ja jetzt wohl genug!"

In Reckhölter fuhr Kattenstroht den Wagen direkt vor das Bankgebäude und parkte ihn auf einem reservierten Standplatz in der Nähe des Eingangs: „Reserviert für Bankvorstand!", stand groß auf einem blau-weißen Schild. „Na, da sind wir ja genau richtig!", knurrte er und betrat mit forschen Schritten die Reckhölter Bank.

Die Bank hatte nach der Mittagszeit gerade geöffnet. In der Schalterhalle verfolgten ein paar Kunden und die Bankangestellten mit neugierigen Blicken den forschen Auftritt der beiden Ermittlungsbeamten aus Münster, die zielsicher die Vorstandsbüros ansteuerten. Am Empfang zückte Kattenstroht seinen Ausweis, grüßte die junge Dame am Schreibtisch und peilte die linke Tür hinter ihr an, an der er schon von weitem den Namen Belting entdeckt hatte.

„Entschuldigen Sie bitte, aber da können Sie jetzt nicht hinein!", versuchte die junge Frau vergeblich, Kattenstroht aufzuhalten. „Doch, kann er!", meinte Kathrin Eilers locker und folgte ihrem Chef in das Vorstandsbüro. Hinter dem Schreibtisch erhob sich ein großer, kräftig gebauter Mann von etwa 40 Jahren, bei dem Kattenstroht direkt eine gewisse Familienähnlichkeit mit Große Drenkmann feststellte. Was sie von ihm wollten und ob sie sich nicht vorn beim Sekretariat anmelden könnten, fragte der Banker überrascht und ungehalten.

„Könnten wir schon, aber wollten wir nicht, Herr Belting!“, beschied ihm Kattenstroht prompt und hielt seinen Ausweis hoch. „Und wer sind Sie?“, wandte er sich an die junge Frau, die mit einigen Akten vor dem Schreibtisch gesessen hatte und ebenfalls erschreckt aufgestanden war.

„Ich möchte nicht unhöflich sein!“, bemerkte der Banker kühl: „Das ist Frau Brüning von unserer Innenrevision! Aber könnten Sie mir bitte mal erklären, was Sie mit diesem Auftritt hier bezwecken?“

„Ich möchte auch nicht unhöflich sein“, entgegnete Kattenstroht fast belustigt, „und darf Ihnen meine Kollegin Eilers vorstellen, ebenfalls Kriminalpolizei Münster. Und jetzt Frau Brüning, darf ich Sie freundlichst bitten, uns mit Herrn Belting allein zu lassen. Ach, und teilen Sie bitte der Dame im Vorzimmer mit, dass wir von niemandem gestört werden wollen. Auch nicht von Herrn Spilker.“ Die „Innenrevision“ zog verblüfft mit ihrem Aktenstapel ab, um beim Hinausgehen noch von Kattenstroht angewiesen zu werden: „Ach ja, wenn zwei Beamte der Schutzpolizei eintreffen, möchten sie doch bitte vor diesem Zimmer auf uns warten!“

Banker Beltings Gesichtsausdruck sprach Bände. Entgeistert fragte er: „Ist das hier eine Verhaftung? Oder was soll das sonst werden?“

Kattenstroht machte es sich in einem der schicken Sessel bequem und bot – von wegen der Höflichkeit jungen Damen gegenüber, wie er spitz bemerkte – seiner Assistentin ebenfalls einen Sessel an: „Ob das eine Verhaftung wird, wird sich im Laufe unseres Gesprächs zeigen, Herr Belting.“ Dann legte er los. „Meine Assistentin und ich sind im Mordfall Sandra Keiten unterwegs. Ihr Kollege Spilker hat Ihnen sicherlich schon von unserem Besuch am Freitag berichtet. Wir untersuchen noch immer den Sachverhalt rund um den Erwerb des Forsthauses im Reckhölter Grenzhagen. Da sind Sie doch beteiligt. Eigentlich wollen wir nur wissen, was Sie wissen“, sagte Kattenstroht.

Der Banker, der sich inzwischen ebenfalls gesetzt hatte, lehnte sich zurück und berief sich gelassen auf das Bankgeheimnis und die diskrete Behandlung von vertraulichen Kundendaten.

Das sei ein untauglicher Versuch, kommentierte Kattenstroht unbeeindruckt. „Im Übrigen ist von diesem Haus der Versuch gemacht worden, unsere Ermittlungen in einem Mordfall zu behindern. Ihr Kollege Spilker, Sie selbst waren ja am Freitag nicht da, sollte sich warm anziehen. Der geht mir nicht vom Haken. Und Sie selbst haben gleich einen Termin bei der Kreispolizei. Also, erzählen Sie mir mal, was Sie von dem Geschäft mit Frau Keiten und Herrn Große Drenkmann wissen. Und denken Sie daran, wir sind hier zu dritt."

Belting schien einzusehen, dass er kaum ausweichen konnte, und schilderte im Detail die Bankgeschäfte und Aktivitäten rund um das Forsthaus. Kattenstroht unterbrach ihn nicht, obwohl er zunächst nichts erfuhr, was er nicht schon wusste. Er wartete geduldig ab und lenkte dann das Gespräch auf die Grundschuldeintragung Große Drenkmanns auf dessen Anteil am Zippenberg, die Beltings Vorstandskollege Spilker zu verheimlichen versucht hatte. Deutlich registrierten Kattenstroht und Eilers, dass der Banker die Verantwortung liebend gerne auf den Nachbarschreibtisch schob.

„Wann wurde Ihnen eigentlich der gesamte Zusammenhang klar, lieber Herr Belting? Ich meine die Verbindung zwischen dem Erwerb des Forsthauses, der Grundschuldeintragung und den weiteren Plänen Ihres Cousins Große Drenkmann?"

Der Banker wirkte plötzlich verunsichert. Er wisse nicht, behauptete er, worauf Kattenstroht überhaupt hinauswolle. „Dann will ich Ihrem Gedächtnis mal etwas auf die Sprünge helfen", erwiderte Hauptkommissar Kattenstroht. „Ich erinnere Sie an den vorletzten Samstag. Da war die Jagd bei den Ahlmers in Handrup. An jenem Abend gab es ein schönes Schüsseltreiben mit ordentlichem Umtrunk. Sie waren auch da!"

Belting zuckte die Achseln: „Na und? Darf man nicht mehr zur Jagd eingeladen werden?"

Aber Kattenstroht, bissig wie sein kleiner Terrier, blieb dran: „Sie haben an dem Abend lange mit Dr. Roling zusammengesessen und der hat Ihnen einiges erzählt. Wir haben inzwischen seine detaillierte Aussage. Von ihm wussten Sie, dass sich, sagen wir's mal dramatisch, über Große Drenkmanns Erbe ein heftiges Gewitter zusammengebraut hatte!"

„Das stimmt, leider, aber was habe ich, außer der Tatsache, dass ich Vertreter der Hausbank dieser Familie bin, damit zu tun?" Belting wirkte jetzt äußerst angespannt und wachsam.

„Mein lieber Freund, Sie gehören doch zur Familie dazu!", rief der Hauptkommissar mit gespielter Betroffenheit. „Sie sind doch der Cousin zweiten Grades zu Ferdi Große Drenkmann, dürfen ‚Tante' zu Mutter Regina sagen und tanzen mit Johanna Ahlmer auf den Familienfesten! Tja, und dann haben Sie auch noch einen netten Sohn, der Landwirtschaft studiert, wie heißt er denn doch gleich? – Jens, richtig: Jens! Und Tante Regina schwadroniert schon mal auf der Kaffeevisite, wenn das mit ihrem Ferdi nichts wird, soll Jens den Hof bekommen!"

„Sie sind ja verrückt!" Die Empörung des Bankers wirkte aufgesetzt und nicht sehr überzeugend.

Kathrin Eilers, die bis jetzt geschwiegen hatte, fasste zusammen: „Sie haben also ein Interesse am Hof Große Drenkmann und dessen Wohlergehen. Johanna Ahlmer hat keine Kinder. Wenn Ferdi unverheiratet und erbenlos bleibt, hat Ihr Sohn Jens eine echte Chance. Die kommt schon in den nächsten zehn bis fünfzehn Jahren. Warum soll Ferdi nicht Ihren Jens als Partner schon bald auf dem Hof aufnehmen? Arbeit ist da genug. Tante Regina kann ihn ja auch adoptieren, oder? Sie selbst interessieren sich auch für die Landwirtschaft, gehen in Handrup zur Jagd, kennen die wirtschaftlichen Verhältnisse haargenau. Und dann sehen Sie, wie Ihr Cousin in seinem Alter – schon knapp vor der Rente – hormonell durchdreht, sich mit einer Prostituierten einlässt und mit seinem geplanten Abgang den ganzen Hof gefährdet."

Kattenstroht lächelte: „Sie sehen also, Herr Belting, da haben wir doch ein wunderbares Motiv aus dem ländlichen Milieu: Erbstreitigkeiten wie bei König Lear! Da endet's auch immer furchtbar, mit Blut, Blitz und Donner! Wir können uns gut vorstellen, dass Sie den Hof Große Drenkmann gefährdet gesehen haben. Ein verheirateter oder im Streit abziehender Ferdi kommt Ihren Interessen an dem schönen Besitz in die Quere. Und damit", Kattenstroht machte eine Kunstpause, „haben Sie ein schönes, klassisches Mordmotiv!"

Belting biss sich auf die Lippen, bevor er antwortete: „Ich gestehe Ihnen zu, dass man das so sehen kann. Aber Ferdi ist doch wirklich verrückt geworden. Man musste doch seinem Treiben ein Ende setzen. Das habe ich so gesehen, übrigens nicht als Einziger – und weniger wegen der möglichen Erbschaft unseres Jens." Er zögerte etwas und schaute aus dem Fenster auf den Vorplatz und den Reckhölter Kirchturm.

„Natürlich, ich gebe zu, dass ich meinen Jungen gerne auf dem schönsten Erbe von Reckhölter gesehen hätte. Aber doch nicht auf diesem Wege! Des Menschen Wille ist sein Himmelreich und Ferdi hat eigentlich niemanden aus seiner Familie, aus seinem Freundeskreis oder gar aus unserem Haus hier in alle seine Überlegungen eingeweiht. Jeder in Reckhölter weiß auch, dass er zu Hause nur malochen darf, keinen Zugriff auf das Erbe hat und letztlich von Tante Regina mehr als 30 Jahre lang hemmungslos ausgebeutet worden ist. Das ist alles richtig! Aber sein Weg, nach all den Jahren aus dem Schlamassel herauszukommen, ist doch reichlich daneben!“

Banker Belting rückte sich im Sessel zurecht: „Und ich sag Ihnen klar und deutlich: Auch wenn objektiv ein gewisses Interesse meinerseits daran gesehen werden kann, die abstrusen Lebensentscheidungen meines Vetters Ferdi Große Drenkmann zu beeinflussen: Ermordet habe ich seine, na ja, seine Freundin bestimmt nicht. Ich kriege im Augenblick nicht mal auf die Reihe, wo ich am Mordtag war und was ich alles zu tun hatte. Ich muss nachdenken und versuchen, meinen Tagesablauf zu rekonstruieren. Aber eines sag ich Ihnen: Eine junge Frau mit einem Jagdgewehr hinzurichten, das ist für mich auch beim hässlichsten Familienstreit keine Alternative.“

Belting gewann irgendwie wieder Boden unter den Füßen, registrierte Kathrin Eilers für sich. Grund genug für sie, sich wieder einzuklinken. „Dann wollen wir mal darüber sprechen, was die Leute in Reckhölter so reden“, hob sie an. „Sie, Herr Belting, haben also erst beim Schüsseltreiben auf Ahlmers Hof am vorletzten Samstagabend das volle Ausmaß der Verrücktheiten Ihres Vetters und die möglichen Konsequenzen erkannt?“

„Richtig, Dr. Roling sei Dank! Ich war auf einmal stocknüchtern, so habe ich mich erschreckt. Das Ausmaß von Ferdis Verwirrungen hatte ich vorher so noch nie gesehen“, bestätigte er.

„Mal unterstellt, Sie sagen uns die Wahrheit und haben persönlich nicht handelnd reagiert.“ Die Eilers formulierte jetzt sehr sorgfältig und vorsichtig. „Wem haben Sie von diesen Neuigkeiten berichtet?“

Der Banker reagierte zunächst nicht. Er schaute wieder aus dem Fenster und zögerte. Dann richtete er sich auf und meinte: „Es hat ja sowieso keinen Zweck. Ja, ich habe schon am Sonntagvormittag alles, was ich von Dr. Roling erfahren hatte, weitergegeben. Und ich sage Ihnen auch wie und an wen. Ich selbst, das betone ich noch mal, habe aber in dieser Sache darüber hinaus nichts, rein gar nichts unternommen."

Jemand klopfte an die Tür und die Sekretärin schaute unsicher herein: „Da sind zwei Herren von der Kreispolizei für Herrn Hauptkommissar Kattenstroht!", meldete sie.

Der Gesuchte reagierte unwirsch: „Wir kommen sofort!", sagte Kattenstroht barsch.

Und Belting schilderte nun sein Telefonat vom vorletzten Sonntagmorgen. Wenige Minuten später saß er auf dem Weg zur weiteren Vernehmung im Streifenwagen der Kreispolizei. Kattenstroht hatte Schücking, der mitgekommen war, detaillierte Informationen gegeben.

Er selbst fuhr mit Kathrin Eilers hinaus auf die Hügel von Handrup. „Es ist schier unglaublich, dass wir in diesem Jahr ein so schönes Erntewetter haben!", meinte er, als sie über die Kehren der kleinen Straßen zwischen den bunten Wallhecken auf den Zippenberg zufuhren.

Kapitel 23

Sie kamen am östlichen Rande der Sutgeist an dem Büschchen vorbei, in dem Ferdi Große Drenkmann häufiger seinen Wagen den Blicken Neugieriger entzogen hatte. Von dort war er immer aufgebrochen, um sich jenseits des Hügels heimlich mit Sandra Keiten zu treffen.

Kattenstroht schaute den Patt hoch: „Die ganze Strecke müssen wir absuchen. Irgendwo da oben, vielleicht im Graben, in Wald, Busch oder Teich muss das Handy der Keiten liegen. Wenn wir das Ding haben, haben wir wahrscheinlich auch alle Nachrichten darauf!" Plötzlich hatte Kattenstroht eine Eingebung: „Erinnern Sie mich bitte gleich, dass ich noch einen Auftrag für Sie habe!", sagte er nur.

Sie fuhren an der Hofauffahrt zu Große Drenkmanns Erbe vorbei, das jetzt im vollen Licht der Mittagssonne lag. Die Eichenallee, die zum Hofkreuz und zum Torhaus führte, leuchtete im bunten Herbstlaub. „Na, ganz schön friedlich hier!", murmelte Kathrin Eilers vor sich hin und heftete ihren Blick auf die Straße vor sich, auf der Lehmplacken die Verkehrssicherheit nicht gerade erhöhten. Aber Kattenstroht behielt das Tempo bei und steuerte auf den Hof Ahlmer zu, der seinen Platz ebenfalls am Hang oberhalb der Handruper Straße gefunden hatte. Auch hier führte eine Allee zum Hof hinauf, der sich als eine kleinere, wenn auch aufwändigere Anlage des 19. Jahrhunderts ganz in Sandstein präsentierte. Eine Mauer aus Klinkern, geziert mit Werkstücken, umschloss den Garten und das kleine Areal vor dem Haupthaus. Als der Wagen über den Kies hinwegknirschte, schoss sofort ein kleiner Kläffer aus seinem Hundeloch, das neben der Hofeinfahrt in die Mauer eingelassen war.

Der Hund machte ordentlich Radau, ließ sich aber von Kathrin Eilers beschwichtigen. Er drückte sich um die beiden Beamten herum, dann fasste er Zutrauen und ließ sich anfassen und streicheln. Mit Sympathie beobachtete Kattenstroht die Szenerie, drückte seiner Assistentin dann aber einen Notizzettel in die Hand und gab ihr einige Anweisungen. „Ich gehe jetzt mal zum Haus und höre nach, wo wir hier wen erreichen können", meinte er.

Kathrin Eilers griff zum Handy.

Der Hauptkommissar läutete. Nach einer Weile öffnete ein kleiner, dicklicher Mann die Tür. Kattenstroht zückte seinen Ausweis, stellte sich vor und lernte Josef Ahlmer kennen, den Ehemann der Johanna geb. Große Drenkmann. Nein, seine Frau sei nicht da. Aber er könne sie dem Besucher zeigen. In Schlappen schlurfte er mit Kattenstroht im Schlepptau über den Hof zur Hausecke, winkte der verdutzten Kathrin Eilers fröhlich zu und wies, am Ende des Hofes angekommen, über die Gartenmauer: „Da oben, sehen Sie, am Waldrand, sie ist gerade dabei, einen Hochsitz zu reparieren!“

Kattenstroht sah, dass auf einem Weg, der oben am Hang fast parallel zum Waldrand verlief, ein Off-Roader mit einem kleinen Anhänger stand. Offensichtlich waren dort Leute an der Arbeit: „Meine Frau hat noch Jan dabei, unseren Helfer.“ Und auf Kattenstrohts Nachfragen erfuhr er, dass dieser Jan ein Russlanddeutscher sei und ein sehr guter Arbeiter.

„Wie kommen wir denn da rauf?“, wollte der Hauptkommissar wissen. Er ließ sich von Ahlmer den Weg zeigen und musste angesichts der Ausstattung des Dienstwagens von vornherein einen längeren Fußweg in Kauf nehmen.

„Fahren Sie, wenn Sie links vom Hof runterkommen, mit dem Wagen bis zur nächsten Kurve, dann links in den kleinen Waldweg. Der geht noch so zirka 300 Meter rein. Ab dann müssen Sie wahrscheinlich laufen. Wie ich meine Frau kenne, hat sie auch die Schranke über den Weg wieder verschlossen. Das ist schließlich unser Weg und sie hat's nicht gern, wenn da Städter mit dem Auto hochbrausen!“

Kattenstroht seufzte. Wenige Minuten später wanderte er Seite an Seite mit Kathrin Eilers den schönen Weg hoch, der bald aus dem Wald heraus- und den Hang hinaufführte. Rechts und links standen Hecken, an einigen Stellen war der Patt noch als richtiger Hohlweg ausgebildet. Hier und da hatte man auch einzelne Solitärbäume stehen lassen: „Die Besitzer haben sich was dabei gedacht. In solchen Büschen und Grünstreifen tummelt sich das Wild!“, Kattenstroht begann den Fußmarsch richtig zu genießen. Nach etwa fünfzehn Minuten hatten sie den Querweg erreicht und wandten sich nach links, um zum Hochsitz zu gelangen, mit dessen Reparatur Johanna Ahlmer und ihr Helfer gerade beschäftigt waren.

Der Off-Roader mit dem aufgekuppelten Anhänger war an den waldseitigen Wegrand gefahren worden. Auf dem Weg standen zwei Schreinerböcke, auf denen die hölzerne Leiter des Hochsitzes aufgelegt war. Johanna Ahlmer hatte ihre Jacke ausgezogen und arbeitete im Sonnenschein in weißer Bluse, gleichwohl mit Perlenkette und Ohrclipsen. Sie war dabei, die Sprossen der Leiter zu erneuern. Der kleine Mann aus Russland ging ihr dabei zur Hand.

Neugierig schauten die beiden zunächst den Wanderern entgegen. Als Kattenstroht und Eilers etwas zwanzig Meter entfernt waren, hatte Johanna Ahlmer den Hauptkommissar offensichtlich erkannt, denn sie wandte sich brüsk ab und arbeitete ungerührt weiter. Der Gruß der beiden Beamten wurde von dem Mann freundlich erwidert, Johanna Ahlmer ignorierte ihn.

„Guten Tag, Frau Ahlmer, ich möchte mich gern kurz mit Ihnen unterhalten!“, versuchte es Kattenstroht auf die freundliche Tour. „Wir kennen uns ja schon, das ist meine Assistentin, Frau Eilers. Ich hätte da einige Fragen an Sie.“

„Ob ich mich mit Ihnen unterhalten will, fragen Sie wohl gar nicht! Immerhin lassen Sie Ihren Köter in meinem Wald wildern! Schade, dass am Samstag diese Kinder dabei waren, sonst hätte ich das Biest gehabt!“ Die Frau schlug energisch einen Nagel durch eine Sprosse, die in der Kerbe eines der Leiterholme lag.

Kattenstroht erwiderte ungerührt: „Wir müssen uns leider immer noch mit dem Mord an Sandra Keiten beschäftigen. Und genau dazu habe ich einige Fragen an Sie, Frau Ahlmer. Vielleicht könnten Sie einmal Ihre Arbeit unterbrechen und mir zuhören.“ Kattenstroht wurde deutlicher.

Johanna Ahlmer schlug einen weiteren Nagel ein, seufzte und bemerkte mit einem arroganten Unterton: „Was ist denn bei dieser Nutte so wichtig, dass Sie sich den Weg hier raufquälen? Sie hätten auch bis heute Abend warten können. Da wären wir freiwillig den Berg runtergekommen und wir hätten uns auf dem Hof unterhalten können!“

Kathrin Eilers spürte, dass Kattenstrohts Adrenalinspiegel stieg: „ Die Nutte, wie Sie sie nennen, war ein 27 Jahre junger Mensch, der auf grausame Weise umgebracht wurde. Übrigens mit einem Jagdgewehr!

Auf die waidmännische Art sozusagen! Dazu kommt, dass diese Sandra Keiten seit etwa einem halben Jahr eng mit Ihrem Bruder Ferdinand befreundet war! Ich bin dieses ewige Drumherum-Gerede in dieser Bauerschaft leid! Ich will wissen, ob Sie davon wussten, und ich will es jetzt wissen! Kriege ich keine Antwort, nehme ich Sie an Ort und Stelle unter dringendem Tatverdacht fest und wir besprechen die ganze Angelegenheit die nächsten 24 Stunden in der Untersuchungshaft in Münster."

„Was erlauben Sie sich eigentlich, in diesem Ton mit mir zu sprechen? Wissen Sie eigentlich nicht, wen Sie hier vor sich haben?", zeterte Johanna Ahlmer. Sie war aschfahl geworden, ihr Gesicht war vor Wut verzerrt!

„Oh ja, das weiß ich: Johanna Ahlmer geborene Große Drenkmann, die Schwester von Ferdinand Große Drenkmann, dem potenziellen Hoferben und Besitzer des halben Zippenberges. Hervorragender Landwirt, angesehener Vertreter seines Berufsstandes und zum Entsetzen der Schwester mit der falschen Frau befreundet!" Kattenstroht pokerte hoch und die vor Zorn bebende Frau ließ sich darauf ein.

„Dieser Idiot von einem Bruder, lässt sich mit dieser Nutte ein! So ein blöder Hund! Braucht nur das zu tun, was man ihm sagt, aber nein, der Prinz will was Besonderes! Er ist genauso bescheuert wie alle Männer aus der Drenkmann-Sippe!", fauchte Johanna Ahlmer.

Kathrin Eilers war für einen Augenblick froh, dass zwischen ihr und dieser Furie die Hochsitzleiter auf den Schreinerböcken lag. Die Jägerin war aber noch lange nicht fertig: „Ich sage ja, alle Drenkmänner sind Versager, Pfeifen, Waschlappen. Zwei lassen sich im Krieg totschießen, einer verkriecht sich hinter seinen Akten und der Vierte muss ausgerechnet meine Mutter heiraten. In nur zehn Jahren schafft er es, den Hof vor die Wand zu fahren, und muss dem eigenen Bruder den halben Zippenberg verkaufen. Seit ewigen Zeiten haben wir hier unseren angestammten Platz und ausgerechnet mein Vater verkloppt den halben Berg!" Wie von Sinnen klopfte Johanna Ahlmer mit dem Hammer auf die Leiterholme. Ein Ausbruch wilder Wut!

„Und dann dieser Bruder! Der Erstgeborene! Der Einzige! Der Kronprinz! – Dieser Affe, will sich vor der ganzen Gemeinde, ja im ganzen

Münsterland zum Narren machen. Nicht mit mir! Hören sollte der Idiot, auf seine Mutter und auf seine Schwester, aber nein, unser Ferdi weiß alles besser. Klinkenputzer werden bei Pecuvital! Das Forsthaus kaufen! Fehlte nur noch, dass er die Nutte heiraten wollte!" Immer noch vor Wut schäumend griff Johanna Ahlmer zur Säge und begann, die Sprossen längs der Holme gerade abzuschneiden. Kattenstroht gab Kathrin Eilers ein Zeichen. Die nestelte in ihrer Jackentasche herum.

„Wollen Sie mich etwa hier noch weiter belästigen? Machen Sie gefälligst, dass Sie von meinem Land herunterkommen! Sonst komme ich Ihnen mal mit meinen Rechten!" Der pure Hass stand Johanna Ahlmer ins Gesicht geschrieben!

Irgendwo klingelte ein Handy. Aufbrausend drehte sich die Frau zu ihrem Wagen um, aus dessen Innern das Klingeln zu hören war: „Da ist was Wichtigeres als dieser Mist hier!", fluchte sie und eilte auf den Off-Roader zu. Doch auf halbem Wege blieb sie stehen, zögerte einen Augenblick, drehte sich um und meinte: „Hat schon aufgehört. War wohl doch nicht so wichtig!" Und zu Kattenstroht gewandt: „Sehen Sie endlich zu, dass Sie Land gewinnen, sonst beschwere ich mich über Sie beim Regierungspräsidenten!"

„Ich weiß", entgegnete Kattenstroht mit einem fast wohlmeinenden Unterton, „der geht ja auch bei Ihnen in Handrup zur Jagd! Wie Belting von der Bank auch, der Vetter zweiten Grades, der Ihnen so eine bewegende Geschichte über Ihren Bruder und sein neues Leben erzählt hat!" Kattenstroht wartete einen Augenblick, aber es kam keine Reaktion.

„Aber Sie hätten gerade doch rangehen sollen!", fügte er in geradezu sanftem Ton hinzu. „Das Handy, das da gerade in Ihrem Wagen bimmelte, gehört gar nicht Ihnen. Es gehört Ihrem Bruder! Sie haben es ihm gestohlen, wahrscheinlich genau heute vor einer Woche, am Nachmittag, als er auf der Sutgeist den Mais häckselte. Sie haben es von der Ladestation heruntergenommen. Soll ich Ihnen die Geschichte weitererzählen?"

Johanna Ahlmer war leichenblass geworden und stand wie versteinert da.

Kattenstroht legte nach: „Sie haben dann in der Nacht zum Dienstag, um 0.37 Uhr, um genau zu sein, eine SMS an Sandra Keiten geschickt.

Den genauen Wortlaut kennen wir noch nicht. Vermutlich lautete die Botschaft folgendermaßen: Hallo, Sandra-Liebes, Treffen wie gewohnt um halb zwei Uhr. In Liebe Ferdi! – Oder so ähnlich jedenfalls. Wahrscheinlich hatte er mehrere SMS abgespeichert. Da konnten Sie sich ja bequem bedienen."

Johanna Ahlmer gab noch immer keinen Ton von sich. Der Hauptkommissar fuhr unbeirrt fort:

„Sie haben dann der Freundin Ihres Bruders aufgelauert, am Tatort. Sandra Keiten kam wahrscheinlich pünktlich. Sie parkte an der Feldauffahrt. Um sie abzulenken, haben Sie sie noch einmal angerufen, um ganz sicherzugehen. Da standen Sie aber bereits im Gebüsch auf der anderen Straßenseite. Und dann: Ein Sprung über die Straße, die Tür aufgerissen: Der erste Schuss, er trifft die linke Gesichtshälfte. Die Frau fällt auch durch den Schlag zur Seite; sie ist schon tot; aber Sie müssen ganz sicher sein, dass die Nutte, wie Sie sie bezeichnet haben, hinüber ist. Also schießen Sie noch mal. Und setzen die Waffe direkt auf den Kopf auf. Sie haben das Handy von Sandra Keiten an sich genommen, die Seitenscheibe heruntergedreht, die Gangschaltung ausgekuppelt, die Handbremse gelöst, die Autotür geschlossen und den kleinen Mini die Auffahrt runterrollen lassen, bis er im Graben landete. Auf dem Weg zurück haben Sie dann das Handy der Keiten irgendwo verschwinden lassen. Aber keine Sorge, wir finden es noch!"

Stille. Man hörte nur das Säuseln des leicht aufkommenden Windes und Vogelgezwitscher. Stumm warteten Kathrin Eilers und Jan, der Gehilfe, was als Nächstes passieren würde.

Kattenstroht unterbrach die Stille: „Frau Johanna Ahlmer! Ich verhafte Sie wegen des dringenden Tatverdachtes, die 27 Jahre alte Sandra Keiten ermordet zu haben. Sie können die Aussage verweigern, aber alles, was Sie ab jetzt sagen, kann gegen Sie verwendet werden!"

Der Hauptkommissar wandte sich seiner Assistentin zu: „Frau Eilers, bitte suchen Sie sofort im Wagen nach dem Handy. Sichern Sie die Autoschlüssel und die beiden Jacken von Frau Ahlmer fürs Labor. Wir können den Off-Roader jetzt nicht nehmen, der muss zur erkennungsdienstlichen Untersuchung. Wir gehen zu Fuß runter. Unser Dienstwagen steht unten im Wald vor Ihrer Schranke, Frau Ahlmer, Sie begleiten uns, sonst holen wir Verstärkung. Na, dann wollen wir mal!"

„Einen Moment noch!", sagte Johanna Ahlmer. „Ich muss noch etwas mitnehmen. Sie drehte sich um, ging die wenigen Schritte zum Anhänger, beugte sich über die Ladewand und hantierte hinter den Brettern herum.

Kattenstroht hatte plötzlich ein beklemmendes Gefühl in der Brust. Er hörte das trockene, metallische Knacken eines Gewehrverschlusses: „Um Gottes willen Frau Ahlmer, machen Sie keine Dummheiten!", rief er.

Die Frau richtete sich auf.

Kattenstroht schrie laut los: „Weg mit der Waffe! Weg damit!" Er konnte sich nicht auf die Frau stürzen, die nun ein Jagdgewehr im Voranschlag hielt. Ihn behinderte die Hochsitzleiter, die zwischen ihnen beiden auf den Böcken lag.

Johanna Ahlmer lächelte.

Ein gewaltiger Schuss krachte los – sein Echo rollte vom Wald zurück.

Jan schrie auf vor Entsetzen und aus den nahen Büschen flatterten einige Tauben erschreckt auf.

Aus seinen Augenwinkeln bemerkte Kattenstroht, wie Kathrin Eilers zusammensackte und mit dem Gesicht auf den Kiesweg fiel.

Kapitel 24

Kattenstroht schlief sehr schlecht in dieser Nacht. Schon früh am Morgen stand er auf, sorgte für frische Brötchen, deckte den Frühstückstisch und half Betty, die Jungen auf den Weg zur Schule zu bringen. Endlich schlich er sich zum Dienst. Er hatte schon am Vorabend dem Polizeipräsidenten und auch Staatsanwalt Stellmacher zunächst mündlich Bericht erstattet und hatte dann wie in Trance begonnen, Berichte zu diktieren und Vermerke zu schreiben. Aber die Ergebnisse seiner Bemühungen waren gleich null. Er konnte sich einfach nicht konzentrieren. Ihn verfolgten die Bilder, die er einfach nicht loswurde.

Seine Kollegen ließen ihn zum Glück in Ruhe. Erst gegen 9.00 Uhr erschien Austrup und beide machten sich auf den Weg nach Reckhölter, um sich dort um 10.30 Uhr auf der Polizeiwache mit Schücking zu treffen. Die Teams hatten bis in die Abendstunden hinein am Zippenberg gearbeitet und alle Spuren gesichert.

Kattenstroht machte sich die heftigsten Vorwürfe.

Sie machten einen Umweg zum besten Blumengeschäft der Stadt, wo der Hauptkommissar einen wunderbaren Strauß verschiedenfarbiger Rosen erstand. Die Verkäuferin lächelte ihn an: „Denken Sie dran, diese Woche haben wir die letzten frischen Rosen aus unseren Gewächshäusern. Dann wird es erst Anfang März wieder was!“ Kattenstroht hatte abwesend genickt und sich von Austrup zum Krankenhaus chauffieren lassen.

Auf der Station traf er auf Thomas Boner, der die ganze Nacht dort zugebracht hatte. Kathrin Eilers' Zustand sei im Prinzip zufrieden stellend. Sie habe ruhig geschlafen und sei inzwischen wieder ansprechbar. Gewiss könne Kattenstroht sie sehen. Er ging mit dem Hauptkommissar in das Krankenzimmer. Eine blasse Kathrin Eilers freute sich offensichtlich über den Besuch und die schönen Rosen, sprach aber nur wenig – mit schwacher und leiser Stimme.

Schon bald stand der Oberarzt in der Tür und komplimentierte den Besuch mit freundlichen Worten wieder vor die Tür. Kattenstroht präsentierte seinen Dienstausweis und erkundigte sich nun offiziell nach Kathrin Eilers und ihrem Befinden.

Der Oberarzt fasste knapp zusammen. Der Kollege Notarzt habe die junge Frau ja noch draußen in der Bauerschaft versorgt. Nach der Einlieferung ins Krankenhaus habe man ihren Kreislauf gut stabilisieren können und die Patientin nur leicht sedieren müssen: „Ich glaube, in ein paar Tagen haben Sie Ihre Assistentin wieder im Dienst!“, meinte er abschließend. Er schaute den Kommissar tadelnd an und ergänzte: „Mussten Sie denn einer so jungen und sensiblen Kollegin etwas Derartiges zumuten?“

„Ich habe es versaut, Herr Doktor! Ich hätte daran denken müssen, dass diese Frau, die Täterin, nie ohne Waffe in der Landschaft unterwegs war. Meine eigene Tante hatte es mir sogar gesagt. Und selbst ich hatte Frau Ahlmer ja noch am Samstagnachmittag auf dem Zippenberg in Reckhölter erlebt, die Knarre im Voranschlag“, räumte Kattenstroht geknickt ein. Er seufzte: „ Konnte ich denn ahnen, dass sie ihr Gewehr hinter die Ladeklappen des Hängers gelegt hatte? Ich habe es nicht gesehen. Zwischen mir und dem Anhänger war dann noch ein Gestell als Hindernis, eine Hochsitzleiter auf zwei Böcken. Ich konnte nur noch zusehen!“

Wieder hatte er die Szene vor Augen: Er sah Johanna Ahlmer, die lächelte, sich umdrehte; das Gewehr mit dem Kolben auf die Anhängerfläche stellte; sich den Lauf unter das Kinn hielt; sich vorbeugte und dann den Hahn nach unten drückte: der Schuss, das Blut – überall! Und Kathrin Eilers, die vor Entsetzen zusammengebrochen war.

„Ich hätte es verhindern können, wenn ich nur weit genug gedacht hätte!“, klagte Kattenstroht. Er machte sich bittere Vorwürfe.

Dass der Fall gelöst war und dass man ihm und der Eilers Anerkennung für ihre Arbeit aussprach, all das konnte Klaus Kattenstroht nicht trösten.

Ziemlich schweigsam fuhren die beiden Beamten heraus nach Reckhölter. Austrup wies mit dem Daumen auf den Rücksitz: „Wir haben übrigens schon die Mitschriften der SMS-Botschaften und aller Gespräche von Große Drenkmann. Regelmäßig hat er mit seinem neuen Arbeitgeber gesprochen und natürlich täglich zwei- bis dreimal mit Sandra Keiten. Irgendwie kann einem der Kerl Leid tun. Aber wer weiß, was daraus geworden wäre.“

Kattenstroht reckte sich über den Sitz und griff nach der Akte. Mit unbewegter Miene nahm er die verschiedenen Kurztexte zur Kenntnis:

„Man muss sich wundern, wie der Bauer mit seinen großen Händen und den dicken Fingern so ein kleines Handy bedienen kann." Der Blick des Hauptkommissars blieb an einer Stelle des Ausdrucks haften. Er las noch einmal: „Hören Sie mal, Austrup, eine SMS, gerade drei Wochen alt: ‚Nach Stoppelland haben wir mehr Zeit füreinander!'"

Kattenstroht schaute aus dem Wagenfenster auf zum Himmel, der zum ersten Mal seit einer Woche wieder verhangen war: „Jetzt sind die Felder kahl und die Freundin ist ermordet. Erschossen von der eigenen Schwester, die sich selbst brutal hinrichtet! So ist das mit dem Herbst: ‚Und im nassen Walde duftet es so bang und bitter!'"

Austrup schaute seinen Chef verwundert an, der dann meinte: „Das war nicht von mir, das ist ein Zitat von Hermann Hesse! ‚Herbstgeruch!' Hören Sie zu: ‚Wieder hat ein Sommer uns verlassen, starb dahin in einem Spätgewitter, Regen rauscht geduldig, und im nassen Walde duftet es so bang und bitter!'" Er räusperte sich: „Es wird heute bestimmt noch regnen! Ich kriege die Krise!"

Die Besprechung mit Schücking führte die Ergebnisse der Untersuchungen des Vortages aus den verschiedenen Gruppen zusammen, mit dem Ergebnis, dass man bald die Akten würde schließen können. Kattenstroht dankte dem Kollegen für dessen unermüdliche Unterstützung. Wenn es ihm irgendwie möglich wäre, versprach er, wolle er sich erkenntlich zeigen.

Schücking hatte tatsächlich eine Bitte: „Wenn es sich eben einrichten lässt, Herr Hauptkommissar, lassen Sie das Dorf, unsere Bauern und auch die Banker bitte ein paar Tage in Ruhe. Für die Menschen hier, die der Bauerschaft, den Familien, dem örtlichen Leben verbunden sind, ist der Fall Keiten/Ahlmer ein Albtraum. Hier stimmt für das gewachsene Gefüge im Augenblick nichts mehr. Ich weiß nicht, in welche Richtung Sie noch ermitteln müssen. Aber ein bisschen Behutsamkeit wäre meiner Meinung nach angebracht."

Kattenstroht war nicht abgeneigt, aber die fünfzig bis sechzig Polizeischüler könne er jetzt nicht mehr abziehen, meinte er. Die würden zumindest versuchen, in einem Tag das Handy der Sandra Keiten draußen in Handrup zu finden. „Eigentlich haben Sie ja Recht, Kollege Schücking. Der Fall ist gelöst. Und auch mir ist er schwer an die Nieren gegangen."

Die Beamten verabschiedeten sich voneinander und Kattenstroht und Austrup fuhren nach Handrup. Dort sahen sie die Polizeischüler, die – den Blick auf den Boden geheftet – in langen Reihen die Kämpe und Wiesen suchend abliefen. Gefunden hatten sie bisher noch nichts.

„Wieso hat die Ahlmer eigentlich das Handy ihres Bruders nicht verschwinden lassen? Wieso ist sie damit durch die Gegend gefahren?“, überlegte Austrup laut. Kattenstroht antwortete, das sei psychologisch zu erklären. Das Handy der Keiten sei für Johanna Ahlmer etwas Schmutziges, geradezu Anstößiges. „Der eigene Bruder ist zwar ein Dummkopf, ein Esel und ein Schlappschwanz, aber er gehört doch zur Familie. Man muss dem Idioten das Spielzeug wegnehmen. Man muss ihn korrigieren und zur Ordnung rufen! Da wird die Freundin erschossen, das Handy aber aufgehoben!“

Austrup überlegte weiter: „Das Handy muss am letzten Montag von der Ladestation genommen worden sein. Es ist übrigens nach den beiden SMS von Johanna Ahlmer in der Mordnacht nicht mehr benutzt worden. Was haben wir für ein Wahnsinnsglück, dass Ferdi Große Drenkmann nicht selbst auf die Idee gekommen ist, seine Handynummer zu wählen. Dann hätte die Ahlmer wahrscheinlich das Corpus delicti als solches erkannt und bestimmt beseitigt!“ Kattenstroht stimmte Austrups Überlegungen zu.

Auf Große Drenkmanns Hof hatten einige Wagen geparkt. Verwandte waren gekommen. In der Deele stießen Kattenstroht und Austrup auf einen völlig zerknirschten Dr. Roling, der zu wortreichen Rechtfertigungen ansetzte. Kattenstroht winkte ab und erkundigte sich nach dem Zustand von Regina Große Drenkmann.

Dr. Roling zuckte die Achseln. „Sie war nach der Nachricht vom Tod der Tochter zunächst wie erstarrt, dann ist sie zusammengebrochen und befindet sich jetzt in einem Schockzustand. Vernehmungsfähig ist sie auf keinen Fall. Ins Krankenhaus einweisen wollen wir sie nicht. Ferdi ist dagegen. Sie soll hier in der gewohnten Umgebung bleiben, eine Pflegerin ist schon bestellt. Ich muss mich auch um Jupp Ahlmer kümmern! Ein schreckliches Chaos ist das alles!“

Eine Viertelstunde später passierte der Wagen mit den Münsteraner Beamten den Ortsausgang Reckhölter in Richtung Autobahn. Eher beiläufig warf Kattenstroht einen Blick auf die Tankstelle und bat Austrup, sofort anzuhalten, zu wenden und auf den Platz zu fahren. Der Hauptkommissar stieg allein aus.

An einer der Zapfsäulen stand der Mercedes von Ferdi Große Drenkmann. Kattenstroht sah ihn, wie er gerade in der Tankstelle seine Rechnung bezahlte. Nun kam er wieder zum Auto zurück. Der Bauer trug einen schwarzen Anzug mit schwarzer Krawatte: Trauerkleidung.

„Nun, Herr Große Drenkmann, ich muss mich verabschieden. Der Fall ist weitgehend abgeschlossen und ich denke, die restlichen Fragen löst mein Kollege Schücking von der Kreispolizei. Ich wollte Ihnen nur alles Gute wünschen. Sollte ich Ihnen in den letzten Tagen bei meinen Ermittlungen zu nahe getreten sein, bitte ich Sie, es mir nachzusehen."

„Ist schon gut, Herr Kommissar", antwortete Ferdi Große Drenkmann. Er holte tief Luft. „Mir kommt alles so unwirklich vor. Sandra ist tot. Meine Schwester Johanna ist die Mörderin und sie ist auch tot. Meine Mutter steht mit einem Bein im Grab. Was aus dem Hof wird, weiß keiner. Und die Leute in Reckhölter meiden mich. Sie wissen nicht, wie sie sich verhalten sollen. Nur Gertrud Wortmann, die hilft mir, die war noch gestern Abend da. Wenigstens noch ein Mensch, auf den man sich verlassen kann. Und wenn heute nicht Markt wäre, wäre sie jetzt auch mit nach Recklinghausen gefahren."

Kattenstroht stutzte: „Nach Recklinghausen?"

„Natürlich nach Recklinghausen!", antwortete Ferdinand Große Drenkmann und öffnete die Tür seines Wagens: „Wenigstens einer muss Sandra doch begraben!"

Hans-Peter Boer
Schweinemond
Kommissar Kattenstrohts **vierter Fall**
200 Seiten, Hardcover
€ 14,95
SBN 978-3-7843-5048-6

Hans-Peter Boer
Kirmeskronen
Kommissar Kattenstrohts **fünfter Fall**
200 Seiten, Hardcover
€ 14,95
ISBN 978-3-7843-5096-7

Hans-Peter Boer
Balkenbrand
Kommissar Kattenstrohts **sechster Fall**
184 Seiten, Hardcover
€ 14,95
ISBN 978-3-7843-5157-5

Hans-Peter Boer
Jungferntanz
Kommissar Kattenstrohts **siebter Fall**
184 Seiten, Hardcover
€ 14,95
ISBN 978-3-7843-5219-0

Kommissar Kattenstroht

Reichlich Spannung zum Super-Sparpreis!

Die **drei** ersten Münsterland-Krimis um Kommissar Kattenstroht in einer schönen Geschenkbox:

Das große Paket
Stoppelland, Schwengelrecht, Kuchentage
Hardcover, € 34,95
ISBN 978-3-7843-5031-8

Die ersten **fünf** Teile der Kommissar-Kattenstroht-Reihe inlusive des Bestsellers „Kirmeskronen“ können Sie auch in der praktischen Sammelbox zum kleinen Preis erwerben. Fünf mal Spannung, fünf mal Geld sparen!

Jubiläums-Paket
Stoppelland, Schwengelrecht, Kuchentage, Schweinemond, Kirmeskronen
Hardcover, € 59,95
ISBN 978-3-7843-5117-9

LV-Buch im Landwirtschaftsverlag · 48084 Münster

Landwirtschaftsverlag GmbH, 48084 Münster

4. Auflage 2012

Lektorat:	Sabine Deing-Westphal, Rhede
Gestaltung:	KreaTec – Grafik, Konzeption und Datenmanagement im Landwirtschaftsverlag GmbH, Münster
Druck:	Westermann Druck Zwickau GmbH

ISBN 978-3-7843-3387-8